漫 娱 文 化

青 春 小 说 系 列

蝴蝶蓝 著

近战高手

6

千里征途

长江出版社
漫娱文化

CONTENTS

目录

CHAPTER 75
踏上征程 005

CHAPTER 76
无伤之殇 025

CHAPTER 77
再战索图 045

CHAPTER 78
茫茫旧怨 063

CHAPTER 79
酒局谈判 079

CHAPTER 80
月夜跑酷 097

CHAPTER 81
失踪狼人 117

CHAPTER 82
幕后黑手 137

CONTENTS

目录

CHAPTER 83
轻松破关 …… 157

CHAPTER 84
白石故人 …… 179

CHAPTER 85
联合围杀 …… 197

CHAPTER 86
银月之死 …… 217

CHAPTER 87
密林陷阱 …… 237

CHAPTER 88
生擒水深 …… 255

CHAPTER 89
人肉排雷 …… 275

CHAPTER 75

踏 上 征 程

对于把顾飞的视频拿去做宣传，叶小五是心怀不满的。不过这属于宣传部门的事，不归他负责，他也没权力过问太多。看着这段视频被玩家疯狂追捧，发布视频的帖子被越顶越高，他心下很不是滋味。但对于宣传部门的同事来说，如此结果却更印证了他们选材的正确，自然是得意不已。

顾飞的名气这下是有如山崩地裂一样挡都挡不住了。非云端城的玩家不知此人是何来头，纷纷向云端城这边的人打听。云端城玩家自是知无不言，言无不尽。尤其是那种荣誉感特强的，虽然顾飞和他们一毛钱的关系都没有，但想想这样的牛人和自己同一主城，就让他们心血沸腾澎湃不已，吹得顾飞宛如天神一般。

除此之外，各主城行会以及佣兵团的实力也在这一次对抗赛中进行了重新洗牌。以云端城来说，如纵横四海这样一路杀到最终赛取得名次的，不说物品奖励，单就经验上的报酬就是一项丰富收入。

从等级的直观反映来看，41 级已不再是五小强的专属领域，排位前三的行会和佣兵团几乎都有人凭最后名次奖励中的经验得到飞跃，涌现出了无数的 41 级。而等级榜上原本 41 级的漂流、剑南悠、百世经纶和水深都保持了 41 级未动。

这倒也从一个侧面说明了五小强之间经验也有很大差距，等级榜首位的细腰舞早在对抗赛过程中就已经跃居 42 级，之后她并没有佣兵团和行会战的名次奖励，却依然可以独占鳌头，人民币战士的确是一个相当可怕的存在。

行会成员经验飞跃，再加上50件物品奖励的武装，云端城纵横四海和对酒当歌谁是第一行会的争论已经画上休止符了。就是第二的铁甲行会和第三的华灯初上也获利丰厚，如不是行会只有4级，和对酒当歌有着二百五十人的差距，俨然也已经要超越它。

至于佣兵团方面，公子精英团毕竟还是个六人小团，夺下冠军就被称为云端城第一佣兵团，大家觉得还是不能接受。但人们已经不会简单地像判断行会一样从规模上断定二者的强弱。佣兵团等级差距换取的人数优势实在太少，就连六人团都可以干翻百人团，那么八十人的4级团和一百人的5级团谁强谁弱真不好说了。佣兵团此时俨然一副群雄逐鹿的局面。

公子精英团的几人此时都已经被曝光，单这一个个如雷贯耳的ID就已够吓煞旁人。现在六人上线都能从信箱中捡到无数的邀请函，除顾飞外的几人总算找到些昔日的豪情，虽然对这些邀请函都开启无视状态，但心里总是美滋滋的。

而顾飞此时每天收到的信件其实比这帮家伙多得多，这都是那视频炒作制造出的明星效应。顾飞虽没有常上官网论坛的习惯，却也听佑哥等人说了这事，跑去看了下，大呼视频不实。经过剪辑的视频专挑顾飞秒人无往不利的镜头，如顾飞法力不济退下吃水果或是以低伤害继续磨蹭的尴尬镜头却是一个没有——顾飞的强势被无限放大，弱点却被一笔带过，游戏公司的宣传还真是替顾飞着想。

不管怎样，这视频一出，想认识顾飞的人更多了，已经不止是云端城方面。无奈的顾飞也只能和那五人一样开启了无视状态，不到几天，顾飞的信箱达到了上限1000封信，从此每天上线“您有新的信件，请注意查收”改为了“您的信箱已满，请注意及时查收信件”。1000封信……顾飞更加没有去一一拆阅的勇气了。

这天上线，立刻接到了韩家公子发来的消息，让他速去小雷酒馆。

“唔，难道又有生意了？”顾飞默默想着，匆匆赶路。

对抗赛期间，韩家公子曾豪言壮语要在比赛中闯出名头，之后佣兵生意必将红红火火。的确，对抗赛结束后公子精英团已经没必要跑去佣兵大楼挑选任务了，有无数玩家挟着任务主动找上门来，公子精英团专挑报酬丰厚的做，小日子过得甚是滋润。

顾飞匆匆赶到小雷酒馆，推门进去一看有些发怔。酒馆内此时熟面孔挺多。而且个个都是云端城的大人物，进门桌边坐的就是云中牧敌，顾飞刚进门就和他四目相对，云中牧敌的表情那叫一个百感交集。

往内几步，一张桌上看到了逆流而上和他几个哥们，逆流而上起身和顾飞寒暄了几句。

再走，又见黑色食指、漂流等黑手几人，黑色食指看到顾飞表情不怎么爽，倒是漂流和顾飞招呼了声，询问他得了什么最终奖励。

顾飞笑眯眯地朝他比划了一下中指，弄得漂流一怔。顾飞也连忙反应过来，另一手指了指那中指上的镇雷之戒：“这个。”

漂流释然，笑问：“就这一个吗？”

“嘿，还有一个，有机会让你见识。”顾飞笑。

说罢离了这桌没两步，旁边有人拽顾飞衣角，回头一看，樱冢月仔、火球，还有他们那行会的几个家伙，非常猥琐地趴在桌上，朝着顾飞轻唤：“醉哥，醉哥！”

“你们也在啊，什么事？”顾飞低下身。

“帮我们介绍介绍吧！”几人鬼鬼祟祟地朝他们旁边一桌指。

顾飞回头一看，细腰舞、落落、七月、六月的雨……满满一桌重生紫晶的姑娘，顾飞笑眯眯地正要打招呼，细腰舞已经瞪了过来：“什么时候还钱啊？”

顾飞惭愧地低下了头，口袋里摸了个钱袋朝她抛去。细腰舞很意外地接过，但打开一数后怒道：“怎么就 300？！”

“不是说好分期付的吗？”顾飞说。他身上也就 300 了，全是对抗赛一路下来存起来的金钱奖励，以及这几天佣兵任务分到的钱。

“介绍，介绍！”樱冢月仔和火球他们这边还小声嘀咕呢！他们两桌挨着，估计樱冢月仔他们也是很努力才坐到美女们旁边的。无奈的顾飞准备帮他们引荐一下，结果那边细腰舞已经嚷上了：“你和那几个花丛中永生的猥琐家伙嘀咕什么呢？”

顾飞回头朝樱冢月仔他们几人耸了耸肩：“不用介绍，人都认识你们。”

几人都十分高兴，虽然“猥琐家伙”这个评价不怎么样，但起码在美女心中还是留过印象的，这真是了不起的成就。

“你不是‘木秀于林’吗？”顾飞对樱冢月仔说。

樱冢月仔不屑地瞥了火球他们几个一眼说：“他们几个而已。”

顾飞笑笑道：“那你呢？”

樱冢月仔很是苦恼地晃脑袋：“麻烦，麻烦。”

“怎么？”顾飞不解。

樱冢月仔挠着头说：“本来和我们一起过来的，但进了门，突然转头就走了。”

“哦？”顾飞很意外，却不是意外茫茫的莽莽转头就走，而是意外茫茫的莽莽真的和樱冢月仔这帮家伙混在一起了。

至于那姑娘为什么要走，顾飞目光一转，已经看到了另一张桌上的银月。银月也正朝这方向望着，一看顾飞朝他看来，顿时流露出紧张不安的神色，仿佛随时准备闪人。

顾飞不动声色。这如果是在街上撞见，没准追过去就是一剑了，公子精英团和银月之间已经互撕得很彻底了。不过此刻小雷酒馆里云集了这么些个响当当的人物，顾飞估摸着有什么要事，倒是没有这么冲动，扫了那家伙两眼后，就朝另一边走去了。

那边韩家公子等人也占着一张桌，单就这帮家伙没坐包间跑大厅来了，就足够蹊跷。

位置早就给顾飞留着了，刚一坐定一圈人已经数落开了：“啧啧，大明星啊，真不一样。”

顾飞这进酒馆，打了一路招呼，不管有恨还是有爱的，都很正眼瞧他。

“什么事啊？”顾飞没理他们的奚落，直问主题。

说情报类的自然由佑哥开口：“是纵横四海的人召集大家来的。”

“大家？”

“嗯，云端城比较强势的佣兵团，现在都在这里了。”

“哦……”顾飞四下一扫，果然，小雷酒馆此时在座的无一不有着佣兵团老大的身份。有些个虽不认识，但看气派就知不是一般小玩家。

或许有许多佣兵团在之前是不显山也不露水的，但这次对抗赛活动就像是去芜存菁的过程。不管这些个佣兵团在比赛中成绩如何，团中的特别之处以及特别的高手，都在这次的比赛中得到体现了。

以现在酒馆中的各佣兵团为例，公子精英团自不必说，除他们之外，银月会坐在这里自然是因为他的“王的号令”。战阵类技能显然是团战中必不可少的，但这类技能需要高级圣骑士才会拥有，银月这样走在前列的技能现在自然就受到了大行会的追捧。

而姑娘们的紫晶佣兵团，其实没什么实力，但只一个彪悍的细腰舞立刻就有了邀请的价值。

再如樱冢月仔他们那个佣兵团，顾飞后来得知名叫“大猎杀”，成员同样来自于他们的行会，是个陷阱高手聚集的特别佣兵团……

凡此种种有特别之处的佣兵团，今天都在纵横四海的邀请之列。

“什么事啊？”顾飞问。

“听说是和纵横四海行会战上得到的奖励任务有关。”佑哥说。

“御天你不知道？”顾飞问御天神鸣。

御天神鸣摇了摇头。

“看来你已经被边缘化了。”战无伤摸了摸这小子的头。

有此疑问的不止顾飞，但纵横四海的人到现在还未现身，在座的大家只能暗自揣测了。

还好也没等得太久，陆续又到了几家佣兵团后，纵横四海的无誓之剑，同倒影年华和风行两个核心成员一起来到了酒馆。

行会战夺冠，纵横四海云端城第一行会的宝座已无人可撼动，会长无誓之剑满面红光，进来的时候气场十足——像云中牧敌、逆流而上，这些佣兵团长其实也是云端城大行会的会长，大家从行会成立起就一直是明争暗斗的，此时纵横四海终于一家独大，见了这些个人物难免意气风发一下。

“哈哈，老云！好久不见啊！”

“啊，逆流，最近挺好的吧！”

无誓之剑的嗓门大到震耳欲聋，一屋子的人纷纷皱眉。这近似暴发户的作派大家都比较鄙视，深深觉得这样的人居然领导着云端城最大的行会，真是全体云端城玩家的悲哀。

接着无誓之剑又和其他佣兵团逐一打招呼，态度却又瞬间变得谦和了许多，尤其和重生紫晶的姑娘们打招呼时，谦恭得让一屋子人快要吐了。

通常来说压轴的才是大戏，无誓一圈招呼完毕，最后到了公子精英团这桌，那招呼是向在座的每人打了一遍，连原属他纵横四海中普通一员的御天神鸣也受到了他郑重的礼遇。这却是其他佣兵团都没有享受到的待遇。

作为重头戏中的重头戏，顾飞又被留到了最后一个。无誓之剑拉着顾飞的手，好一通慰问。而他身边的倒影年华和风行此时神情也有些不自在了，一个很怒，一个很茫然。

无誓之剑慰问了半天，末了说：“你给咱们云端城玩家露脸了，我骄傲啊！”

一屋子人终于忍不住了，那边位置一人直接拍了桌子起立，杏目圆瞪：“无誓你他妈有事赶紧说，磨磨唧唧地找砍啊！你看你那骚包的样儿！”

无誓之剑终于松开了顾飞，回头望了眼后，打了个哈哈：“哈哈，说事，说事！”

“这女的彪悍啊！谁呀？”顾飞惊讶。就算一屋子人不满吧，但话说得这么直接的，也太不给人面子了，这女人对第一行会会长的态度十分强势啊。

佑哥立刻凑上来介绍：“这是这次佣兵团对抗赛第四，七彩云间的团长顾小殇，也是3级行会彩云间的会长。细腰舞来之前，云端城最牛的女人大概就是她了。听说无誓之剑追她很久了！”

“哇，无誓之剑的口味好别致啊！”战无伤和御天神鸣惊叹。

这个顾小殇论模样也是中上之姿，但实在是太过强势，让人一个不注意就会思维错乱觉得这是个男的。这和六月的雨不同，六月的雨只是因为不修边幅，糊里糊涂穿装备，再加上声音偏中性，所以有过被顾飞当作男人的经历。自从她在月夜城换过那身典型为女性设计的战士铠甲后，已经再不会发生这种误解了。

而这个顾小殇就完全是气质问题了，就算你明知道此人是女的，心里也不由自主地会想：“哇，这姑娘好爷们啊……”

就是这位纯爷们的姑娘吼了无誓之剑一嗓子，无誓之剑总算停止了他的慰问。他走到酒馆中央，清了清嗓子：“在座的都是云端城佣兵界的精英，今天把大家一次约来，是有一个任务想请大家一起合作一下。”

此言一出屋子里立刻嗡嗡嗡地响起了惊叹声。

在座的都是佣兵团，对于游戏中各类任务的了解没人比他们更深刻了。虽然这些佣兵团动辄就数十人，但坦白来说，以目前系统发布的任务，尚没有哪个是需要出动数十人这么夸张的。

而纵横四海现在要雇佣佣兵进行任务，这任务显然不可能是玩家私下的纠纷任务。以他们七百五十人实力的行会，私下的玩家纠纷还有他们摆不平的？所以只可能是系统任务。系统任务七百五十人无法完成，居然需要借助佣兵团，而且还把全云端城的高手团都叫来了，什么任务这么有难度？

无誓之剑给了众人充分的惊叹时间，主要是他也很享受这种宣布事由后听众很震撼的感觉。等到大家安静下来，齐齐再望向他后，这才继续说：“这项任务，就是这次我们纵横四海在行会战得到的奖励，实不相瞒，这任务看起来，像是一个任务链。”

再度哗然。

一直以来，玩家都以为单人任务的高奖励形式就是任务链；而行会这种团体任务比较有难度的就是双向任务，谁也没听说过行会任务居然能接到任务链。

公子精英团的几个家伙纷纷望向顾飞。任务链这玩意传说已久，但在座有完成经历的，恐怕只有顾飞了。

不是说其他人都运气不佳撞不到，但撞到的有任务一半失败的，也有到了一半继续不下去暂时搁置的。顺利进行完一条任务链的，目前他们所知的只有顾飞。

无誓之剑再次享受了一下大家的惊叹后，接着介绍：“这任务的内容，很简单，就是押镖！”

“押镖？”众人怔了怔，这个充满武侠含义的词汇丢在这个偏西幻风格的游戏里，着实有些涩口。

“就是这么个意思。”无誓之剑说，“保护东西直抵目的地，从任务显示的路线来看，这一路一共要穿越五座主城，单行走路程恐怕就要数十小时。而既然是在护送东西，想必这一路上一定会遇到不知多少次的袭击抢劫。”

众人听听有些明白了，有人忍不住道：“这样说来，途中战斗的难度也未知，你们就肯定你们七百五十人应付不了，需要找佣兵团帮忙？”

无誓之剑望了这人一眼，严肃道：“因为当中还有特殊规则，行会成员在此次任务过程中只有一次生存机会，也就是说，如果挂了，立刻判定为任务失败，将失去任务奖励。”

“呃……”众人尚在思考这规则的细节问题时，无誓之剑已经又在诉说另一条规则：“还有，在任务进行过程中，行会成员无法进行主城记录点的更换。这意味着什么，大家应该很明白的吧？”

没有等别人回答，无誓之剑自行解说："这意味着，在初期，路途尚近的地方，即使有行会成员牺牲，却可以继续投身战斗帮忙，但当已经走出数小时路程时，牺牲的行会成员全部在云端城复活，无法再给我们提供帮助。"

"所以，你们就想雇佣一些外人帮忙，因为我们不受规则限制，行至数小时路程外，也可以在就近的主城做记录点，死亡后也可以就近复活，继续帮你们卖命是吗？"有人忽然冷冷道。

无誓之剑淡淡道："各位都是高手，当然不比我们行会普通成员那么容易挂；但是相比我们成员挂了就无法继续出力，各位的这点优势的确是我们需要的。所以，在任务报酬上各位可以尽管提，任务中牺牲的补偿，大家也可以坐下来慢慢讨论。除此以外……"无誓之剑有意顿了一顿后，继续道，"这一路上交战所爆得的装备物品，大家完全共享，如何？"

这个条件确实优厚之极，按照平时佣兵出任务的规矩，帮雇主杀怪之类爆得的装备都是完全归雇主所有，就算事先有约定，也恐怕只能得九牛一毛。而无誓之剑提出了完全共享，完全共享的意思，那就是谁爆到算谁的。众玩家们此时各怀心事，小雷酒馆里一片安静。

无誓之剑脸上却已经挂上了胜利般的微笑："大致事情就是这样，大家接下来好好琢磨琢磨，想好了给我来个信儿，有什么不明白，或者是什么要求，尽管密我。那么，我们就先告辞了。"

无誓之剑说罢，与风行、倒影年华一起离开。留在小雷酒馆的玩家，都在琢磨同样的问题："做，还是不做？"

无誓之剑牛逼哄哄地来了，又牛逼哄哄地去了，虽然留下了一副挺让人厌恶的嘴脸，却也留下了极大的诱惑。

纵横四海会付出的任务报酬暂且不提，如果这真是一个任务链级别的系统任务，那么这一路上爆得的东西，或许也真的非比寻常，这才是让这些个自称高手的家伙们怦然心动的地方。玩网游的人，没有谁经得住装备之类的诱惑。况且在《平行世界》中素来有流言：完成一条任务链的人，就可能成为万中无一的绝世高手。现在有机会从任务链中分一杯羹，天赐良机啊！

如此想着，已经有数桌人匆忙追着无誓之剑出去了。余下还坐着未动的，都还在细细琢磨着这事的前后。

公子精英团的六人，此时一起大眼瞪小眼。

“怎么办啊？”佑哥问。

“我肯定会做啊！就是咱们团不去，我也是行会的一员嘛！”御天神鸣先表态了。虽然他这个成员和组织貌合神离，但当组织上有什么好处时他也不介意向组织靠拢一下。

顾飞则在皱眉：“要数十个小时，这怎么做得了？”

几人都知顾飞每天的游戏时间其实并不长，先纷纷鄙视了一下，之后佑哥才说：“这个，不可能会是一口气做下来吧？纵横四海也会考虑他们行会成员的时间表，最后肯定也是选在大家都有空的时间，只能是和对抗赛一样，晚上7点以后，这个千里应该没问题吧？”

“哦，这样就没事了。”顾飞松了口气。

“这样看来佑哥你是也想做喽？”韩家公子望向他。

“嘿嘿！”佑哥干笑，“参与任务链的机会难得，一定可以搜集不少情报。”

韩家公子扫了一桌人一眼，最终道：“那么，就来表一下态吧！不想做的人，买一瓶最贵的酒给我。”

“靠，这算什么啊！”众皆鄙视。

“这么说是没人买喽？全票通过，行了。”韩家公子拍板。

“太恶劣了！”众人纷纷表示，却没有人强烈提出异议。这做不做的，其实大家都是犹犹豫豫的，都没有个清晰明了的理由。韩家公子这算是给大家找了个借口，虽然很无耻很恶劣。

这时候重生紫晶的几个姑娘也凑过来了，问顾飞：“你们做吗？”

“哦，做。你们呢？”顾飞问。

“那神经病，谁帮他啊！你们也别做了，这是为虎作伥！”细腰舞气哼哼的，还替公子精英团拿主意。

“可我想做，呜……”六月的雨很委屈。

顾飞了解她对任务的热情，很是同情，当即道：“没关系，小雨你跟着我们一起去。”

“可以吗？”六月的雨问。

“我没意见啊！”顾飞回头又望其他人，这是要将六月的雨收编为临时团员。

韩家公子这个当团长的脸上正一寒，那边战无伤和御天神鸣已经欢呼上了：“支持，支持！”佑哥一看这局面，脑袋扭到了一边：“弃权。”

“多票通过，行了。”顾飞拍板，身为团长的韩家公子都没捞到发言的机会。

“这么样不好吧！”七月看到韩家公子脸色不善，她的性格是不想给任何人带来困扰的，随即对六月的雨说，“还是我陪你去好啦！”

“哦，太好了。”六月的雨欢呼。

“这样的话，总得需要一个牧师吧？”落落也说话了。

“打架我喜欢啊！”烈烈嚷嚷。

“好啦好啦，回去再问问还有谁想去的。”七月招呼着姑娘们离开了，细腰舞怔了怔后，追了出去：“喂喂，都去的话我也去啊！”

佑哥望着姑娘们离去，半晌后说：“坦白说，我觉得纵横四海会请她们来，主要就是冲着细腰舞一个人，如果细腰舞不去，其他人也未必有机会去。”

几人都没说话，显然连顾飞都明白如果细腰舞不去，六月的雨可不会得到纵横四海的雇佣的，所以他刚刚才会邀请六月的雨跟他们一起。

转眼两团都已经敲定，这时樱冢月仔、火球他们也凑了过去，拉了顾飞问：“刚才美女们和你说什么呀？”

“哦，她们也准备参加这任务。”顾飞说。

樱冢月仔站直了身，胳膊一挥打了个响指：“OK，去找无誓之剑。”

“月仔你太帅了！”弟兄们欢呼。

“自己有了也没忘了兄弟们，够义气。”这帮猥琐的家伙也簇拥着他们的猥琐之首去了。

这之后，黑色食指、漂流这些人也先后离去，有的去前也和顾飞他们招呼了声，但做不做的却没有再进行讨论。片刻后酒馆已经没多少人。御天神鸣起身说：“那我去和无誓之剑说吧？”

“别！”韩家公子伸手示意他坐下，“这么主动，怎么抬高自己身价？你放心，别看无誓之剑扔下话就走这么洒脱，真要没人去帮忙的话，他会比谁都着急。”

“是吗，我看他无所谓的样子嘛！”御天神鸣说。

韩家公子笑了笑说：“现在距离决赛后拿到奖励都好几天了，我敢肯定，他们一定已经尝试过这任务，发现仅凭行会的力量确实有困难，所以才会想到来找佣兵团帮忙。完全不知深浅，看了看任务规则就着急忙活地花钱请人，他们没这么白痴！”

“已经做过了？我怎么不知道啊？”御天神鸣很茫然。

“小弟弟，你已经被边缘化了。”战无伤又摸了摸御天神鸣。

“这个未必。但是，你身为行会成员，你的任务列表里没有这任务显示吗？”韩家公子问御天神鸣。

“没有啊！”御天神鸣摇头。

韩家公子若有所思。

“有什么发现？”佑哥问。

“今天的酒有点酸。”韩家公子说。

“靠！”众人再鄙视。

“总之，你们一个个都忙自己的吧，和无誓之剑那边的交涉，我和佑哥来就行了。”韩家公子说。

正如韩家公子的预料，无誓之剑他们也不是无缘无故来做冤大头的。自己无力完成任务，仅这一点他们就已经够悲愤了，找佣兵团实属逼不得已，否则谁会愿意花这钱？

在小雷酒馆里故意要派头，把一切说得云淡风清，其实也是对这逼不得已的掩饰，就是怕有人趁火打劫，漫天要价。结果呢，还是被韩家公子这些极个别的有识之士看穿了。无誓之剑他们三人当时刚出门，立刻就有人追了出来表示要参加任务，当时还心中窃喜呢——这些人殷切的态度，自然让纵横四海在谈价钱谈条件方面占据了主动。

但是很快也发现，这些急吼吼贴上来的，大多不是很强的那种。无誓之剑他们比较心仪的是这次对抗赛杀至前四的佣兵团，他们居然没一个找上来。

很显然这些佣兵团已经看破了无誓之剑他们欲擒故纵的把戏。无誓之剑也无奈，只得又拿出三顾茅头的劲头私下去请。

这当中顾小殇正如外界传言一样，是和无誓之剑有点私交的，随即也就是骂了无誓之剑一个狗血淋头，并没有因此借题发挥过分为难，痛痛快快就答应帮忙。

之后的逆流而上却是一口回绝。对他无誓之剑也没有过多纠缠，坦白说他也没想着逆流而上会带人来助，因为他们对酒当歌本就是纵横四海最大的竞争对手，纵横四海要进行超大任务链了，逆流而上没有明里暗里地带人来捣乱就已经不错了，帮忙？怎么可能！无誓之剑他们明知如此，却还是将这些人列在邀请之列，也是想乘此机会看看他们的态度，顺便也是提个醒：我们这次任务会找很多帮忙的，如果要来捣乱，会得罪很多人，所以自己掂量清楚。

逆流而上是这种态度，和他身份相近的，如云中牧敌之类，也是因为和纵横四海的竞争关系，看着纵横四海坐大已经不爽，断然不肯相助。如此一来，回绝无誓之剑的倒也不少。

再之后的黑手佣兵团和公子精英团，那才是真正逮着机会下手狠毒的。

而这两家偏偏是无誓之剑重点要笼络的，一家有佣兵团中最大的团队，一家则聚集了佣兵团，或者说是整个云端城，都排得上号的顶尖高手。

而这两家也像是商量好的似的，面对无誓之剑，都说什么这任务风险大，周期长，利润却有不可预见性，贸然插手很有可能血本无归，得不偿失云云。

说得冠冕堂皇，但无誓之剑又岂会听不出字间行意，不就一个核心内容吗——要高价！

无誓之剑咬牙切齿地开出高价，这两大头蒜才很委屈地表示可以再考虑考虑。结果一考虑又没了音讯，无誓之剑那个火啊，却不得不又把原高价再抬高了些，这两路人马这才拍板点头。

等着！等任务解决了咱们再算总账！被敲了竹杠的无誓之剑暗下决心。

纵横四海招聘佣兵团一事至此告一段落，云端城内除了那些同为大行会旗下的佣兵团无心帮助纵横四海壮大以外，其他受到邀请的最终都答应了相助，当然，其中乘机敲竹杠的是大有人在。只是一般普通佣兵团有自知之明，敲也不敢敲得太过分，远比不了黑手佣兵团和公子精英团敲得这么荡气回肠。

敲了竹杠后分金的几人还很是感慨："纵横四海很有钱嘛！"

"大家的任务，大家集资嘛！七百五十人啊，一人掏个 100 金币的话，就有 75000 金币了！"佑哥感慨。这无疑是个庞大的天文数字，而且以纵横四海的玩家水准，一人拿 100 金币不算太难。

行程安排也如佑哥所料，任务不可能数十小时一气完成，纵横四海约了所有佣兵团次日在城东门外会合，当天的目标是穿越乌龙山脉前往月夜城，然后在月夜城下线，次日再继续。

按如此进度一天走一座主城的话，任务当在五天后结束，计划大致如此。

当日上线后，顾飞如约奔赴了东城门外，此时 7 点已过，东城门外人山人海。纵横四海行会和各佣兵团都在清点己方成员。由于全城招聘佣兵团，纵横四海这次任务弄得是满城风雨，前来看热闹的玩家也不少。

围观党的眼中有艳羡、有妒忌，指着人群中的一些名人议论纷纷。

“看那个，那个就是剑鬼啊！知道吗？什么？剑鬼你没听过，你玩过网游吗？”

“看看看，那个就是御天神鸣啊，那个弓箭手！”

“骗人，御天神鸣不是法师吗？”

“改行了！”

“看那个看那个，那是细腰舞，头号人民币战士，现在游戏里排名第一。”

“哇，美女！”

“啊啊！那个那个，就是视频法师啊！看！”顾飞现在继 27149、近战法师、通缉任务狂之后又有了新的称号——视频法师。

“哪个呀？哪个呀？”

“嘴里叼个苹果的那个。”

“啊，好帅好有个性啊！”一夕之间，嘴里叼个苹果成了云端城的新时尚。

虽然约定时间是 7 点，但等人来齐，又确定完毕后，已是 7 点 17 分。无誓之剑望着乌央乌央的人群，甚是欣慰。倒影年华则不知从哪儿搞来一个大木桶，对着人群大吼：“各位安静一下，安静一下。”

“嗡嗡嗡嗡嗡……”倒影年华的喊话在人群的喧闹中如同扔入大海的小石子。倒是有人想听他说话的，但只看他嘴动，却听不到那嘴里发出的声音。

“安静安静！”倒影年华在行会频道里喊了声，起码七百五十人听他的话安静下来。但是余下佣兵团和围观群众的说话声依然足够压制他。

倒影年华又是挥手又是比划，纵横四海的成员也一起发动维持了一下，现场总算是安静了下来。更有一人来到倒影年华身下，给他递上一物，是用一张大纸卷成的喇叭。

倒影年华感激地望了这人一眼，把粗制喇叭放到了嘴边：“喂喂！”他试了下音，随即开始讲话，“各位，今次的任务规模很大，所以希望诸位能够听我的统一安排……”

“嘁……”倒影年华话没说完已经嘘声一片。

发出嘘声的都是佣兵团的家伙们。坦白来说，虽然佣兵团出任务时他们是打工的，雇主是老板，但大多数情况都是老板听他们的话。少有那种老板很有实力，只是人手不足，于是雇几个佣兵来洋洋洒洒指挥的。

倒影年华此时显然打的就是这种主意，佣兵团的家伙虽然也知这样协同作战，的确需要一个统一指挥，但心中不爽的情绪总要发泄一下嘛。

倒影年华等所有人“嘁”完了才继续说：“各位各位，我不是要从头到尾指手画脚，只是大致地提供一下我的方案，然后其他还是各佣兵团的负责人自行指挥自己成员，大家配合一下吧！”

有人高声喊道：“怎么指挥啊？大家又不是一个行会一个团的，组队吗？谁有那么高的统帅值？”

如此多人的活动显然是不可能靠口头进行指挥，势必要用到游戏中的聊天频道。但眼下是多兵团合作，大家不是统一的行会和佣兵团，这两个频道显然无法担负指挥的重任。组队后的队伍频道倒是可以，但问题现在所有佣兵团加起来也有五百余人，组队的话需要队长有 50 以上的统帅值，这显然是根本不可能的。

《平行世界》的统率值 1 可以组队 10 人，但当到了统率值 9，也就是再进一步就可以率领百人军团时，统率值的经验却停止增长。据官方透露，之后统率值的增长将和声望挂钩。而声望这东西……目前所有玩家的属性面板里显示的还是问号呢，显然并没有开放。这种情况下，统帅值想刷到 10，系统都不支持，何况 50？

对此倒影年华只是淡淡一笑：“用不着大家都组队嘛，只要各佣兵团的团长和我组成一队，不就行了。”

大家一听立刻明白，敢情这小子早都已经计划妥当了。他就是三军总统帅，向各团长们下达指令，然后团长再各率自己团员去完成命令，妈的，好狂妄啊！

虽然大家都如此想，但也不得不认可这个办法。于是各佣兵团的团长纷纷出来和倒影年华组队。倒影年华依旧站在大木桶上，不住地呼喊着：“×× 团的，×× 团的团长来了没有！”

公子精英团的都还想着这状况没准韩家公子的情绪是要爆发一下的，谁知这家伙完全没有什么过激举动，默默地出列，和倒影年华组了队，又默默地回来，只是手里拧着的酒瓶在众团长群中别具一格——人家这时候都已经拎上家伙了。

如此一切折腾完毕已经快 8 点，超过千人的大团队这才在围观党的注视下雄纠纠气昂昂地出发。

这当中绝大部分玩家都是没有离开过云端城的，甚至包括纵横四海的三位核心老大。不过由于任务发布中有给路线地图，三人盛气凌人地带着路。

队伍默默地前进着，玩家们各怀心事，有激动的，有期待的，也有忐忑的。谁都猜到这任务既然是护送，那么这一路必然不会安生，究竟会遇到怎样的困难，在一切都还茫然无知的情况下，是人都会有些紧张。

公子精英团的高手们夹杂在人群中，本是不显山露水的，但重生紫晶的姑娘们却因为和顾飞老交情，又同御天神鸣和战无伤比较熟络，自然和他们走在了一起。再于是，姑娘们却是比公子精英团更吸引人的团队。此时不只火球那帮猥琐的家伙，大多数男人都希望在这茫茫人群中找个妹子交流一下，打发旅途的寂寞，于是纷纷凑到附近寒暄套磁。乍一看，这片区域赫然是以重生紫晶为核心的。

如此一直上了乌龙山脉，从这里一直穿越过去便是月夜城的领地，去过的人如顾飞等人并不觉得如何陌生。

转眼看到前方就是某个山坡口时，御天神鸣和战无伤突然来劲了——这里有谈资啊！

公子精英团打响的第一炮，剿灭大强盗索图就是从这山坡转道上去后的乌龙山洞。

此外，顾飞成为 27149 被追杀时，也是在这里做的文章。战无伤和御天神鸣口中的顾飞有如丧家之犬一般躲中了山洞中。而御天神鸣着重强调了他当时的神演技如何要得纵横四海的追兵团团转，而战无伤则是大言不惭地说当时那计划是他一手策划出的。

“哇，你们两个真敢说啊！”连佑哥这个平素总是老好人的家伙都听不下去了。

“佑哥你当时好像不在场吧？”

“嗯，不在的。”两个家伙一唱一和，取消了佑哥的证人资格。

姑娘们听得只是笑，却也不为意，显然都比较熟悉御天神鸣和战无伤这对活宝夸大其词吹嘘自己的风格。只有细腰舞这个后来的对这二人尚不了解，听后对顾飞这段听起来很难堪的岁月致以了最深刻的鄙视。

“你们两个想死啊！”这两个家伙，吹牛抬高自己也就算了，但还总是借这机会打压别人，尤其顾飞这个身插重生紫晶内部的家伙更是这俩家伙的心头刺。现在当着面都把顾飞描述成这般模样，平时背地里真不知是怎么说的。

“大家当心些，这里可能会遭到攻击。”韩家公子突然说话了。

“谁啊，难道是索图？”御天神鸣笑。

话音方落，前方通向乌龙山洞的山坡突得爆发出震天的呐喊声，大堆的山贼强盗有如潮水一般从山坡上冲下……

“哇，难道真的是索图大哥！”御天神鸣和战无伤齐声大叫。

CHAPTER 76

无 伤 之 殇

在场的玩家，无论高手低手庸手，都从未见过如此景象。两山之间的强盗山贼如潮水一般，铺天盖地地冲到玩家所在的山道上。

山道没有那么宽阔，容不下这许多玩家并肩前行，此时一千多人排的是一条长线，纵横四海处在队伍的前段，佣兵团们在队伍后端。强盗山贼正插在纵横四海的队伍腰间。后面佣兵团的玩家在惊叫，前面受到攻击的纵横四海玩家却一点也没慌乱。

他们一边抵挡着小怪的冲击，一边向旁退下山路，走上山坡，瞬时间已经拉开了战场。

韩家公子拎着酒瓶直晃脑袋："看看，多有准备啊！早就知道他们曾经做过一次。"

"可这阵势……"佑哥抬眼看了一下，眼前小怪的数量的确多得惊人，但对玩家来说其实算不上太大的威胁。毕竟乌龙山贼仅是30级的小怪了，玩家等级全都是40阶，又是这么多玩家聚在一起，纵横四海的成员略向旁闪退辟开战场后，战士顶上，法师开火，弓箭手用当初把顾飞和细腰舞顶在地沟里的弧线箭阵也开始齐射。小强盗们那是来多少，倒多少，地上尸体堆积如山，刷掉旧的，倒下新的，各类装备、物品、钱币更是遍地开花。

"这阵势，纵横四海已经没问题了，完全不需要我们帮忙啊！"佑哥把话说完了。

韩家公子冷笑道：“这是这次有了准备，第一次估计在这里是吃亏不小。这小怪是没什么厉害的，但数量多，又出现得突然，猛地刷到你身边，怎么着也是个措手不及啊！这次有了准备，当然挡得简单了。”

纵横四海的确挡得简单，队伍是在那山道口布下了个口袋阵，NPC小怪那又都是愣头蒜，不懂啥变通，一门心思勇往直前，纷纷扎到纵横四海的口袋阵里。那口袋阵里法师的火焰齐天，弓手的箭矢掉得像暴风雨一样，小怪们冲进来根本没做出挣扎就已经扑了，完全没有悬念。

“人多力量就是大啊！”玩家们纷纷感慨。尤其专业佣兵团的玩家们。他们最大团伙不过就几十人，何尝见过这数百人一起的攻势，自然是深受震撼。

小怪的冲击势头渐弱，纵横四海的口袋阵已经解除，近战类玩家冲上山坡向小怪团伙反扑，佣兵团的玩家们总算也是捞到了插足的机会，纷纷冲上去杀敌。此时小怪三三两两看上去尽是些老弱病残冲锋时掉了队的，玩家的数量反而占了上风，平均每个小怪遭到七八个近战职业的围抢，四五个远程攻击的冷枪。

玩家们一边抢杀，一边瞪大眼睛盯着小怪们掉出的东西。

系统是公正的，就算是任务链中安排的杀手，那也只是30级的小怪。掉出的大堆装备对于40级的玩家都是不堪大用。虽然质量如此，但山坡上到处都是，从数量上却是极具诱惑力。

突得另一边山坡上几个杀着小怪的玩家接近了这边，看到这满地的装备，满山道上的玩家顿时都傻了眼。

他们正是30级上下，跑到这里练级的。不入40级玩家法眼的破烂玩意，在他们眼中可都是宝贝啊！看着那些个玩家似乎都很高级，没有要捡这些装备的意思，几人都开始咕嘟咕嘟地咽着口水。

但高级玩家的心态可一点都不高级。要是平时，随便杀出个30级装备，自己不想要，旁边有30级的其他小玩家，让他们捡就捡吧。但此时满山坡都是，自己不捡，全让这几个人捡了去，这便宜未免占得也太大了吧。

玩家们一想至此心下就不忿，于是原本没打算要的低级东西，此时纷纷伸手，把山道山坡上捡了个干干净净，连点碎布头都没留，末了还朝山坡上这几个可怜巴巴的小玩家横眉瞪眼地示威。弄得几个菜鸟很是不知所措，不知道自己犯了什么滔天罪行，引得这么多人要以眼杀己。

清理了战场后，队伍继续前进。纵横四海清理了一下人数，虽然刚才一战占绝对优势，但如此大混战出点意外在所难免，比如谁不小心滑一跤摔到口袋中，那也只能是一个死。

清点下来，纵横四海刚才混战中也壮烈了十来人，佣兵团方面也在后面大反击抢怪的时候有几人阵亡。但那时小怪已经相当少，真难想象可以遭到如此致命打击。大家估摸着肯定是个别人长得太像强盗，被其他人当 NPC 给围剿了……当时乱成一团，大家又是刚凑一起的，互相也不认识，这种事还是很有可能发生的。

这一战有惊无险，但却给玩家们打了一个预防针。

如此数量的小怪其实是很可怕的，方才玩家占着等级优势，纵横四海的玩家又早有心理准备，一交手立刻占据最佳地势布上最合理阵形，这才让战斗显得很简单。

如果下一次，换个地方，换个怪物等级，如此来一遭突然袭击，还能这么简单吗？

看来纵横四海也是经此一战后，意识到问题不简单，所以萌生了多找帮手相助的念头。而且他们刚才这样十拿九稳的战斗尚且损失十多人，受到突袭时就更不好说了。日后走得离云端城远了，人牺牲了无法快速补上，的确是个大问题。

佣兵团的玩家们就是善于思考，这一边走着路，一边还在心中惦量着这个任务。

如此又行进了片刻，就真正上了乌龙山脉的山道。

这山道可就不如之前那山路，从两边退下还是山坡那么和蔼可亲。

此时山道一边是峭壁，另一边就是万丈深渊。要么撞墙，要么跳崖，用句话来形容就是左右都是个死，你说这山道有多险。

玩家队伍此时拉得就更长了，没走过这路的玩家都不敢朝那山道边上靠，万一来阵急风吹吹一个没站稳，日后传闻被风吹下悬崖，这多丢人，还是贴着山壁走比较踏实。

更有些个想象力丰富的，开始担心这里如果突然受到系统伏击该怎么办。

虽然这山壁峭路看上去完全没有可以藏身的地方，但你和系统讲合理你就败了。这无厘头地直接搞个刷新，白光一闪小怪就在你身边了，你又能耐系统何。

这种有些杞人忧天的思考，公子精英团的佑哥是最擅长的了，此时就一脸忧相，问韩家公子："你说现在系统要是突然刷许多小怪到这山道上，我们是不是都废了？"

"这问题难度太高了……"韩家公子说，"我醉了。"

"不会啦！"六月的雨居然说话了，"这不合逻辑啊，这里怎么会出来怪呢？从石头里钻出来吗？"六月的雨说着摸了摸了峭壁，寻找可以钻出人的缝隙。

"不用啊！只要直接刷新出来就行了。"佑哥严肃回答，并引用了练级区刷怪的原理。

顾飞泪流满面——佑哥啊，和小雨谈逻辑，你已经败了……

于是六月的雨思考佑哥举出的练级区刷怪和眼下局面之间的关系，等她想通时，佑哥已经忘了和她谈过这事情了。

"喂喂，怎么不走了，怎么不走了？"

突得队伍越行越缓，有些地方已经停步，玩家正疑问呢，不过很快安静下来。

这是网游的好处，频道聊天多方便啊。那种队伍前端发生异状，而后端队伍不得而知的情况是绝不可能发生的。这后面刚产生点疑问呢！前方人员已经把消息反馈回来了："路断了！"

“路断了？这是什么意思？”走过这条道的，如公子精英团的家伙们一时间都没理解。六月的雨反应却快，愣愣地道：“被刷新了吗？”

“磨磨唧唧的！这什么时候能到月夜城啊！”细腰舞也嚷着呢！她是外城来的，倒也走过这路。以她的惯常速度，着实不能忍受这大队伍的缓慢前进，此时还居然直接停步了。

后面的人依然不理解这“路断了”是什么意思，山道险峭也不好向前挤，只能默默等着。从各佣兵团长下传的话来看，前方倒影年华那边是说问题很快就解决，大家稍等。

果然，不大会儿队伍又开始缓缓前进，一边走着一边听着前方不断地响着形似恍然大悟的惊叹声。

顾飞他们直至到了跟前才明白，一行人望着眼前痴痴地道：“靠，路真的被刷新了！”

六月的雨得意。眼前，原本应该存在的乌龙山山道像是凭空被切掉了一样缺了三米长的距离。不过此时上面被人工搭了一座木板桥：两根三米多长的长木搭在路两端，上面一块一块地铺着木板。这桥很简陋，很惊险，上去的玩家都战战兢兢，此处贴着山壁竟站着一堆面如土色的家伙，看起来是不敢从这人工桥上走过。

“嘁，这有什么啊！”细腰舞撇着嘴上桥了，速度还超快，瞬间越过了几人，这没纪律的过桥行为可把桥上几个家伙吓坏了。

接着六月的雨也踏上去了。

“这任务真好玩啊！”六月的雨兴奋着俯身掀了块木板起来研究。

她身前那位明显是觉得脚下松动了一下，回身一看，自己那只脚一半踩在半空，脚下是完全深不见底的悬崖。

“啊……”此人顿时就觉得自己脚下是空荡荡的，着不上力，腿立刻一软，身子很配合地一晃，掉下去了。

尖叫声一直从简陋的木板桥上响起，穿破桥下深渊的迷雾。

顾飞等人伸着脑袋，想听到那重物坠地后会令人怦然心跳的一声。据说这一声很神奇，山谷、河流、湖泊的深浅，都可以用这投物听声法估算。当然，投人是残忍了点。

大家都歪了脖子听呢，结果那群贴墙站的小白脸们脸都绿起来了，战战兢兢地道："不要听了，听不到声音的……"

"听不到声音？这么深啊？"大家伙议论。

果不其然，那人掉下去许久了，呼声渐小，直至没有，掷地声却始终没有传来。

"这山会有这么高吗？"顾飞嘀咕。

六月的雨还抱着那木板子，眼看着身前一个人就这么消失了，木了一会儿说："好好的，咋就掉下去了呢？"

"这桥不结实吗？"六月的雨一边说着还一边跺了两脚。

"啊啊！"惊叫一片，全力战士跺两脚，这桥顿时抖三抖，还在桥上的玩家个个吓得半死，一半已经弯腰曲腿趴桥上退化成爬行动物了，个个回头朝六月的雨怒目而视。这种时候，美女也无法阻挡大家仇视的目光。

可惜六月的雨根本没注意大家的目光，就是注意了她一时间也理解不了，此时低了头在嘟囔："还行呀，挺稳的。"说着迈出一大步继续就朝前去了，后面的人哭了："女侠，手里那块板铺回去吧！"

结果六月的雨不知是思考问题没听见，还是听见了却没反应过来是说她，就这么挟了块木板渐渐远去了。

处于她后面那兄弟立刻从桥上退了回来，桥边大多是重生紫晶的姑娘，望着他道："兄弟你不至于吧！就抽了那一块板，迈过去不就得了。"

此人望着六月的雨的背影："还是等那位女侠先过去吧！"

重生紫晶的姑娘自然是最了解六月的雨的，此时一想也觉得六月的雨在上面乱跺太可怕了。姑娘们看着这桥早就心虚了，并不是所有女生都像细腰舞那么彪悍，像六月的雨那么粗神经的。

虽如此，姑娘当中却坚决没有出现小白脸。那群小脸煞白的家伙，看来是已经打定了主意准备放弃了。就等所有人过了桥腾出路后，他们就要返回云端城了。当中不乏纵横四海和其他佣兵团中的女生，让好些个寂寞的男玩家遗憾不已。

公子精英团的家伙们看上去倒都是挺镇定的。虽然有佑哥这个喜欢瞎担心的家伙，但要知道佑哥同志向来是讲事实摆证据的，这么多人在他眼前顺利过桥，充分证明这没什么问题，所以他倒是一点忧色没有。

本着女士优先的情神，精英团的家伙们让重生紫晶的姑娘们一个个先过了，他们随即上桥。佑哥第一个，一脚迈上去踩实，心里就更踏实了，简简单单走上。之后剑鬼、韩家公子、顾飞、御天神鸣，到最后战无伤了，这家伙突然拉住了御天神鸣："御天啊，桥结实吗？"

"废话！"御天神鸣说。

"我这体重上去，也会结实？"战无伤问。

御天神鸣眼神开始飘忽，的确还没见到过战无伤这等身宽体壮的战士上桥。但看战无伤一脸犹豫的样儿，御天神鸣非但没有担心，反而异常兴奋，大声道："怎么，你怕啊？"

"说什么呢，我怎么会怕？我只是看着这木板有点薄……有点脆。"战无伤说。

御天神鸣点了点头："那么根据物理原理，你可以趴上去，着地面积大，压强就会小。建议全身趴上，匍匐前进，哈哈哈哈！"御天神鸣说完欢快地去了。

"兄弟，走吗？"后面的玩家看战无伤的样而觉得这家伙大概是要去一边当小白脸了，开始催促他让道。

前面可还有重生紫晶的姑娘呢，此时不乏回头凝望的，那关切的目光，让战无伤心一横："走啊，怎么不走！"说罢战无伤一步迈上。

不一样就是不一样，战无伤这一脚踩上来，那木板发生的弯曲程度的确和其他人踩上去大不一样。这一脚下去就感觉明显向下一沉，战无伤魂飞魄散，连忙就要退下来。结果他后面的玩家早就不耐烦了，看他迈步，立刻跟上，战无伤朝后一退自然撞到此人，而此人身后此时也堆了无数等上桥的人，战无伤力量大，也大不过这么许多人。结果这一退非但没退下来，后面被撞的人还立时反推他一把："干什么呢你，快啊！"

战无伤被推着又一步出去了，嘴里大骂一声“靠”，结果双脚倒是都已经踩在桥上。

木板依旧是那弯曲的木板，但至少没有断，战无伤心下稍安，这才稳步前进。

前面的顾飞等人一个个已经下了桥。那端山路上的人是越堆越多，战无伤捱了这么久好容易盼到要下桥了，却发现桥下居然没了他的落脚处。

“走啊！怎么不走啊？快啊！”战无伤一路走来不觉脚下危险，此时站着不动，顿时觉得脚下低一下高一下的，那木板好像是在十分辛苦地靠韧劲支撑着他，随时可能啪嚓一下。

“快给我让个位置，让我下桥啊！”战无伤急吼。

“没地了，真没地了。”御天神鸣是他前面最后一个下桥的，站到了最后一处可以落脚的地方，山道上此时已经挤满了人，战无伤知道自己不能硬挤。这不是公共汽车，你拿出抢座的气势横冲直撞一下，很有可能可以上路，不过肯定会有更多的人因为拥挤掉下山崖去，战无伤总算没有这么不厚道。

“为什么不走了啊？”战无伤着急。

韩家公子回头看了他眼说：“前面又是这样断开的路，正搭桥呢，然后再一个个过，所以有些慢。”

无誓之剑他们三个纵横四海的核心是在队伍最前的，所以有什么情况都是第一时间知道。然后倒影年华会通过队伍频道把情况告诉佣兵团长们，团长再告诉自己的伙伴。但韩家公子这家伙明显不负责任，只听不说。再看战无伤身后一桥的人，都没有因为队伍停下问东问西的，显然就是团长已经在佣兵频道里播报过情况了。

“妈的，真倒霉，怎么偏偏到我就挤不出位置了？”战无伤气急败坏，觉得脚下的木板好像沉得更深了。

“哈哈，你可要站稳了，实在不行就趴下吧，啊！”御天神鸣索性转过身来，朝着战无伤又喊又叫，大肆嘲笑。重生紫晶的姑娘就在公子精英团前过的桥，此时当然也就在桥边上，个个回头欣赏桥头神情紧张的战无伤，抿嘴在那儿乐。

这可让战无伤受不了了，心里再担心，那也得死撑下去。当即给自己壮胆，用非常鄙夷的目光望着御天神鸣说："哼，我站得稳得很，两只脚都是多余，一只脚就够。"

战无伤嘴上如此说，可没准备表演金鸡独立。只是心中存了这么个念头，那说话的时候，有只脚不自由地就进行了一下尝试性的离地。这若有若无的离地外人几乎根本没看出来，却就这么坏了事。

战无伤一直以来的担心并不是多余的，这木板承受他的确有些勉强。尤其此时他脚下这块，这是许多人下桥时最后踩的那块。心惊胆战地在桥上走过，就要下桥的最后一步心下难免激动，离开这一脚蹬地许多人蹬得相当痛快。这块板所承受的压力，远非其他木板可比。

战无伤老实站着也就罢了，此时心下有了这尝试念头，另一只脚刚微一抬，此脚下的这块很辛苦的木板再也坚持不住了。

"咔嚓"一声！许多人担心的一声终于响起了，战无伤"哎呀"一声就气势如虹地跟着那断板下沉。

千钧一发，战无伤猛然张开了双臂，就势一展挂在了支撑木板的两根长木上。这两根木头无疑是很结实的，足够撑住战无伤，但问题是他这么一折腾可远比之前六月的雨那一跺脚剧烈多了。他身后络绎不绝的惊叫瞬间把战无伤那点小嗓门给掩盖了，战无伤的同桥战友们纷纷如饺子一般往下掉。不少人怀里还抱着块小木块——关键时候伸手乱抓，长木没抱着，和他一起掉下去的小木板倒是被他揽怀里了。结果和木块做了同命鸳鸯，太冤了。

只在顷刻间，一桥人已经掉的一个不剩，搭在上面的木板也掉下去许多，这桥眼看也是没法走人了。

站在两边山崖旁的玩家都是目瞪口呆，最后不知是谁道了一声："真是造孽啊！"

玩家一片唏嘘，突然在过来的那方向有人伸手一指："看，有个幸存的。”

他们那边并不知道战无伤所发生的一切，这个造孽分子被他们当作了幸存者，居然为战无伤的走运抱以了热烈的掌声。

佑哥连连摇头：“这才是造孽啊！”

战无伤像个腊肠一样挂在两根长木之间，以他的吨位尚不至于随风飘荡。至于一桥的人都掉下去了……这点战无伤也没工夫关注，他自己还没脱离险境呢！

“坚持啊，无伤！”御天神鸣蹲在了他跟前，很高兴。

战无伤双膀使劲撑着，咬牙切齿：“快拉我上去。”

“没有位置啊！”御天神鸣左右看了看说。的确，虽然发生了这么悲惨的事，但这并不是马上腾出空地的理由，山路上依然是那么多人。虽然挤一挤再多进来一两人不是难事，但问题是没人敢挤，这一挤很容易出事。

于是战无伤继续像个展览物一样挂着，并得到大家的点评，还有人为此下注——

“你说他还能坚持多久？”

“五分钟，我押五分钟。”

“六分钟！”

“七分钟！”

“……”

“买定离手，买定离手！”

可爱的玩家无时无刻不在发掘着游戏的乐趣。

不过战无伤显然比他们想象的都要爷们多了，已经过去十分钟了，依然很潇洒地挂着。维持这个处境靠的主要不是力量，而是耐力，而耐力在游戏里是比较模糊处理的一个属性，在各个方面都有系统的补助。此时看战无伤的状态，挂上个把小时似乎不成问题。

还好现实不至于这么残酷，十多分钟过去后，御天神鸣他们这边的人群总算有了松动，大家开始了拯救战无伤的行动。

如顾飞这种没力量的家伙是不敢上来帮忙的，他们极有可能没把战无伤拉上来，自己反被战无伤的反作用力给带下去。最后是重生紫晶的六月的雨和另一个战士一同出来，把战无伤给拽了上来。战无伤很痛苦，自己挂在那儿已经够尴尬了，现在还被姑娘给救上来，从今往后何以立足啊！

眼看着战无伤脱困，两边山道上再次响起极其热烈的掌声。随后玩家们又反应过来一个问题：桥没了！还有一半佣兵团的人没过来呢！怎么办？

还没等玩家们进行更深一步的思考，顾飞他们这边已过桥的人群中钻出了逆行的几人，来到这断崖边，看了看后，和对面山路上的人交流着，把两根长木扶正，开始了铺桥工作。

“纵横四海的？”众人恍然。

韩家公子点了点头，很显然，倒影年华已经又在团长队伍里跟众人说过了。

“纵横四海是有备而来的。”韩家公子对身边几个家伙说，“他们上次就是走到这儿后没能再继续下去。这次招了佣兵团，顺便也带上了过这断崖的设备。”

“都是他们自己弄的啊？”大家打量着纵横四海的行会成员不住地从口袋里掏出木板在长木上铺着。

“嗯，真不容易！”韩家公子也感慨，游戏里是没有木匠职业的。这些木板，也不知纵横四海是如何伐木制作出来的。

新的桥很快铺设完毕，有了前车之鉴，后面再过桥的玩家都万分小心，也没人再在桥上装逼耍大胆了，大家都安安静静，小心翼翼地走过。

顾飞他们也随着人群继续在山路上挺进。不大会儿到了第二个过桥处，一人一人依次走上，轮到战无伤时，无数玩家望着他，目光非常诚恳：“兄弟，你最后一个过，行吗？”

战无伤泪流满面地点头，蹲到一边去了。

顾飞等人很仗义地过了桥后等着他。战无伤倒也没真成最后一个，一个纵横四海的玩家留在最后示意战无伤先过。悲剧总不至于屡次上演，战无伤成功过了桥后，纵横四海的玩家随他身后，把铺好的桥又一块一块给拆了下来。最后那两根几乎五米长的长木直接往口袋里一塞，有如变魔术一样让人叹为观止。

队伍在走走停停间继续前进着，断崖数下来已经过了有四个。而在又一次队伍停顿后，久久不见恢复。各佣兵团长向不知情的团员们回馈信息：前方新的断崖距离过长，纵横四海准备的搭桥长木长度不够，正在想办法。

等了良久，突得一直处在队伍末端的那位负责过崖拆桥的纵横四海玩家来到公子精英团跟前，望着顾飞说："千里兄弟吗？我们会长请你到前面去一下。"

"我？"顾飞不解。

韩家公子却是一脸不出我所料的得意笑容，拍拍顾飞说："走吧，我陪你过去。"

"不用桥就可以过断崖的，会长说只有你。"那玩家回答说。

顾飞点了点头。之前虽然他也跟着众人一起走桥，其实对他来说没这个必要，用个瞬间移动，那些断崖他都可以飘过去。其实也不只他，如第一道断崖不过三米，是沙坑跳远时所有人都可能达到的成绩，但问题眼下这个是悬崖，要跳过去，心理障碍可不是那么容易克服的。

在韩家公子和那纵横四海玩家的陪同下，顾飞有如救世主一般来到了队伍最前列。眼前这道断崖估摸着得有七八米，断涧升起的雾气让对面山路看起来都有些云里雾里了。无誓之剑、倒影年华、风行三位纵横四海核心成员正愁眉苦脸地蹲在最前，一见顾飞到了，连忙迎了上来。

"木头不够长，没想到还有这么宽的一道沟。"无誓之剑说。无数玩家都把这断崖称之为"沟"，主要是从心理上暗示自己这没什么可怕的。

顾飞望了眼问："那打算怎么办？"

"用绳子。"无誓之剑说。

“唔，我先过去，然后拉根绳，大家吊着绳过去？”顾飞问。

“嗯！”无誓之剑点了点头。

顾飞站在断崖边朝下望了望，笑道：“吊绳子，不害怕吗？”

无誓之剑叹了口气：“是有好多人不敢过了……没办法。不过这沟千里兄弟你能过去吗？”

“我差不多吧！”顾飞点点头。

“那么麻烦了。”无誓之剑说。

“嗯，让大家给我闪开点道吧！”顾飞说。

“嗯？”无誓之剑不解。

“太宽了，光靠瞬间移动过不去，我得跳一段。”顾飞说。

无誓之剑再度怔了怔，一竖大拇指：“千里兄弟真有胆色。”

这里都是纵横四海的玩家，闪开条道不过也就是无誓之剑一句话的事儿。

顾飞退后了数米，摩拳擦掌。韩家公子来到无誓之剑跟前，也是摩拳擦掌：“无誓会长，这个可是事先咱们约定过的特别贡献了。”

无誓之剑无奈地点了点头：“我记下了。”

“呵呵！”韩家公子抱着胳膊站到一边，朝顾飞甩了甩脑袋：“过吧！”

“还用你说！”顾飞早就已经跑起来了，冲到崖边毫不犹豫飞身而起，光跳就已经过了一半断崖，跟着半空中一个吟唱，人哗一下消失，已经稳稳站在了对面的山路上。

掌声如雷。

大家佩服的当然不会是顾飞有这个技能，主要是佩服这家伙敢飞出悬崖的胆量。换作其他人，就算也会瞬间移动，是否有飞出悬崖再吟唱的胆子就未必了。

“绳子！”顾飞在对面喊。

无誓之剑拿出一把巨斧，将粗粗的绳索紧紧缚在了斧柄之上，振臂一挥，巨斧带着绳子呜呜呜地飞了过去。顾飞也没伸手接，等着那巨斧落地。

山路上光凸凸的根本没地方绑绳子，无誓之剑他们的计划是绳子绑在斧柄上，再把斧子死死钉到地里。

当然，仅绑一把似乎并不保险，无誓之剑这边又朝手下征集，七手八脚地又扔了三把巨斧来。都是那种做工极粗糙，仅仅是有了个斧子形状的巨斧。好说都是40级的玩家，居然还能征集到这么破的武器，也真够不容易的。

紧跟着又有人扔了锤子过来。顾飞好一通忙活——身上没力量啊，这力气活干起来也慢。那边无誓之剑他们几个战士动手，三两下就已经钉了五把巨斧在地里，绳索在上面一圈又一圈地绑了五道，顾飞这边叮叮咣咣的，动静比谁都大，效率比谁都低。

要知道斧柄那一端可不是尖的，没什么钉子精神，开始一段还好钉，越深越是费劲。顾飞忙活了好久，才把四把斧子“种植”完毕。末了开始朝斧柄上缠绳子，大家伙也是心惊胆战的。

“千里兄弟，多用点劲，多缠几圈！”无誓之剑喊。

“打死结。”韩家公子提醒。

终于，一切忙活妥当，一根绳桥横了山崖之间。

“谁先来？”众人面面相觑，互相谦让。

“我来吧！”身为会长，无誓之剑这时候果然有点霸气。第一个站了出来，拍了拍手，蹲身抓在绳上，跳了下去。

如同之前战无伤挂在木桥上一样。这事其实主要靠的不是力量，是怕耐力不够坚持不下去。所以说游戏里这事其实并不太难，无誓之剑吊在绳下，两手交替着，晃晃悠悠一路扭了过去。倒是这一端爬回山路上费老大劲儿——顾飞力量弱啊，对他帮助有限，无誓之剑趴那儿吃了老半天土才爬了上去。大出了两口气后，回头喊道：“过吧！很结实，没问题！”

无誓之剑成功扭过了绳桥，而且他的体型、装备和战无伤一样都是重量级的，无疑给了后面众人极大的信心。已经再没有人会担心这绳桥的质量问题，大多不肯过的只是抗拒不了心理的恐惧。

“不要看下面，怕的话动作就快一些，这是游戏，很简单的，来！快！”无誓之剑在这边拍着手鼓励绳子下面正扭着的这位，“很好，马上就到了，就剩一米了！”

到了跟前，他的力量那自然是比顾飞强太多，轻松将人扶上。

“妈的，吵死了……”被扶上来的人是韩家公子，嘴里小声嘀咕了句，掏了掏耳朵后，和顾飞一起站到了一边。

玩家一个一个过绳桥，无誓之剑倒也细心，时常检查着绳索有没有松动，然后就是站在桥边把每一个到达的玩家给拉上来。他的身后人越堆越多，慢慢开始碍手碍脚，无誓之剑回头看看，摆手道：“继续朝前走先！”

新结成的队伍继续前进，顾飞也想走的，却看到韩家公子未动。

“不走吗？”顾飞问。

“看看！”韩家公子朝绳桥望着，“咋半天也没个掉下去的。”

“太恶趣味了。”顾飞一边严厉批评他，一边也抱着胳膊站到山边观赏。无誓之剑瞟了一眼这俩看热闹不嫌事大的，倒也不好说啥——不是他行会的人呀！

过绳桥显然比之前木板桥更危险，但也正是因为更危险，所以玩家们更加小心翼翼。游戏里这活本就不难，一认真起来还真没人掉下去了。要知道之前走木板时，战无伤那次只是闹得动静比较大，其他时候不小心碰了撞了的，掉下去的情况也时有发生，想不到绳桥这看似困难的一关，反而没人掉了，就是过得有些慢。

如此一个一个，终于轮到了佣兵团的玩家。那峭壁边上站着的放弃过绳桥的玩家比之前放弃过木板桥的可多多了。

重生紫晶的姑娘们一到跟前也有好些怔住了，这次对胆量的考验比之前难度大多了。任凭无数声音在旁边劝说“游戏，没事的”也无济于事。这等废话随便重复几句就能克服心中恐惧，你当这是电视剧啊！

“真的没事的，葡萄，你看我过给你看啊！”御天神鸣所中意的葡萄姑娘此时怕得厉害，摇着头不想走了，御天神鸣多次劝说无效，于是决定以身示范。抓着绳子轻身纵下后，努力做出很轻松的样子，时不时回头微笑鼓励葡萄。

“看，很容易的，过来吧葡萄！”成功过去的御天神鸣站在这边崖边上大声喊着。

葡萄怯生生地四下望了眼，重生紫晶的姑娘们敢过的之前早已经过了，此时留下的都没从御天神鸣过桥中找到什么自信。面面相觑之下，觉得还是和站山壁下的那帮家伙比较有共同语言。

无誓之剑站在了山崖边上，朝这边呼喊：“还有没有要过的啊？”

山这边的玩家面面相觑，公子精英团的几人一片哗然，因为战无伤又留在那边，此时犹犹豫豫不知所措。

“快给老子过来，不要拖我们后腿！”身为团长的韩家公子第一个怒了，手中还没喝尽的酒瓶直接甩了过去，人没砸着，酒瓶落地摔碎，酒水洒一地。

“哪位还要过，赶紧啊！”战无伤四下张望。

“靠，就说你呢！你还装，快过来！”韩家公子又摸了个酒瓶，但看是满的，没舍得扔，连忙开了抓紧时间喝着。

“我……这个……嗯……”战无伤犹豫。

“没事的，无伤兄弟，我都过来了，你还不行吗？”无誓之剑笑着。

战无伤一看，觉得也是，无誓之剑和自己差不太多，他都过了，自己怎么会不行呢！要说什么怕高之类的，战无伤倒是没有，他主要就是担心自己的吨位，加上之前踩断过桥一次，就更没安全感了。

“快过来！速度！”韩家公子吼。

“放心，没事的，这桥比木板那个结实多了。”无誓之剑好言安慰，战无伤挂腊肠的故事他已经听说了。

这二人一个糖衣，一个炮弹，终于是让战无伤下定了决心，俯身牢牢抓住绳索，大吼一声“我来了”，纵身跳下。

大家为战无伤的气势鼓掌，当中夹杂着御天神鸣的呐喊：“战无伤你纯爷们，掉下去吧！”

可惜这干扰没能成功，战无伤过绳桥过得太专心了，是所有玩家中最专心的一个。双臂交替，每次前进半米，动作标准到位，极富节奏感，表情严肃得像个游戏 BOSS 似的。大家看得都痴了，心想这家伙过得这么认真这么执著，这要掉下去，那该多过瘾啊！

也不知是不是大家的心理真起了作用，战无伤这桥过到三分之二时，所有人都听到了“嘣”的清脆一声，绳桥突然就断了。

“掉下去了！”人群中发出了喜极而泣的声音。

“你大爷……”战无伤的声音夹杂在风中，从山间传出，接着，所有人听到“砰”一声巨响，山路因这一响似乎都发生了颤动，无数已经走远的玩家发消息来问：“怎么回事？”

一声微弱的呼喊从山下传来：“快拉我上去。”

“我靠，还没掉下去，还坚持呢！”御天神鸣大吃一惊，趴到崖边伸脖子一看，战无伤两手死死拽在绳上，贴在了山壁上。

“别死撑了，下去吧！”御天神鸣大声喊。

“御天你等着，老子上来就把你丢下去。”战无伤怒道。

“太嚣张了！”御天神鸣拔了根箭作势要插断绳索：“快叫御天爷爷！”

“行了行了，别闹了！”顾飞过来把御天神鸣扯到一边去了，招呼其他几位，“快把这家伙拉上来吧！”

“抓好了，无伤。”佑哥伸脖子喊了声。

几人一起用力，战无伤终于还是被拉了上来，仰天躺在地上大喘气，脸有伤痕，身上的盔甲也被刚才一下撞得七歪八扭的。

韩家公子拿回复术给他刷了一下：“怎么样？”

“行……可以……”战无伤上气不接下气，不是累，是太紧张。那种刚刚从险境中脱离的满心疲惫，并不一定是身体上的。

“行了，这一段算你功劳最大，给你多记几分吧！”韩家公子说着朝剑鬼示意了一下。

“嗯！”剑鬼也同意了，拿出小本，认真写上：精神补偿，20 分。

久久，战无伤才从地上爬起，御天神鸣非常有远见地远远躲开了，但大难不死的战无伤仿佛看透红尘一般，根本没理会这茬，起来后只说了一句话：“一会还要过桥吗？”

“好像不要了。”无誓之剑笑道，“前边兄弟说一直再没遇到。”

“哦！”战无伤应了声，挥挥手：“大家走吧！”

如此继续前进，果然再没遇到断崖。行会佣兵团两方面的统计工作很快也进行完毕，因为胆量问题没有过桥而退出队伍的玩家有不少。尤其这当中女玩家占很大比重，这让许多玩家都异常痛苦。

紧接着一路都再未有什么异常情况，眼看着乌龙山脉就要穿越完毕，突然队伍前端又生骚乱，战无伤哆嗦着：“山路又断了吗？”

“不是，遇敌了。”韩家公子回道。

“嘁！那有什么可怕的。”战无伤腰杆子又挺直了。

“这里遇敌，有些麻烦吧！山路铺不开阵型啊！这么多玩家也无济于事，像我们在队伍最末，根本出不上力。”佑哥说。

“出什么力啊，什么情况都不知道。”御天神鸣蹦蹦跳跳，依然看不到前方状况。

“什么情况！”大家只能问韩家公子。

“刷出的怪堵在山道口，下不去了。”韩家公子说。

“什么怪？”

“强盗。”

“那有什么可怕的？”众人鄙视。

“BOSS 带队。”韩家公子淡淡说了句。

众人心一紧，因为根据官方说法，围绕在 BOSS 身边战斗的小怪战斗力会比正常情况下有所提升，而且这些小怪会听从 BOSS 的领导。BOSS 的智商倒也不见得多高，再机智也不可能和狡诈的玩家相比。问题的关键在于，当听从了 BOSS 统一指令的小怪，仇恨规则就完全失去价值了。比如平时玩家喜欢的引怪，这时候那就要看BOSS眼色了，BOSS不下令，你就把怪弄死人家也不会来追的。

毋庸置疑的纪律性，唯一的缺点，恐怕就在指挥者的智能水平了。

“前面现在怎么样了？”几人问韩家公子。

“退了退，正在组织人手准备一举冲出。”韩家公子说。

“这样，那得高手来啊！”

“没错，所以正在叫咱们上前去呢！”韩家公子说。

CHAPTER 77

再 战 索 图

高手当然并不只公子精英团的人，处在后方的佣兵团都收到了呼叫，纵横四海的意思是先组织一队精英杀出小怪的封锁，然后再看小怪的举动行事。

公子精英团穿越人群来到最前方，看到了各佣兵团的当家都已经聚集于此，无誓之剑正在笑眯眯地对众人说道："这下可要仰仗诸位了。"

"果然是这样……"韩家公子在佣兵频道里说着。

"嗯，把佣兵团的人全叫上来了，是准备我们打头阵当炮灰啊！"佑哥也看出来了。

"没办法，那也得上。"剑鬼镇定地说。

这的确是佣兵团的无奈，有时明知是炮灰，却也不得不冲上。

"各位，我这技能持续是 25 秒，大家抓紧这点时间努力冲吧！"银月出来讲话了，说的是他战阵技能"王的号令"，显然在这时候大家都准备把压箱底的功夫施展出来。公子精英团的几人都没想到居然有机会体验一下银月这变态技能，纷纷感慨世事无常。

"不过，如果再有人相助一下的话，这技能时间还可以多延续一下。"银月接着又讲了一句。众人都不大理解，无誓之剑也上来询问："银月兄弟这话是什么意思？"

顾飞顺着银月此时的目光，发现他在望着樱冢月仔那边。樱冢月仔他们阵中是有茫茫的莽莽的。"难道说的是她？"顾飞正思考呢，看到茫茫的莽莽也扭过头来，显然也是听见银月说话。只见她面无表情，手一伸，朝银月比划了个中指。

顾飞笑着把头扭一边去了，听到银月正在朝无誓之剑说："没啥没啥，我就是怕我挂了导致技能中断。"

"哦，这个不用担心。"无誓之剑手一挥，叫上来两个牧师，一指银月，"你俩专供银月兄弟。"

团队战中一人专配了两牧师，银月这技能多受重视已经可见一斑了。

"近战职业做好准备，弓箭手、法师一会酌情给予援助，但可都看清楚了，不要伤到自己人。"总指挥倒影年华发话了。

于是战士、盗贼、格斗家之流纷纷出列，临时组成了一支队伍，骑士开始给他们施以祝福，牧师夹杂其中，法师和弓箭手退到队伍后面严阵以待。由于山路狭窄，他们这一退也是老远，基本就看不到前方战场了。

"你要什么祝福？"佑哥笑着问顾飞。顾飞剑朝地上一戳，大大咧咧地站在近战职业队中，周围玩家纷纷投以钦佩的目光，小声嘀咕："真的是近战法师啊？"

落落拎着法杖来到顾飞跟前，笑眯眯地道："要不要专职牧师啊！"说完已经回复术摸了一把。

"不要浪费……"顾飞擦汗，"你照顾姑娘们就行了。"

"她们？好像没必要了啊……"落落笑着。顾飞朝那边一望，细腰舞、七月、烈烈、柳下、六月的雨等准备参战的姑娘身边，围着一大堆牧师准备献殷勤呢！

"随你便吧！"顾飞也无语了，把目光投向了前方的战场。数米开外，强盗团伙堵在山道口，冲破了这里，前方就是平原，玩家们拉开架势完全不用惧怕这些 30 级的生物。

"不是 BOSS 带队吗？在哪儿呢？"顾飞问。

"那不是吗？"落落伸手给他指了下。

顾飞朝那边一看，果然有个强盗装束上看起来就威风凛凛，和其他小贼大不一样。再细看两眼，顾飞恍然："那不是索图吗？穿上衣服真还没认出来！”

玩家纷纷侧目：此人和索图有什么不可告人的关系吗？

时间不等人，乌龙山脉这一路过断崖耽误了不少时间，不少玩家这时候都已经急着要下线了。玩家们迅速准备完毕后，倒影年华指点战术：“从旁边直冲，先不要和BOSS纠缠。”

玩家们摩拳擦掌，倒影年华竖直了胳膊：“纵横四海弓手准备，先给敌人开个胃，放！”

一声令下，只见队伍的后排无数箭矢划着弧线飞跃玩家们的头顶，朝强盗集团飞去。

“上吧！”近战玩家们一声吼，舞着兵器追着箭矢冲了出去。

银月王者之剑一举，正要“王的号令”呢，队伍中嗖嗖两道人影，一黑一红，已经以超越其他人一头的速度冲了出去。

倒影年华气得不行，这杂牌军就是不行，一点纪律都没有。

“不要冲，团队，团队！”倒影年华这还吼呢！前面两人互相对望了一眼，回头看了下身后，一起喊：“跟上啊！”

哪里跟得上啊？这近战队伍中，战士不少，那就是打了鸡血也追不上顾飞和细腰舞啊！如剑鬼之类，速度虽然也很快，但懂得配合其他人的速度。

顾飞呢倒也不是不懂，开始也没准备冲的，但是那边细腰舞率先一头扎了出去，顾飞依稀间感觉是在和重生紫晶一起行会对抗，热血一翻，立刻也就杀了出去。

此时后方弓箭手放出的箭矢已经落入强盗阵中。受到攻击的强盗当然不会打不还手，索图大刀一挥，强盗们也是哇哇乱吼着冲了上来，转眼和顾飞、细腰舞已是短兵相接。

“双炎闪，闪！”顾飞一声吼，全身扭着，一边还朝前踏步，一下就已经卷入强盗阵中，火光在周遭画成一个圆，看得其他玩家直咂舌：这是双炎闪，还是旋风斩啊？

细腰舞也不示弱，根本不用技能，普通攻击上去，大多一刀就已经解决，效率也是超高。顾飞那边双炎闪刚罢，细腰舞一闪已经到了他身侧，飞快把靠上来的强盗给收拾了，还得意地朝顾飞说："嘿嘿，技能冷却了吧！"

其他玩家看得目瞪口呆，倒影年华也直掐大腿："靠，这两个没纪律的，之间还有配合呢！"

一时无法用技能的顾飞身手依然强悍，剑光霍霍，周围强盗纷纷被刺得飙血，倒也可以杀退一半的进攻，另一半，就交给细腰舞了。

没大会儿技能冷却结束。

"让让。"顾飞说了声后，细腰舞心领神会杀去一旁，顾飞一个吟唱，双炎闪呼啸着又是一圈多，身边又一次干净了。

倒影年华再次掐大腿，朝两人嚷嚷："朝外冲，朝外冲啊！"

其他玩家这时也已经和强盗们接火，受顾飞和细腰舞感染，个个血脉愤张，大杀四方。30 级怪在这群高手手下，一时间显得很柔弱。

大盗贼索图这时大刀一挥，强盗团队开始且战且退，玩家得意：这很简单嘛！用得着突围？直接就在这里把他们剿灭了。

正感觉步步进逼将强盗们杀退时，突得索图大刀又竖了一下，方才已经成溃败相的强盗们突然又精神起来，吼声再度响起，抄着家伙又和玩家们干了起来。

玩家们突然间受到多方向的打击，静了心一观眼下局势，大叫"我靠！"

"口袋阵啊！"倒影年华又掐大腿了。那强盗们顶不住玩家冲杀后退，退了一缺口后猛得又开始反扑，左右两方更是有强盗发动夹击。这一看来，俨然是在山道口布下了一个口袋阵，现在是要把这群打先锋的玩家吞下了。也不知这是强盗们无意间成了这阵势，还是有意引诱的。

总之遭受三面围攻的玩家比之前要吃力不少。不一会儿银月的"王的号令"技能已毕，玩家们的生猛势头立刻比刚才有所下降。银月在阵中啃着水果，大家还期待他快点恢复法力继续给大家来这技能呢，银月自己心下苦笑：法力是能恢复，可这技能冷却长达10分钟啊！眼前这战斗，能持续十分钟吗？

强盗们一排倒下，另一排立刻顶上，将玩家死死封在当中。倒影年华大急，不住地呼喊众人快向外冲。这些精英玩家可以和对手相抗衡，这点倒影年华是清楚的，但问题是这样相抗衡打的是消耗战。

系统小怪那是不怕死的，前排倒了后排停上，轮换很容易。玩家就不同了，不可能用这种舍身战法，法力耗尽的玩家，势必应该退下被新的玩家顶上，而问题的关键就在这里：在这狭窄山路上，根本无法有效进行这种轮换，这才是倒影年华急于安排人手冲出包围的原因所在。

目前能在小怪包围中保持前进步伐的，似乎只有顾飞和细腰舞。这二人清怪效率奇高，尤其顾飞那双炎闪后就是一圈干净，顺势就能朝前一大步。其他玩家注意到这端倪，觉得二人这边是最佳突破口，立刻将主攻方向调整到这个方向。

倒影年华大喜，觉得大家是成功找到了突破口，但还没来及高兴呢，却见顾飞虚晃一剑，不再在最前方冲杀，叼了个苹果退回玩家阵中了。

倒影年华大为光火："关键时候捣什么乱啊！"

"没办法，没法力了嘛！"御天神鸣身为弓箭手不在冲锋阵中，此时抱着弓站在倒影年华附近。

倒影年华欲哭无泪了。这么关键的时候，退下阵来吃水果补充法力，这浪费的时间，已经足够影响战局了。

韩家公子身处战局当中，此时也是直摇头。连倒影年华都能看出顾飞这叼个苹果退下阵是多大的麻烦，他又岂会不知。其实从一开始韩家公子就没把顾飞视作希望，他知道以顾飞的法力根本不足以杀出这包围圈。如果这包围圈是玩家布的反而容易，顾飞那杀伤力，口里吆喝着双炎闪就够把人吓退了，可惜这些是系统强盗，比玩家无畏多了。

无数人正对顾飞感到无奈呢！顾飞突地又像觉醒了一般，叼着苹果重新跳入阵中，手中暗夜流光剑一挥，把苹果吐到一边就是一句吟唱，双炎闪的火光灼热地烧开一个圈。众玩家目瞪口呆，回过神来后，纷纷把目光投向了顾飞吐在地的半个苹果上。

这是什么品种的苹果啊？就这么一会儿已经把法力回复了吗？许多人努力克制着把半个苹果捡起来一看究竟的冲动。

顾飞的表演还远没有结束，他这边重新归阵，细腰舞立刻过来和他配合，也奇怪地问道："这么快就有法力了？"

"是啊，真奇怪！"顾飞自己其实也纳闷呢，就这说话的工夫，他身上的法力还在不断回复着，游戏知识浅薄的他根本无法做出解释，所能做的就是抓紧时间把这法力给用了。暗夜流光剑一扬，顾飞指着侧翼一个吟唱："电流墙壁，降！"

瞬时空气稀薄，电流交错，侧翼处噼哩啪啦璀璨了半天，玩家们个个被搞得心惊肉跳，结果却是什么也没发生。

顾飞很茫然，看那阵势明明就应该交织成一道电流墙壁的，到最后怎么什么也没有呢？

韩家公子一看顾飞这么嚣张地用法术，也觉得大有蹊跷。而且顾飞和细腰舞之间的默契配合他已多次看在眼里，连忙给他来了条消息："用范围法术，秒出一条路来！"

"马上！"顾飞略作回复。电流墙壁消耗较大，此时法力不足，但回复却没有停止，不大会儿又已经涨了起来，顾飞一时也没去琢磨，仗剑一挥，放了一个火树千重焰。

法术发动迟缓的现象是一点都没改善，吟唱结束后半响，地上方才升腾起火焰，哗啦一下，一片强盗倒下了，韩家公子却是气极败坏："用这个干什么，用天降火轮。"

"呃……"顾飞怔了怔，再一看眼前局面，立刻一拍自己脑袋。

火树千重焰有五秒的持续燃烧效果。他秒杀法师的威名在此，火树千重焰后点燃的大地根本没有玩家敢踩上去，倒是强盗们无所畏惧，踩着火海就冲上来了，瞬间又把这空白填满了。

顾飞吃一堑长一智，法力再补上后，扬手一剑放的就是天降火轮了。

一片大地又肃清了，这次玩家们没有放过机会，抓紧时间乘机切入，强盗们的包围终于被撕裂一个缺口。

“还有法力吗？继续！”韩家公子朝顾飞喊道。

“源源不断啊！”顾飞得意。此时天降火轮尚没冷却结束，顾飞伸手一个瞬间移动飘入强盗丛中，荡剑转身一个双炎闪，也算是秒干净了一个小圈。细腰舞第一时间冲进圈和他一起维持，其他玩家也极具意识地追逐着二人的步伐。

“好了！又来了！”顾飞挥剑砍了几人，天降火轮冷却结束，当即又是一个吟唱，那些原本可能打断他吟唱的攻击，被护在他身遭的细腰舞悉数拦下，火轮成功召唤出来，轰轰烈烈落下，大地再次被肃清。

玩家们也兴奋起来了，一起上来把顾飞护在当间吆喝：“还冲什么啊！把怪全部秒掉得了。”

“好主意！”顾飞朝这帮玩家笑笑道，挥剑一记“双炎闪”又清掉了一排，显然也是有些得意忘形了。就在这时消息接收响起，顾飞翻开一看，居然是茫茫的莽莽：“喂，还是抓点紧吧，我的法力就快用尽了。”

顾飞一怔，在人群中搜索着茫茫的莽莽。很快在不远处找到，那姑娘也在随着队伍前冲，但手里举着的法杖却是一直指着顾飞，看到顾飞望了过来，笑笑说了句：“真当天上掉陷饼啊！”

顾飞虽不知发生了什么，却也知道自己的法力回复和茫茫的莽莽有着莫大的关系。听茫茫的莽莽话里意思，这回复也不可能是无休止的，当即也不敢再没心没肺地挥霍了。

俗话说的好，钢要用在刀刃上，虽然双炎闪砍人很痛快顾飞很喜欢，但是看眼下形势也知用天降火轮对团队更加有利。随即也就收敛了一下自己砍人的冲动，待得天降火轮冷却结束后，老老实实地又丢了一个下去。

“大家冲啊！”顾飞扬剑前指，像统帅一样带头冲了过去。他这时真担心那些个玩家死心眼，真等着他把强盗们全秒干净。

事实证明玩家们也真没这么执著，一看顾飞还是在本着冲出重围的路线不动摇，也就跟着继续杀将过来。

如此，顾飞用天降火轮硬是炸开了一道缺口，玩家蜂拥占据空位，如同一把钢刀一样直插强盗阵中。

顾飞又丢了两次天降火轮后，突破重围就在眼前。茫茫的莽莽此时法力已经燃尽，顾飞法力回复停止，剩下半管法力，再用两个天降火轮还是足够的。

玩家都是满心欣喜，只要打开这么一条通道，他们就可以不断突围冲出，之后在外面宽广的田野上拉开阵势，这点 30 级的强盗何足挂齿。

正美呢，突然强盗阵中发出一声怒吼，索图终于在此时爆发了。飞身而起直接跳过无数人头顶，落到了顾飞正前，把玩家的去路拦了个正着。

玩家心下一悸，一直搞指挥工作的索图，此时终于要出手了吗？

莫看索图手下都是一帮 30 来级的小弟，此 BOSS 实力着实不俗，而且他是属于那种任务型的。任务 BOSS 比同等阶的野生 BOSS 要强悍一些，这是目前玩家的认识。

按说两军大将要交锋了，小弟们应该站在一边摇旗呐喊助威，但索图的小弟却很没规矩，老大都跳过来了，他们依然对着玩家又砍又杀的。玩家继续硬着头皮抵抗，却不知该拿索图怎么办。

此时他们是身陷重围中的重围，周遭小怪都应接不暇，实在腾不出手脚再应付 BOSS。BOSS 那岂是随便上几个人就能应付得了的，平时充分准备，搭配好职业，计划好配合，还经常不慎阵亡，何况眼下这乱成一团腾不出人手的局面。

玩家们正心惊胆战地盘算着要不要先撤一下时，顾飞却已经横了剑冲上去了。

“你疯了！”这下连细腰舞都惊讶不已。她再彪悍，却还没觉得自己有单挑 BOSS 的实力。想不到顾飞居然敢做出如此壮举。

“又不是第一次了，熟得很。”顾飞回头一笑，飞身已经飙了索图一剑。

索图还是很有老大作派的，双肩非常有气质地一耸——红颜一闪！

对于第一次和BOSS单挑的经历，顾飞印象还是非常深刻的，他立刻已经想到索图的这记大招。

这招威力究竟如何，其实顾飞并不知道，因为索图根本就没打到过他。

但是如今的顾飞可远非当初那30级。30级时顾飞身手已经与索图不相上下，此时出手更是快过这家伙。当即伸手一递，后发先至，索图耸完肩大招还没出，顾飞已经又扎了他一下。

顾飞的计划是想打断索图发招，不想索图这看似玄幻的大招却非法术，判定没弱到捅一下就打断的程度。双肩耸动，大刀挥出，一记刀刃般的红光切割着地面闪出。顾飞是身子一扭让过了，结果身后发出一声惨叫。某名玩家挨个正着，当场毙命。

其实目前玩家的水平还是经得起这一记红颜一闪的，问题是挨刀这小子比较倒霉，战斗良久生命不饱满，而且冲在最前，一时间没有牧师进行关照。受了索图这一下，壮烈牺牲了。

“大家都当心了！”顾飞一边继续攻击索图一边提醒众人。红颜一闪无法打断，他也只能做到如此了。总不能自己冲上去挡刀子吧！顾飞估计以他这羸弱的身子骨，恐怕是经不住红颜一闪敲打的。

众玩家一边继续和强盗血拼，一边看着这个失心疯的家伙和索图单挑，结果所有人一起失心疯了。

顾飞居然真的和索图单挑下来了，而且似乎并不落下风。

最关键的地方就在：顾飞可以躲过索图的所有攻击。

这身手实在太似魔似幻了，所有玩家都风中凌乱了。

眼看突围在即，索图的出手打断了玩家们的冲杀势头，顾飞虽然单人应付了索图，让玩家们风中凌乱，但显然他也不具备三下五除二就把索图收拾的能力，今天的索图可是穿了衣服的。

玩家目前的阵型是呈条状，深深地插入到了强盗阵中。此时继续深入吧，索图拦在了前面；撤出吧，好不容易插这么深了，实在是舍不得。

好在玩家的数量也着实不少，这些个插入的玩家也算给后面的玩家挪出了大片空地，又一些玩家后续顶上，法师职业的玩家也已经来到了前方，寻找着可以放法的机会——此时双方战成一团，法师很怕把自己人也给炸了。

“不如让我来试试？”号称《平行世界》头号法师的漂流终于出阵了，手拎他的法杖，自信满满。

要如顾飞一样全数秒到敌人身上，那需要冲到战场比较靠前的地方。那种战局之中一团混乱，休说强盗，就是自己人不小心踉跄碰一下法师，都会把施法给打断。顾飞可是因为有了细腰舞这个世界第一人当护卫才放心大胆地在那放天降火轮。更何况，人现在和BOSS单挑都没落下风，这身手，啧啧！

“找几个人护住我施法就行了。”漂流笑着说。

“这个……”倒影年华琢磨着什么阵势能和细腰舞的护卫一样周全时，那边银月挥了挥手：“你们三个去吧！”

他身边的三名全副武装的战士抬着大盾来到了漂流面前。

漂流怔了怔：“重装战士？可以抗住吗？”

“放心吧！”银月对漂流说，“他们防御很高。”

随即漂流被这三名重装战士护了当间，钻入敌阵。漂流耳中不断听到三人盾牌受到攻击时发出的敲打声，但三人不动如山，漂流处在当中果然没有受到任何一点骚扰。

“天降火轮！降！”漂流也终于释放出了法术。

《平行世界》第一法师和顾飞，到底谁的法术伤害更可怕……大家还是不知道。

因为漂流的天降火轮落地后，也是没悬念的全数秒杀。

漂流是标准的炮台法师，全智力加点，力求达到最高的法术伤害。一身装备要么是加智力的，要么是直接提高法术伤害，手中法杖也非凡品。在无数装备点数积累中达到了秒杀30级强盗的实力。

他这种循序渐进的风格，势必将是一种永恒的强大；至于顾飞只靠两件越级装备，走的是前卫路线，眼下看起来很强大，但迟早有落伍的时候。

如此在三名重装战士的护卫下，漂流放心地释放着法术，引领着又一队玩家杀出了一条路。其他人在对漂流的高法伤咂舌的时候，漂流却对自己身边这三个家伙惊讶不已。这三人不只防御力高得恐怖，在护卫工作上更是相当专业。三人完全跟着漂流的步伐，丝毫没有和漂流发生过碰撞，更没有让外围的攻击从任何一个缝隙接触到漂流。

再没有第二个索图跳出来搞拦截，这一队杀得甚是顺利，终于是完成了倒影年华要求的突围工作，一条夹杂在人丛中的通道就此打开。大量被堵在山道无法一展身手的玩家开始沿这通道向外冲。

离开了山路的玩家，只觉得大地如此辽阔。大家突出重围，蜿蜒回绕，给了强盗们一个反包围。

杀声震天——这帮玩家在山路上干着急却帮不上手，已经憋屈了很久，此时个个奋勇当先，展现出了与NPC不相上下的勇猛势头。

在40级玩家面前本就是玩物的30级强盗，失去了以多打少的优势，下场已经用不着细说。倒影年华在旁只是不住地提示："当心些，当心些！"——他担心玩家们热血过头，这毕竟是在战斗，稍有不慎还是难免牺牲的。

强盗以超高的速度覆灭着，这边顾飞与索图的单挑却迟迟没有结束的迹象。穿了衣服的索图防御力大不一样。暗夜流光剑的物理攻击只够刮层皮，在用掉了两次双炎闪后，顾飞已经收剑换了炎之洗礼。

火光继续纷飞着，时不时指上镇雷之戒也要发挥一下。视觉效果最华丽的电系在刀锋上闪耀，还噼里啪啦地带着音效，一刀下去，伤害多少不知道，反正索图像跳霹雳舞一样直抽搐，玩家们看得直傻眼，纷纷揣摩顾飞这刀又是什么神物。

炎之洗礼是30级的落伍兵器了，玩家一用鉴定术立刻看在眼里，同时又细细研究了一番这个变态法师的装备，除了打了问号的衣服，其他实在是平淡无奇啊！也就是一身增加附法几率的玩意，这在一般玩家眼中都是娱乐性大于实用性的玩意。

尤其一些重视稳定的玩家，一听到几率这个词就非常讨厌。

“牛啊！太牛了！”装备没什么稀奇,大家只能仔细欣赏顾飞的身手。身手其实也简单，就是把对手的攻击全部闪开了而已，这是顾飞能和索图周旋的资本。

玩家们也不知该用什么言语来形容了，只是一个个张了嘴在那傻瞪眼。

“这个，要不要帮忙啊？”有些人还是提出了疑问。

这一言可提醒了玩家们。顾飞打的是什么？那是BOSS啊！遇到BOSS还不赶紧积极主动地去抢，算是一个合格的网游玩家们吗？

呐喊声再次在玩家群中爆发了。

“快去帮忙！”所有人高呼着如此正义的理由，扑上去抢BOSS了。

BOSS代表着炫目的经验，饱满的钱袋，以及可能出现的金、紫两种字色装备。利益当头，团队、纪律、人品被无数玩家抛弃，像见着了自己亲爹一样冲向了索图。

顾飞之前正纳闷刚才玩家都已经闲下来了怎么也没个上来帮忙的，此时一见众人突地火山爆发一般涌上，心下甚慰。

无数的攻击让索图手忙脚乱，对顾飞的攻击也不像之前那么细心应对了。顾飞又劈了索图两刀后，觉得无趣，挥袖抹了抹汗，退出了战局。

无数玩家的眼珠已经快掉到地上了。多少人此时冲不到圈内，因无法挖BOSS一刀而感到痛心疾首，顾飞倒好，随随便便就退出了第一线。

要是没有对抗BOSS的实力，没能力抢这便宜也就罢了，但顾飞连单挑的实力都有，此时突然放弃，让无数人觉得这个家伙真是与众不同，高洁无比。

公子精英团的几个同志都凑上来了，对顾飞开展了批评教育。以他们对顾飞的了解，知道这家伙的确如玩家们所想，是根本不在意这BOSS会爆出的一切奖励，所以随便就拱手让人了。

顾飞一边吃着香蕉一边听几人唠叨，几口吃完后说："奖励啊？那没什么嘛！不过我好像听过有个什么按伤害输出来决定爆得物品归属的规则是吗？"

几人稍怔，佑哥望了一眼战局："唔，现在人这么多攻击这么乱，看来是真没有人能高过你的伤害输出。"

"不过！"佑哥紧接又话又一转，"那是非同队的情况下，刚才咱们和一些人是一起组了队的，不受此规则啊！"

"唔，我没入队。"顾飞说。

"你没入队？"众人惊讶。

"嗯，我看邀请人是银月，就拒绝了……"顾飞说。

当时临时组队就是为了银月的技能"王的号令"。战阵类技能是以队伍为单位的，非同队单位是不会受到这类技能的加持效果。银月当时对参战人员进行组队，顾飞一看系统提示是他名字，没怎么想就拒绝掉了。

公子精英团几人明白原委，再看那帮仗着人多兴冲冲欺负索图的玩家们，只觉得好笑。就是佑哥还有一点担忧："这个，最后一击的人会得到很高的输出评分，如果正好是队伍中的人得到，那么他们一队人的积分或许就会超过你了啊！"

"这也没办法了，谁知道最后一击是什么时候。"顾飞无奈道。

"也许就是现在。"御天神鸣开玩笑。

"是吗？"于是顾飞也配合他，拔了暗夜流光剑朝天一挥，吟唱："雷电，降！"

一道闪电自天而降劈进玩家群中，正中索图头顶。

索图的头发被雷击得如胡须一般倒立，身上泛着袅袅青烟，进行了今天这场战斗中的最后一次抽搐，终于倒下了。

公子精英团的家伙们，包括顾飞，个个都是目瞪口呆。

"这么巧啊！"顾飞喃喃自语。

"这下肯定是你的了，跑也跑不掉。"其他几人说。

“真没办法！”顾飞叹息着，上前拨开人群，“掉什么了，掉什么了？”

忙活了半天的玩家们愤恨地望着这个家伙：我们都看错了，这人真是太卑鄙太无耻了！

作为一个任务型超 30 级 BOSS，索图爆出来的装备，绝不可能落伍。更何况此时一个钱袋、两件装备就那么金灿灿地从索图口袋跌到了地上。一群玩家看在眼里，却因为系统保护规则不能拾取，网游间最痛苦的事莫过于此，网游间最遥远的距离也莫过于此。

“两位，劝劝吧！”顾飞无奈地对一旁的无誓之剑和倒影年华说。这俩都算是领头管事的。

两人此时脸上一本正经，心中却在幸灾乐祸。但顾飞话丢过来了，也不能没有反应，倒影年华十分为难地说：“这种事，真不好劝啊……你看……”

倒影年华其实是想拖延时间，系统保护那也有时间限制的，过了这时间被人捡去，想让人还回来？网游间最不切实际的梦莫过于此。

但顾飞为人干脆，一听倒影年华支吾，摇头叹息道：“那没办法了。”

两人正得意，倒影年华突地心念一动：这家伙不是要开杀戒了吧？目前大家虽然形似同伴，但结下的梁子只是暂时抑制。他自己对顾飞就是咬牙切齿，在他心目中顾飞是卑鄙暴力砍人不眨眼的，此时出手把人全秒掉不足为奇。

“哎！”倒影年华正要讲话，看到顾飞突然原地跳起，手朝人群中一指：“瞬间移动，动！”

顾飞消失了。

人群正中，一堆玩家挤来挤去，听说正主被人群挡在外围进不来，大家都很振奋，望着索图的尸体狂流口水。

正扳着指头掐时间，而且做好与周围其他人抢东西干仗的准备时，眼前突地一花，一人直接踩在了索图身上。

众人大惊失色。顾飞却是旁若无人地朝大家笑了笑。

“看看都有什么。”顾飞一面笑着，一面在众人痛苦的注视下先将地上的钱袋和两样装备收入囊中，跟着开始搜刮索图的尸体。

游戏里物品有时会从被打败的NPC身上直接掉出，有时则会还在NPC身上由玩家自寻发掘。偶有被击杀的BOSS，那下场都是很惨烈的，玩家恨不能把丫切碎了找东西，可惜系统不允许这么血腥，玩家也只能扒光BOSS全身仔细寻找一翻。

顾飞没弄得这么过分，简单翻了下索图口袋看没东西就起身了。他没打算在如此众目睽睽之下如何事无巨细地搜索一番。肉已经吃了，还拿出这种一滴汤都不给喝的劲头，顾飞觉得自己势必将淹没在群众战争的海洋当中。

“麻烦，让我出去吧！”顾飞笑容不改。

这下玩家们再没心情搞拦截了，没精打采地闪了闪，顾飞从容地挤了出去。行至一半，索图的系统保护时间已过，瞬时遭到惨无人道的对待。等人群散去时，曾经风云一时的大盗贼索图只穿着一条系统强制要求的内裤凄凉地趴在地上。面朝黄土背朝天，就这么等待着系统白光的接收。

“掉了什么？”顾飞回归本队后，一群熟人围上来问。

顾飞先把钱袋甩给了御天神鸣：“数数。”

然后掏出另两样东西。

大盗指环，紫字装备，力量+12，敏捷+12。这玩意看名字看属性都绝不应该是法师装备，御天神鸣啊、细腰舞啊、剑鬼啊，乃至战无伤都吧嗒吧嗒流口水呢，结果顾飞兴冲冲地就戴到自己手指上了，并把换下来的附火法几率7%的燃烧之戒伸到众人面前：“有人要吗？”

没人吭声，于是顾飞掏口袋又拿了一枚一样的，一起伸出来：“一对！”

“滚！”众人骂。

另一件东西却不是装备，而是技能卷轴。

大盗贼索图掉的，自然也是贼类技能，顾飞很遗憾地给大家看。

永恒技能卷轴：隐密行动。

强制保持潜行状态，每秒消耗法力上限7%，技能冷却2分30秒，职业：神偷。

“这个……”所有人都怔住了。

“有没有神偷啊？”顾飞已经扯着嗓子在叫卖了。

“给我！”细腰舞几乎是要扑到顾飞身上了。

顾飞一个闪身避过，一边递给她一边说：“那欠你的账就一笔勾销了哦！”

“咳！咳！”佑哥大声咳嗽，但细腰舞已经从顾飞手里把卷轴接了过去，并白了他一眼：“吵什么啊，我知道这个比我给他的瞬间移动值钱多了。”

佑哥甚是惭愧，他那一边咳嗽暗示，一边正飞快地给顾飞写着消息，但看细腰舞却甚是实诚，根本没有乘机占了这便宜的意思。

接过手的卷轴细腰舞一拍已经用掉，接着一掏口袋，拎了两个钱袋出来，数了数后，扔给顾飞：“这是1500金币，加上你还欠我的1500金币，3000买你这卷轴，不亏了吧？”

细腰舞是对顾飞说话，眼睛却在斜视佑哥。佑哥大窘，再次惭愧地低下了头。

“差不多行了。”顾飞笑着把钱袋收了。

“差不多？老娘这是高价！”细腰舞吼着要扑上来。

“高价，高价！”顾飞连忙附和了下，没和她做这无谓的争执。这玩意到底能值多少钱他可是全然不清楚。但此卷轴价值含量很高他还是可以看出来的。目前盗贼技能潜行可说是判定最弱的技能，随便挨下碰下都会打断。但这个技能等于是将潜行的判定提高到了无敌状态。无论受到攻击，或者是自己做出攻击，都不会中断潜行，属于噩梦级别的技能。

这边御天神鸣和战无伤两个看到顾飞把钱袋收入口袋，眼红得要死，酸溜溜地道：“美女的钱也要啊！败类！”

“对，禽兽！”二人一唱一和。

“大家一起分点？”顾飞问。

二人立刻喜出望外："好啊好啊！"

"滚，败类，禽兽！"顾飞说。

至此乌龙山脉一行算是结束。这一路搭绳桥，以及最后的冲杀，顾飞可以说都是立了大功的。虽说最后打开通道的是漂流，但试想如不是顾飞在那边单人扛下了索图，让索图往漂流跟前一站，漂流肯定得歇菜。

这个中关节玩家们都是理解的，但顾飞最后一人把索图爆得的玩意全给席卷了，这让所有人都很是怨念。最终导致感恩的心一点没有，全是咒此人不得好死。

CHAPTER 78

茫 茫 旧 怨

离了山路在辽阔的原野上走了片刻，月夜城的轮廓依稀就在眼前了。所有人都松了口气，本次任务的第一关总算是顺利通过了。至于在此过程中得到了什么好处……所有人又对顾飞怨念了一番。

月夜城！顾飞感慨万千，而六月的雨比顾飞还要激动一些。真要说起来，六月的雨在月夜城的时间比在云端城还要长，她熟悉这里的一方一水。眼看前方已经有了玩家的身影，六月的雨从口袋里掏出了块布，飞快蒙在了脸上。

“小雨你做什么？”有姑娘奇怪地问。

“这里人都这样的。”六月的雨肯定地说。

其他人很是疑惑，问她缘由，六月的雨却也答不出关键，只是说这里的人都会如此。顾飞记得他上次在这边时，是有人蒙面打劫来着，但“人人如此”可就夸张了。大家不解地继续朝前走着，转眼已踏入前方练级区，抬眼望去，果如六月的雨所言，人人脸上都蒙着块布。

“这是搞什么啊？”大家只觉得好笑。这些蒙面人看到眼前突然出现如此大部队，一个个也都停下了手，有些人已经徐徐向后退去，凑在一起紧张地嘀咕。

“怎么回事，这么多人？”

“我操，那垃圾这么有背景吗？糟糕，这下闯了祸了。”

“这么大排场，那小子不会是十会联盟的人吧？”

"没见那小子身上有徽章啊！"

"靠，不会是那种扮猪吃虎的贱人吧？这下咱们可栽了。"

"不过，这些人好像也没有十会联盟的徽章啊！"

"大爷的，除了十会联盟，还有谁能整出这么大声势，快闪吧！"

只片刻的工夫，练级区上人已经去了不少，众人眼前呈现出的是一片荒凉。和云端城每个练级区都寸土必争的火热大相径庭。所有人都有些茫然不知所措，最后还是纵横四海的三位当家出来讲话："诸位，今天时间也不早了，大家还是抓紧时间进城吧！佣兵团的各位，请在月夜城做好记录。刚才这一路的报酬，咱们明天抽空核一下吧！"

"无誓老大。"突有一名佣兵团的人出来讲话了，"说起来，你们的任务好像是押送什么东西吧？怎么走了这一路，我发现我们队列里似乎是没什么押送的东西？"

佣兵团都是任务的大行家，他们知道在这类护送任务中，被护送的物品通常是无法放到玩家口袋的，或背或扛或抬，都是要摆在光天化日之下的。然而这一路走来，未见纵横四海阵中有任何人携带此类物品。但是拥有任务却是不争的事实。山道口强盗的冲杀、被截断的乌龙山山路，以及最后带队拦截的索图，这都不是平时应该有的阵场，显然是因为任务而存在。此时已经行至本次途经的第一站，终于有人忍不住吐出了心中的疑惑。

他以为他提出了一个很关键的问题，谁知其他人都用异样的目光上下打量着他。这人很纳闷，虽然平时伙伴们都叫他小白，但这个问题可一点也不白啊！有什么不对吗？

正不解，无誓之剑已经笑着对他说："这位兄弟，你们团长今天白天是不是没来和我们碰面开会啊，或者是他忘了告诉你？"

"团长？"此人微微一怔，觉得这个称谓是前所未有的陌生，半天反应过来，目光转向了泥巴一样黏在茫茫的莽莽身边的樱冢月仔。樱冢月仔很忙，完全没工夫搭理他。

于是也再没有人理会他，队伍继续朝着月夜城方向进发。这一路过后，初来月夜城的云端城玩家已经对这里的民风有了很直观的认识。

沿途，共遇群架 5 起，单挑 17 对——一些发生地点比较遥远，玩家们看不太清的尚未计算在内。

如此彪悍的民风让云端城玩家们咂舌不已，至于为什么要蒙脸，也已经有了初步了解。因为路上所见的 22 起打架事件中，有 7 起就是因为蒙脸也没能妥善解决问题的。只听得局中人高喊着“你化成身灰，老子也认得你”，火拼就这么发生了。

可笑的是当中有两起打到一半时蒙面布不小心跌落，结果双方都是一怔，大骂“你他妈是谁”，结果也没因为是误会而一笑置之，双方蒙面绑好后接着打。当真是旧恨未了，新怨又结，坚持到底，PK 不懈。

云端城这帮组织起来的也都是老玩家了，此时却个个充满好奇地欣赏着眼前发生的一切。不过这千人团队倒也足够壮观，所过之处，月夜城的玩家都会立刻退避三舍，警惕地远远观望着。

大家伙儿私下自然也是议论不止。如顾飞他们公子精英团这几个来过的，自然是在讨论月夜城的民风比之前又进化了；像柳下、六月的雨这种在月夜城有过长期生活的，此时都饱含回归故土的情怀；还有如银月那是和全城都有过节的，不知何时也已经扯了块布绑脸上了。茫茫的莽莽本和他是同类，此时却未做如此打扮，依然故我地行进在队伍间。

不大会儿队伍来到了月夜城的城门之下，无誓之剑进行了最后的讲话：“那么现在大家就散了吧！明晚 7 点，这个地方准时碰面，没问题吧？”玩家们应了声后在城门口哄一下四散开去。

这任务如同前些日子的对抗赛一样，选在 7 点后的黄金时段进行。但并不是所有玩家每天只有这时间段有空游戏。如公子精英团，除了顾飞，其他人那就像是活在游戏里一样。此时到了月夜城，任务暂停，但这些玩家还是要继续自己的游戏的。

只是走了这一路，大家都已经充分认识到了月夜城可不是一个安生的地方。大家没有像平时在云端城那么随性的自由活动，如公子精英团的那五人，此时正商量着晚上一起去哪儿刷个怪做个任务什么的。

“千里，你呢？”五人在行会频道里嘀咕着，顺便问了顾飞一句。

“我下线了。”顾飞说。

五人早知如此，也再没多话。如顾飞这样的准时下线党在整体玩家中是占绝大多数的。但眼下这千人众却都算是云端城的翘楚、高手，这网游高手一般都是用时间堆砌起来的，在这千人众里，下线党就成了弱势群体。

顾飞和重生紫晶的姑娘们都是下线党的一分子，在其他要下线的玩家还在四下打听复活点如何走时，他们当中却有六月的雨和柳下这两个熟路子。六月的雨一副地主之谊的样子，引着众姑娘朝复活点去。柳下这个真正的月夜城土著却显得比较沉默。她目光紧盯着一处，悄然掏出了口袋中的匕首，发动了潜行。

这刚迈出一步，突地肩头被人轻轻一拍，这潜行就已经被破坏了，柳下气恼地回头一看，是顾飞。

“想干什么啊？”顾飞笑。

柳下用目光说话，她眼睛所注视的方向，茫茫的莽莽正茫然地站在街道的路口。

“我在月夜城的朋友说她和银月都不见了，原来是都跑到云端城去了，”柳下愤恨地说，“早该想到的嘛，银月都在云端城了，她怎么会不在？”

银月在对抗赛期间就已经在云端城扬了名，不过柳下只和茫茫的莽莽有隙，倒没迁怒到银月身上。只是茫茫的莽莽在云端城虽然默默无闻，但和重生紫晶的姑娘却是有过接触的，柳下居然没听说吗？

顾飞很是奇怪，问了下后，柳下也很茫然：“什么时候啊？”

“就是，那次我们一起练过级，之后的第二天吧！”顾飞一边回忆一边说。

“那时候……”柳下也回忆，很快反应过来了，“那天之后，我病了，好些天没来游戏啊！”

“哦……”顾飞也想起，那天下线的柳下的确是状态奇差，随时要倒下的样子。

“这么说，你什么都不知道啊……”顾飞随即将茫茫的莽莽和银月如何到的云端城大致讲了下。

柳下的确是不知道。银月和茫茫的莽莽的故事也被姑娘们谈论了三两天，不过正巧赶上柳下没有上线。等她再来时，这个话题已经陈旧，无人再提，于是柳下一直蒙在鼓里，直到对抗赛时银月的佣兵团出了名，她才知银月也到了云端城。至于见到茫茫的莽莽，那可就是今天的事了，这一路上柳下只想着怎么去收拾茫茫的莽莽一下了。

不过此刻听了顾飞的讲述后，心下也犹豫起来。银月这家伙无疑是可恨之极，尤其顾飞这里还能爆出许多其他姑娘不知的猛料，柳下对茫茫的莽莽也有些同情。只不过，毕竟是曾经和茫茫的莽莽有过直接接触，直接对骂，直接交火的人，没这么容易就打发。

柳下拎着匕首，一时间还在犹豫。

“其实，你现在想对付她，也没那么容易呢！看到她身边那个家伙没有？”顾飞说。

“看到了。”柳下语带鄙夷。一路上樱冢月仔在茫茫的莽莽身边上蹿下跳，关注茫茫的莽莽的柳下怎会不知，以她的角度，自然倾向于把茫茫的莽莽往一些不堪的方向揣摩。

“那个家伙也是个高手，你不要看他这么猥琐。”顾飞说，“他们那一帮人，都挺厉害的。”

“嗯，是都很猥琐，哼，臭味相投！”柳下的心目中茫茫的莽莽无疑是面目可憎的，任何贬义词加诸其身都不会觉得意外。只是她这评语刚刚下罢，那帮猥琐众中正好有一人望向了这边，立刻一招手，大声叫道：“醉哥！”

柳下诧异地望向顾飞，顾飞也是十分尴尬。臭味相投的人，自己也要算上一个吗？

正不知说什么好，樱冢月仔也看到他，立刻已经率众迎了过来。他身遭火球那帮小子个个挤眉弄眼，心下对顾飞佩服极了。身边随随便便都能有个姑娘陪着，这是怎么做到的？

“醉哥晚上有什么安排啊？”火球问着。

“哦，马上下线了。”顾飞回答。

“现在就下线啊！”众人怔了怔。

“和美女们保持一样的作息规律，有助于增长亲密度吗？”这帮猥琐的家伙已经开始从点滴着手，分析顾飞的泡妞技巧。

顾飞不知这帮家伙正在如此讨论他，只感慨这群家伙难道察觉不到眼前的剑拔弩张吗？柳下这边匕首就在手里，怒视着茫茫的莽莽。茫茫的莽莽也不说话，只是平静地回望着。

两个姑娘对视，目光交流碰撞出无数的火花，一帮爷们却在旁边讨论着什么泡妞技巧，这是如何奇诡的一幅画面啊！

“那个，大家玩着，我们先下了啊！”顾飞拖了柳下意图离开。

柳下叹了口气，也没反对。顾飞突然把她从潜行里揪出，给她说明茫茫的莽莽和银月的事时，她当然听得出顾飞话中劝解的含义。不管自己是不是接受，却不好驳了顾飞的情面，当着他的面朝茫茫的莽莽下手。

再找机会吧！柳下心中如此想着，跟着顾飞离去了。

安抚了柳下，顾飞也没忘了樱冢月仔那帮小子。人虽已经离开，却给他们去了一条消息：“你们的处境很危险，知道吗？”顾飞消息直接发给樱冢月仔了。

“怎么了？”樱冢月仔不解。

“那个茫茫的莽莽，在这里仇人很多的。”顾飞说。

“哦……太好了，我会保护她的。”樱冢月仔居然很兴奋，他似乎把这当作了一次表现的绝佳机会。

“超乎你想象的多！”顾飞真想不管这家伙，让他死了算了。

“哦，怎么个多法？”樱冢月仔总算从顾飞的字里行间感受到了问题的严重性。

“大概，有公测时期全城人口那么多吧！”顾飞说话还是很严谨的，前尘行会嚣张还是公测时的事了，正式运营后涌入的大量玩家显然不可能再和她有什么直接仇恨。

“月仔，月仔，你怎么了？”这次顾飞没收到消息回复，只听得那边街道上传来阵阵急促的吆喝。

“保重吧！”顾飞最后给樱冢月仔去了个消息，与柳下同行至复活点下了线。

这边的樱冢月仔在一干弟兄的呼喊下总算回过神来，再看向茫茫的莽莽眼神就像在看着一个伟人——能把全城人都给得罪了，这不是伟人是什么？

茫茫的莽莽也正在看着他，末了又看了看这一群人，笑了笑说:“你们玩，我先下了。”

樱冢月仔一怔。茫茫的莽莽虽是个姑娘，却是网游狂人类型，每天的上线时间也是非常华丽，今天居然要这么早下线……樱冢月仔只是猥琐，可一点不傻，此时他已经想到了些什么，并且非常愿意朝这个良好的方面联想，于是就彻底感动了一把。恨不得上去狠狠来个拥抱，却又有些不敢。

“走了！”茫茫的莽莽朝他们挥了挥手，转身也朝下线区去了。

樱冢月仔怔了怔后，连忙追了上去：“我送你吧！”

“不用了吧！”茫茫的莽莽说。

“用的用的，万一这路上……”樱冢月仔没全说出来，他知道茫茫的莽莽能听明白。

茫茫的莽莽果然没有再说什么，也没有拒绝樱冢月仔，两人就这么默默地离去，留给火球他们两个背影。

“重色轻友，月仔你真是我辈之典范啊！”众人连连感慨。

“妈的，为什么月仔那么猥琐，却能泡到妞；我这么英俊，却总是无人欣赏？”也有心中愤愤不平的。

“努力努力，难得来到个新地方，快点开展业务吧！”

“开展个屁，这里人人都蒙着脸，是不是美女都看不出来。”

“唉，这是个问题啊！”一群家伙一时间都很失落。

“说起来，我们只在这里停留一天呀，搞那么仔细干吗，随便耍耍得了。”有人提议。

“嗯，有道理。”其他人表示赞同。

“前方发现目标！”一人立刻喊叫，伸手一指，对面街道三个姑娘蒙着脸，很是婀娜地走过。

一群人行注目礼，品头论足：“既然看不到脸，对身材咱们得多讲究讲究啊！”

“这三个还行啊！”

“那还不出手？”

“速度！”一行人飞速展开他们的捕猎调戏行动……

次日顾飞上线上得比较早。难得来月夜城一趟，顾飞觉得不能浪费。在这么个PK成风的主城，通缉任务市场的火爆是可以预见的。更可爱的是月夜城玩家装备水平可能一般，但PK水平那是比一般玩家要老道的。

顾飞满心欢喜就要朝通缉市场冲，消息接收却不合时宜地响起，顾飞翻开一看，是火球：“醉哥，快救命哪！”

短短几字让顾飞感受到了火球的声嘶力竭，而且顾飞对他们这局面其实已经略有一点预见，连忙回复：“怎么？被追杀了？”

“你咋知道？”火球惊诧，顾飞一次又一次神奇地挑战着他的认知。

“我不是已经提醒月仔了吗，你们怎么没注意着点？”顾飞说。

都已经身处追杀中的火球当然已经了解了原委，此时哭丧道：“已经去下线了，结果被人拦了。”

昨夜樱冢月仔陪茫茫的莽莽去复活点下线，结果茫茫的莽莽实在是知名度太高，早已被人盯上。眼看复活点就要到达，对方集齐了人马把二人给堵了。按说茫茫的莽莽离开月夜城也有些时候了，玩家们对她的怨恨早就没那么强烈。但前些天云中暮那帮家伙参加顾飞的见面会跑了云端城一趟，遇了银月想顺手搂草打兔子，结果是正中了银月安排给公子精英团的陷阱，被杀了回来。

云中暮现在也算是一方霸主了，好久没吃过这等闷亏，这旧有的怨恨自然又变得新鲜热辣起来。总算那段时间还忙着参加对抗赛，这事就先搁置了。现在对抗赛结束，这事可就已经提上了日程。

银月在月夜城混不下去，跑去云端城重新发展。而原本在云端城的云中暮的朋友不笑等人，却因为在云端城混得不如意，跑来月夜城投奔云中暮作威作福。如果以前云中暮还对云端城有所了解的话，现在就是一无所知了。

银月在云端城发展得如何，有多少实力，他完全不清楚。从那天接触来看，似乎是有点人手的。这导致云中暮一时间也无法决定出动多少人手。出去少了吧，怕收拾不了；出去多了，又怕云端城那边其他玩家有所误会，银月这个家伙可是很阴险的，很善于鼓动借助这些外力，丝毫大意不得。

后来招集了几个人，准备去云端城探探消息，结果这几人走了一半又回来，说月夜城去云端城的路断了，过不去。

这种事显然只有系统办得到，云中暮也不知这是什么名堂，针对银月的计划只能暂时搁置。这几天也正忙着研究他们行会在对抗赛中领取的任务，却有人声称看到茫茫的莽莽回到了月夜城，追杀行动就这么再次启动了。

等顾飞上线时，樱冢月仔、茫茫的莽莽还有火球他们一干弟兄已经逃了整整一夜又一天了。好在茫茫的莽莽当年在月夜城当过街老鼠时积累了丰富的经验，走街串巷摆脱追踪非常老道，再加上队中樱冢月仔这一帮子陷阱高手，竟然一直拖到了现在。

只可惜，城中所有的复活点和城门口都已经被对方很有先见地占据了，过往的玩家甚至被要求摘下蒙面检查。以云中暮他们十会联盟的势力，真没什么玩家敢抗拒。况且茫茫的莽莽在这里也不是什么得人心的角色，一说是为了抓她，玩家们都很配合。

“再不行就只能强行下线了，累死了。”火球给顾飞发消息说。

“现在在哪儿呢？”顾飞问。

火球报上坐标："醉哥，就靠你啦，帮兄弟们杀开一条路啊！"

"呵呵！"顾飞只是笑了笑，打点了一下身上装备，学月夜城玩家的作派，掏出布来蒙了脸，朝火球说的坐标奔去。"换地方的话告诉我一声。"顾飞给火球消息。

火球没顾上回复，因为他们又一次和敌人交火了。火球他们这"大猎杀"佣兵团完全是以他们行会为班底，好比四海佣兵团与纵横四海行会这等关系。目前佣兵团2级，共有四十人，全部来参加这任务，但经过这一天的被追被堵被杀，此时只剩十八人，其余二十二人都壮烈死回了复活点，非常坦然地下线睡觉去了。

"快走！"茫茫的莽莽头前带路，而后方早已经布置好了陷阱。樱冢月仔望着队伍中的火球很是纳闷："我真奇怪，都挂了二十二个了，怎么还没轮到你？"

如果只是樱冢月仔他们这群弓手，脱身或许不难。但因为茫茫的莽莽和火球这两个异类，拖延了大家行进的速度，这只能靠陷阱来弥补了。这一路跑来，对手踩中陷阱的惊叫不知听了多少声。樱冢月仔他们发现用陷阱设计这群人似乎不怎么难，看起来月夜城这边直爽的风格，导致这边的玩家都不太喜欢陷阱这个被动的攻击技能，练得人少，自然在PK中接触的也少，好多人连见都没见过。白叶若羽那个白痴有次很傻地把陷阱弄在了青石板上，结果都被人给踩了，弄得樱冢月仔很费解。

"不好！"头前带路的茫茫的莽莽突然叫了一声，"这怎么没路了？"茫茫的莽莽四下张望着，她带着众人冲来的方向赫然是一个死胡同。

"以前这里可以出去的啊，改了吗，还是我记错了？"茫茫的莽莽毕竟离开月夜城也久了，一时间有些不自信。

"这下只能拼了。"樱冢月仔非常有气势带队走上了回头路。前方路口布有陷阱，敌人正从两方追来，他们已经没有去路。

"醉哥，我们在（××××，××××）呢……没路了。"火球很遗憾地回了顾飞消息。

"咦？这么巧，我路过啊！"顾飞回道。

火球连忙东张西望寻找顾飞的身影，结果顾飞没找到，敌人已经从两路冲出，在路口会合，接着就听“啊啊啊啊”的一串叫声，兼有很懊恼地骂声：“又被夹住了！”

火球身边一人朝地上吐了口口水，骂道：“总是叫得这么销魂，恶心死了。”

“废话什么，放箭！”樱冢月仔喊道，眼看已无去路，临死当然要多拉几个垫背的，这是一般人都会有的想法。

巷战中弓箭手齐射那也是比较可怕的，空间狭隘，基本不可能躲得掉。路口的家伙接连中箭，有两人运气不佳，中箭较多，当场已经阵亡。

但月夜城玩家的PK素质就是过硬，又中陷阱又被弓袭也没见慌乱。几名重装战士推着盾牌来到队伍前列，所有人蹲下了身子。

“前进！”一声令下，众人缩在盾后向前推进。樱冢月仔他们的箭矢射到盾上，倒也引起阵阵白光。可惜不是射杀，而是对方阵中的牧师在努力工作。

“火球！干什么呢？”樱冢月仔呵斥。普通重装战士都只是高物理防御，弓手的攻击在他面前显得很渺小，但法师的法术依然强大。樱冢月仔他们阵中只有火球一个法师，此时不做攻击，却是傻愣愣地东张西望。

“我能有什么用啊！”火球苦笑着，抬法杖放了一个火树千重焰。果然，一个法师的法术对方根本不放在眼里，牧师继续努力工作，队伍继续向前推进。

“集中火力，左边那个！”樱冢月仔挥手。

其实此时就算能够齐射秒杀也无济于事，对方人马早就已经挤进街来，用重装战士顶上前面只是为了减少己方的伤亡，就算光着屁股硬冲，此时已经可以把樱冢月仔他们淹没了。

“算了算了，死吧死吧，困死了，死了下线睡觉。”有人伸着懒腰说，也懒得再放箭了。

“没出息！”樱冢月仔狠狠鄙视了他一下。

火球倒是又丢了两个法术，当然结果是和没丢一样，眼看对方越来越近，仰天长叹："醉哥，你不是路过吗，路过在哪儿呢？"

"这儿呢这儿呢！"天上传来顾飞的声音。跟着就见街道上平地闪起一道雷，一张电光火石交织成的网瞬间已经结成。十会联盟的人还推着盾牌闷头狂冲呢，自然结结实实地顶到网上。

响声大作！

那一排重装战士此时就像被扔在烧红铁板上的牛肉一样，开始泛着青烟。同时周身上下不断闪现着电火花，色彩以黄蓝为主。一排人被电得嘴唇直哆嗦，后面的人也吓坏了，有人伸手想去拉，被非常有生活常识的另外一人把手拍掉："当心，有电！"

"那怎么办？"

"要用绝缘的东西！"此人是个盗贼，当即掏出每个盗贼都会有的，为了技能闷棍准备的大木棒，朝着他身前那哥们拿盾牌的胳膊就是一下。

那哥们转过头来，哆嗦着嘴唇，努力说了一句："我操！"

"这怎么搞啊？"大家惊慌失措了。用手拉怕被导电，用了绝缘木棍，居然还是无法把人救下来。陌生技能的研究工作总是这么艰辛。

"技能都是有时效的，等等吧！"有人提议。

于是一排抽风一般的重装战士齐齐回头，瞪着那家伙，哆嗦着嘴唇齐声骂娘。

"这东西哪儿来的？"有人想到解决罪恶源头的好办法。

所有人四下张望，还有人抬头看，于是他们也看到了房顶上的顾飞，手持紫黑色长剑，蒙面，黑衣法袍……

这个扮相，这个风度，怎么感觉在哪里见过？队中一些参加过当初十会联盟与前尘行会大作战的玩家心中产生了朦胧的念想。

正疑惑呢，突然众人的脚底下一热……

"又是火树千重焰？牧师！"有人喊。

火树千重焰！

的确是火树千重焰。

但这次不是火球的，而是顾飞的。

火焰升起的一刻，那个高喊牧师的哥们已经就这么去了。原本挤满人的街道，突然间变得像是一个蜂窝煤——火苗扑棱棱地，从被秒玩家的位置向上蹿着。

“啊！”有人惊叫了。

这一秒虽然没有当初月夜城法师学院门口那个天降火轮干净，但此时此刻已经有无数人想起了当初那一幕。

月夜城的这帮PK专家们，从30级PK到了40级，能做到秒杀的法师，他们至今也就只见过那么一位，印象实在太深刻了。

火球也是趁火打劫。这是真正的趁火打劫。顾飞放的火还没熄，火球又放了一把上去。威力虽然不可同日而语，但方才顾飞一个法术将秒未秒的一些人，却在火球这一把火后被燃烧掉了。

“先退！”有人大声喊。此时地上火树千重焰的持续燃烧还在继续，这太可怕了。

所有人向后退着，那一排重装战士就这么可怜地被抛下，继续黏在电流墙壁上抽风。顾飞看了眼时间，电流墙壁的持续时间是20秒，这帮家伙还得再抽6秒。

不过说起来，顾飞记得自己当初在云端城街头试用这技能时，也有玩家去伸手触碰，但都是手指被电就立刻缩回，没见哪个被吸住不能离开了，怎么这几个家伙……

“难道是因为接触面积比较大？”顾飞分析。这帮家伙是盾牌直接贴上去了，接触面积真的是相当的大。

不过这电流墙壁看来伤害不怎么样。电了这么久了，没见哪个人要挂的。顾飞感慨着，同时看到自己的法力又开始自动恢复了，和昨天对抗索图军团时一样。朝下面街道一望，果然茫茫的莽莽又举着法杖对他施咒呢！

十会联盟的人此时已经退到了火树千重焰的范围外，牧师对受伤未亡人员进行着疯狂抢救，法师、弓箭手开始对房顶的顾飞发动攻击。

顾飞大步飞奔，躲过连珠火球，挑落追踪箭矢，跟着轻轻抬了抬手指，人嗖的就不见了。

这些月夜城的玩家自然不知顾飞非常前卫地掌握着瞬间移动的技能，眼看人凭空消失，一个个都怔住了。但这时顾飞早已经出现在他们身边，一帮人还 45° 抬头望房顶呢，顾飞一个双炎闪已经铺开来，又一圈人没了。

这时电流墙壁总算结束，一排重装战士停止了抽风。总算回归了平静，几人长出口气，恨不得拥抱痛哭一声。樱冢月仔看到电流墙壁消失，但这几个家伙居然还没有死，连忙招呼大家发动猛烈攻击。

这几人的确被电得很惨，但毕竟也是战斗经验丰富之辈，此时发现己方距离对手不远，对方都是弓箭手，只要近了身，虽然只是重装战士，却也可以收拾他们。

如此一想，几人很有默契又把盾牌举在身前，但这次他们不需要再掩护身后的什么人。几人一起弓身弯腰，却是要发动技能冲锋直接杀入敌阵。

结果一排屁股都撅起来了，却没有一个人冲出去。几人一起茫然了下，一看状态，一起大骂："操，麻痹了！"

箭如雨下，射在盾上叮叮当当。火球更是耀武扬威地施展着法术。

几人此时没有牧师支援，又不能用冲锋高速突进，实在不敢再消耗推进，连忙返身向后退去。

刚退没几步，突听身后噼啪一声响，几人转身一看，不由自主地就开始哆嗦——一道电流墙壁又竖在几人身后了。

跟着就见在他们阵中大杀四方的顾飞嗖地消失，几人没反应过来，热辣辣的火焰已经烧到了他们身上——顾飞飞至他们身后，一个双炎闪。

重装战士再重装，生命那也是有底的。这几人多灾多难地挺到现在，早就已经不堪重负了，结果又遭到顾飞这个秒杀级的彪悍打击，终于饱含热泪壮烈牺牲了。

"你们没事吧？"顾飞灭了这几个家伙，回头问樱冢月仔他们。

"没事，就这几个家伙还不能把我们怎么样。"樱冢月仔神气活现，辜负了顾飞特意来救的一番好意。

“醉哥，他们好像要撤，快收了你的神通！”火球说。

对手的确已经在撤离，顾飞摇了摇头说：“让他们撤吧，我没法力了。”说完望着茫茫的莽莽，“这次好像没昨天恢复的多啊！”

茫茫的莽莽也很无奈：“你冲得太前，超出技能范围了。”

“哦……”顾飞无比惋惜，末了问道，“是什么技能？”

“法力献祭，把我的法力给你用。”茫茫的莽莽回答。

“哦。”顾飞又应了声，末了仔细看了茫茫的莽莽两眼，“你的心情看起来不错？”

茫茫的莽莽在笑，是发自心底的那种笑，所以顾飞觉得她心情很好。

这当然很奇怪，面对如此追杀，跑了一天一夜，居然还笑得这么开心，这不是有病吗？况且，顾飞还没有看到茫茫的莽莽如此笑过，在月夜城初见时，这女人的笑容是嚣张跋扈的；在云端城再见到时……云端城的茫茫的莽莽就没怎么笑过，偶尔笑也是礼节性的，最客套的那种。

顾飞话说完，樱冢月仔他们也都注意到此，尤其樱冢月仔，他那黏糊执著的劲头，导致他和茫茫的莽莽的接触其实比顾飞多多了，而且也接触得更加仔细，他也看得出茫茫的莽莽今天的笑容大不同。而且，她时不时露出这种笑容已经是这一天一夜里持续发生的事儿了。

樱冢月仔突然心下有些发毛，忍不住也说：“对啊，你一直在笑，高兴什么呢？”

“是吗？我笑了吗？”茫茫的莽莽笑着说。

众人无语了。

“算了，先走吧！”顾飞说。

电流墙壁到时间消失，一行人连忙走至那路口，结果左右一看，十会联盟并没有因此完全退却。只是因为突然多了顾飞这么一个古怪棘手的敌人，暂时停止了之前积极主动的接触罢了。他们也知这是一条死胡同，所以此时稳稳守在两端，一看一行人走了出来，立刻全神戒备起来。

与此同时，他们的行会频道中正有一个声音在不断地重复：“27149！是27149回来了！”

CHAPTER 79

酒 局 谈 判

十会联盟，这是玩家自己给他们的组织起的名字。云中暮他们一干弟兄集起的人马实在太多，多到目前最顶级的行会也容不下这许多人。事实上他们本就来自于不同的行会，只是因为公测时期前尘行会的存在，他们被逼到了同一个战壕。

如今前尘行会虽然已经被他们打垮。但他们之间的革命友谊却没有因此而中断。他们依然是兄弟，而且还各自率领自己名下的行会继续团结在一起，结成了十会联盟。这虽没有系统的设定作为保证，却是真正凭借人与人之间的情谊维系。

不过没有系统的支持倒也是个麻烦事。比如此时“27149 来了”的呼喊声，就是在十个行会频道中共同传播，之后又是各自杂乱的讨论声音。

本次追杀的目标是谁，大家还是都清楚的，于是就造成了现在的分外迷惑。

因为在所有对前事有记忆的人印象当中，27149 分明是帮着他们打倒前尘行会，推翻银月和茫茫的莽莽统治的正义之士，怎么这一个多月没见，这人就自甘堕落站到反派一方去了，这实在太令人费解了。

身为十会联盟的首席领导，只是追杀这么几十号人已经不至于要云中暮亲自带队了。但在得知有 27149 插手后，云中暮非常重视。以他们十会联盟的实力，本不至于对某一个玩家如此另眼相看，但这 27149 可是个例外。没见连官方推广视频都把他拿出来做代言人吗？弄得游戏上下一片议论，怀疑此人如此彪悍是否是因为某种不可告人的裙带关系。

上层核心这边迟迟没个定数，指示半天下不来。但身处战斗第一线的小弟们可是正眼看着顾飞拄着剑朝他们过来了。

这可是传说中的人物啊！刚刚吃罢的香蕉皮随手那么一甩，看上去都是无比的凌厉。堵在街道的玩家们禁不住后退了一步，带队的家伙在频道里狂呼："会长会长，怎么搞啊？"

经十大行会会长短暂协商，指示总算层层下达下来："确认一下对方身份！"

"怎么确认啊？"下层小弟们问。

"问问。"答案朴实极了。

指示落实得很快。小弟中的带队小哥望着一步步走来的顾飞，接到令后立刻出列问道："27149？千里一醉？"

在等级榜上不知排在哪个角落旮旯，但名字却在全游戏争相传唱的只此一号。

顾飞也没有什么回避的理由，只是点了点头。

顾飞的回答迅速被层层上报，上层核心短暂协商，指示再度回来时，顾飞的剑距离此带队小哥只有零点零一公分。

于是他从容地下达了指示："撤退。"

无数次的PK战斗，让十会联盟的玩家早就养成了团战时完全服从指挥的属性，一听带头小哥发话，什么也没问，立刻扭头就走。

"哎，怎么走了？"顾飞反而着急了。

"我们老大说了。"带队小哥望了顾飞一眼，"是你的话，那面子一定要给的，这次就先算了吧！"

"唉……"顾飞不知自己的面子居然如此大，也不知现在改口还来不来得及，连忙唤了一声后说："其实我不是……"

对方一怔，停下了脚步。一会儿是，一会儿又不是，这让人很迷惑。很显然，如果顾飞不是27149，麻烦就还会继续。大家此时愿意相信他是27149，而且已经摆明了会卖他一个面子，这明明是占便宜的事，他却又突然改口，实在令人费解。

网游中不乏 PK 狂人，但像顾飞如此狂热的却也是极度罕见。

顾飞想和他们 PK 打架，但火球他们想的可是如何脱身。刚听到对方要卖顾飞面子闪人，都松了口气，谁想顾飞居然这么多事。一看对方又开始迟疑，火球连忙窜了出来，跳到顾飞身边说："醉哥你别幽默了，像你这么出众的人才，一看便知是 27149，除了你还有哪个法师有这般身手，你这身乌黑的长袍，犀利的长剑……"

"滚！"顾飞很有些受不了。

对方听了却是微微一笑。的确，顾飞和传说中的 27149，形象符合，气质符合，强悍的秒杀也符合，他的身份其实本来就连问问都是多余。至于他为什么突然不承认了，谁知道呢？十会联盟的月夜玩家再勇猛，心下也难免有点私心。练级不易啊，掉级是谁都不情愿的事。

顾飞这么强悍的对手，能不和他对抗那是最好，就算是要对抗，最好也不是自己打头阵。这位带头小哥怀着这点私心，没有再多嘴，手一挥，带着一班弟兄离去了。街道的另一端堵口的玩家，看来也是接到了上层命令，引了人去了。

顾飞很失落，默默地把剑插回了口袋。

樱冢月仔以下的一队玩家都傻眼了。这人不仅泡妞强大，身手还如此无敌，报了个名字人家就说要"卖面子"闪人。想想对手之前还刚刚进行了一天一夜执著的追杀，而如今……在他们眼中，顾飞的形象继续不断地高大着，高大着，高大着……

无奈的顾飞回了头，望着众人，摊了摊手："看起来没事了。"

"小心为上，也许在外面或者安全区附近等着偷袭。"樱冢月仔说。

"不会。"茫茫的莽莽摇着头说，"这帮家伙虽然也不是什么好东西，但向来是说得出就做得到的。刚才既然已经把话扔在这儿了，那今天你这面子他们看来的确是要给了。"

"唔！"顾飞点了点头，没说什么。有关云中暮这帮人，剑鬼和战无伤说得比较多，都夸他们热血豪迈，讲义气，纯爷们。至于顾飞……

坦白来说，他和云中暮接触的时候，云中暮也是鬼鬼祟祟地耍诈想要偷袭他来着。

唉！人的性格真是太复杂了。

听到已经没事，樱冢月仔他们总算放下心来。奔波了一天一夜，一直都没空好好说一下话。此时终于得空，樱冢月仔抛出了堵在肚子里一晚上的疑问："他们和你到底有什么仇啊？这么狠！"

出动了数百名人手，一天一夜地不停追杀，这仇估摸着得比天高。

茫茫的莽莽却只是淡淡地道："没什么，就像今天一样，以前我也是这样带着队追杀他们的。"

"哦……你以前也是这边那个什么行会的？"樱冢月仔问。

月夜城行会大战是目前《平行世界》里玩家矛盾最激烈的一次，比较著名。只不过对于樱冢月仔这种外城人来说事不关己，也就是知道这么一个模糊的概念，细节没有打听过。

"前尘行会吗？"茫茫的莽莽苦笑了下，虽然在望着樱冢月仔，目光却开始模糊，"大难临头各自飞啊！"

"什么？"樱冢月仔没太明白。顾飞却懂，而且更是明白了茫茫的莽莽古怪笑容的含义。

是伙伴！

樱冢月仔、火球……他们这帮猥琐的家伙没有什么热血，面对危难也没有什么视死如归的精神。他们只是按部就班地一起努力应付着这突然降临的追杀，就好像在遇到漂亮姑娘时他们一定会追上去想方设法去努力追求一下。

追杀，漂亮姑娘……对他们来说都只是一场闹剧，是他们游戏生活的调剂品。

他们是伙伴。

一起在游戏中寻找乐趣的伙伴。

果如茫茫的莽莽所说，云中暮他们这帮人是说到做到。顾飞他们一行从街道穿出，走在月夜城的众目睽睽之下时，再没有人上来找他们的麻烦。

有些个家伙很眼熟，似乎就是眼巴巴追了他们一宿的人，此时双方相隔不到五米，樱冢月仔他们还小心戒备呢，但人家笑得那叫一个云淡风轻。

“下线吗？一起！”有人还朝他们打招呼。

“这帮贱人。”樱冢月仔他们哭笑不得。跑了一天一夜固然很疲倦，对方追着可也不轻松。当然，他们人多势众，可以轮班换，但樱冢月仔却看到有些面孔一直在他们身后晃悠，真是太有毅力了。

樱冢月仔他们一共牺牲了二十二人，但十会联盟方面挂的玩家其实比他们还多。都是误中了陷阱，然后樱冢月仔看时间比较宽裕，就指挥大家啪啦啪啦一阵齐射，取了不少玩家的等级。

“下线下线，休息休息。”樱冢月仔他们一行人准备朝复活点去了。

“晚上的任务呢？”顾飞愣道，按照行程，一小时后大部队就应该起程向下一个主城进发了，樱冢月仔他们此时下线，那不是等于放弃任务了……

“醉哥你没听你们团长说吗？今天暂时不会离开月夜城，好像他们的任务有什么内容需要在这里完成的。”樱冢月仔说。

“是吗？什么内容？”顾飞问。

“我不知道啊，我这逃亡了一天，哪有工夫去和他们开会啊！”樱冢月仔说。

“哦哦，那你们去吧！”顾飞朝他们挥手，他刚刚上线不久，显然不可能此时就下。

于是这群家伙谈笑风生地去了。顾飞见多了玩家被 PK 后愤恨不满的表情，想不到这帮猥琐的家伙却这么豁达。人性真是太复杂了！顾飞再度忍不住感慨。

这事结束，顾飞正准备抓紧时间去通缉任务，结果消息又响，翻开一看是剑鬼：“云中暮请客，特意提到你，过来一下？”

动作真是快啊！顾飞感慨，他这边刚施展身手救了人，估计云中暮那边就立刻向剑鬼他们打听了一下。他们在上次并肩作战的时候倒是加了好友的。得知剑鬼他们又到了月夜城，云中暮这个月夜城货真价实的地主立刻表示要尽一下地主之谊。

剑鬼、战无伤对云中暮他们印象是不错的，大概不会拒绝；御天神鸣和佑哥属于模棱两可，但被请客这是占便宜的事，估计他们不会错过；至于韩家公子，或许和云中暮有些不对眼，那他就更会去了，估计这家伙会大喝特喝往死里喝，以此来攻击云中暮的钱包。

顾飞本不想凑什么热闹，不过想想云中暮他们今天说卖自己面子放过了茫茫的莽莽以及樱冢月仔他们，那么明天呢？真要不留情面，这些个家伙怕是要在月夜城逃亡一生了。现在的十会联盟可比以前追杀前尘的那个时期强大多了。

还是过去一下，打听打听云中暮他们到底准备怎样吧！顾飞想着，问了地点后，朝着所说的酒馆方向而去。

月夜城没有如云端城一样玩家开设的小雷酒馆。云中暮最终选定的就是城中心最大的这家。地主就是地主，一进酒馆，就把其他小农玩家给赶出去了。系统老板就是按部就班做生意，这种事当然不会理会。于是就全身心地服务着留在酒馆里的人。

顾飞来到酒馆时，全部都是十会联盟的人，他甚至在某张桌上看到了方才和自己有过直接对话的带头小哥，死于自己剑下的似乎也有几个。至于公子精英团的也果然全都在，正围坐在当中几张小桌拼成的大桌前。同桌的当然有云中暮，除此以外的，顾飞也叫不上名字，但想必都是十会联盟的头头脑脑。十大行会啊，怎么也得有十个会长不是！

顾飞进门后，酒馆里陆陆续续安静下来。剑鬼他们伸手朝顾飞打着招呼，云中暮即时回头，立刻展现出了一个盗贼高手敏捷的身姿，唰唰几下就已经闪到了顾飞面前，握手拍肩，极尽示好之能事："老兄总算过来了，快快快，里面请。"

顾飞随他来到那张拼桌，落座，揪掉了脸上的蒙面。

云中暮亲自端杯拿瓶倒酒，递给顾飞。顾飞接过道谢。

酒是最好的酒，顾飞特意留意了一下其他桌，发现大家的酒都一样，并没有把他们这一桌高贵化。韩家公子果然没有错过这个机会，喝得很快。但云中暮却丝毫不以为意，只是发现这家伙很爱喝后，多叫了数瓶摆在了他面前。

此外顾飞看到佑哥在望着韩家公子喝酒扳手指头，心下暗笑。估计这家伙是无聊地在统计韩家公子喝掉了多少钱。

坦白说，这一桌人大家互相并不熟。也就剑鬼和他们有过并肩战斗之谊。顾飞落座后，云中暮他们表示了对顾飞的钦佩，诸如“真猛真厉害”之类。

顾飞自然也是客气回应，说些“哪里哪里”、“谢谢谢谢”之类的客套话。

云中暮这帮人，打架豪迈不羁，但与陌生人说话似乎不是他们所擅长的。他们自己之间是脾性相投，说话简单直接，三句里两句“你大爷的”，再来一句“日你大爷的”，立刻觉得对方和自己很有共同语言。

这帮家伙聚在一起，明明是十个会长十张嘴，说话却全是一个风格一个调调。你要闭了眼睛真分不清谁是谁。

这种放荡粗俗的风格拿来和初交的陌生人沟通显然有些不合适。但去掉了“你大爷的”，这帮家伙立刻变得好像不会说话了似的。在客套的寒暄结束后，桌面上立刻无人说话，气氛尴尬。

如此局面持续约有数分钟，云中暮突然端起酒杯站起了身。

“不愧是老云！”其他九位会长激动，一起望着他。

“哈，大家一起干一杯啊！”云中暮说。

“你大爷，老云你个废物！”大家没想到云中暮站起来也只是说了句废话，纷纷鄙视。

云中暮当然也觉得有些不好意思，一杯酒吞下肚后，绞尽脑汁，还是没想出有什么可说的。当初和剑鬼打交道，那剑鬼可是网游老玩家，和云中暮又是同职业，大家一起缅怀下过去，再讨论讨论如今的盗贼职业，共同话题很容易找。此时面对顾飞，云中暮实在无从开口。末了半天，憋出一句："千里兄弟以前玩过什么游戏啊？"

"哦，没玩过。"顾飞回答。要是换了银月这种家伙坐这儿，肯定立刻接过："第一次玩游戏就这么猛？天才啊！"然后一堆晕晕乎乎的忽悠就上了。但换了这帮家伙，立刻觉得顾飞居然没有过去，和他们大不一样，双方距离真是很遥远很遥远。

如此所有人都是端着自己的酒杯自娱自乐，云中暮这客请得自己都很惭愧。暗暗后悔不该叫着这帮废物上桌，应该叫上行会里那些能来事的主来搞活气氛嘛！一想至此云中暮又来气了，一拍桌子说："猪仙你大爷的，你平时不是话很多吗？今天怎么没话了？"

猪仙缩了缩脑袋，看了顾飞一眼后，终于吐了句话："你好像砍过我？"

云中暮昏厥了。叫你小子说话，居然说个这么不和谐的，真想亲手把这家伙拖出去毙了。

不想这边顾飞点了点头说："好像是，你那次和不笑一起是吗？说起来好久没看到不笑了。"顾飞一边说一边看自己身边几个家伙。结果几人一起安静整齐地捧起酒杯喝酒，一副怡然看戏的模样。

云中暮略有点尴尬说："哦，他没在……"不笑是在线的，不过云中暮没叫他，而且叫了不笑也不会愿意来。

不笑在和顾飞他们的斗争中被砍掉了 10 级，不过那低等级的经验换算出来的话，也就和今天 40 级掉到 39 级的损失似的，比较之下并没多大。

虽如此，但这事件造成的恶劣影响却很大。不笑至今在游戏中被人问起姓名时都像火球一样扭扭捏捏。在无数知道当初事件的玩家心中，不笑已经拥有了孙子属性，不管你以后混得多牛，在千里一醉面前，你永远就是一孙子。

不笑对顾飞的仇恨，已经不是可以随便解决的了，那是永恒的心理创伤，一想起就痛。云中暮作为不笑的好友，非但没有张罗着替他报仇，此时却和顾飞坐在同一桌上喝酒，这是他觉得尴尬的原因。

这也是事出无奈。从个人角度，云中暮想帮不笑砍了顾飞的。只可惜不笑这人的确不怎么地道，就这同桌的十个会长，八个不待见他，唯一一个不讨厌他的猪仙是个傻的，啥都无所谓的主，没见他还拿“被你砍过”和顾飞展开话题吗？

就连云中暮自己，有时也恍惚，他是怎么和不笑成了哥们的。很显然，在那个非模拟的时代，网游里人与人的印象很模糊，大部分都是自己脑补的。而在如今这种可以面对面直接交流的模拟时代，想隐藏嘴脸已经没那么容易了。

一定帮不笑报仇的念头，在月夜城和不笑终于面对面开始接触时，就在云中暮心中不断地动摇着。

云中暮正缅怀他和不笑的过去呢，这猪仙还真就“被你砍过”和顾飞攀上了话题。顾飞砍他就是在云端城救下茫茫的莽莽那次，因为当时他们那帮人的作为，顾飞对这个叫猪仙的同志并没有什么好感。不过，因为说的这事，话题倒是很自然地扯到了茫茫的莽莽身上，正中顾飞下怀。

当时救下茫茫的莽莽时，猪仙等人尚不知顾飞便是27149。此时身份合一，前后串联，对于今天顾飞为什么会救茫茫的莽莽，云中暮已经隐隐感觉到答案了。

茫茫的莽莽当时的确被他们追砍得很惨，偏偏这女人倔强得很，明明都已经势单力薄，但在他们这么多人面前却依然是她风光时期的嚣张模样，真是让人一点怜香惜玉的心情也没有。坦白说，茫茫的莽莽能被记恨这么久，很大一部分也是她自找的。她这服输却不服软的性格，很有效地激发着敌人的斗志。连续追杀她长达一个月，这份耐性也算是她自己帮对手磨出来的。

但这是相对他们这些局内人来说。如果从外人的角度来看，茫茫的莽莽倒是很容易赢得同情。但是，云中暮觉得顾飞理应和他们是一方的，当时顾飞不也因得罪了她被堵在月夜城外的高级练级区寸步难行吗？茫茫的莽莽的倔强既然不会引起云中暮他们的同情，理应也得不到顾飞的同情啊！真是太费解了。云中暮正想着，那边猪仙倒也帮他把问题问出来了："千里兄弟什么时候和茫茫的莽莽成朋友了？"

"呵呵，留点余地好了，何必赶尽杀绝呢？"顾飞没直接回答猪仙问题，已经开始转道替茫茫的莽莽求情了。剑鬼他们在旁听得纷纷侧目，他们心目中顾飞本人就是个心狠手辣赶尽杀绝的主，现在劝别人不要赶尽杀绝，很有些滑稽。

"千里兄弟啊！大家都是朋友，这事还是希望你不要插手了。"云中暮说。他会请公子精英团的人过来喝酒，一部分原因自然是承当初对方相助的情，再一部分，也正是想问问顾飞相助茫茫的莽莽的事。

"可惜我已经插手了。"顾飞叹气，说着又朝那边某桌望了眼说，"那边有几个朋友，刚才好像已经被我砍过了。"

云中暮当然也知此事，此时也朝那边扫了眼后说："这事就算啦，我想我这几个兄弟也不会介意，至于茫茫的莽莽的事……"

"就也算了吧！今天追了他们一天一夜，我想那帮小子也不会介意的。"顾飞直接接过了云中暮的话茬。

云中暮狠狠地愣了一下神。他倒是完全没有想到，那区区几十人敢于介意他们十会联盟的追杀。在月夜城这一亩三分地，他们十会联盟想欺负谁，那谁只有自认倒霉的份儿。介意？心里当然是在介意，但问题是这可不能成为谈判桌上的筹码，双方实力不对等啊！

"云老大意下如何啊？"顾飞看云中暮发愣呢，又追问了一下。

"这个……"云中暮一时没答上来。他心里可是完全没有放弃继续追杀的念头，请了顾飞过来，其实就是想劝顾飞不要再插手，他觉得今天看顾飞在场他们立刻退下，已经很给顾飞面子了。谁知顾飞竟然如此不懂事，拿他们的介意来当筹码！以十会联盟的实力，他们的介意当然很值钱，但顾飞他们区区几十人，介意了不也是白介意吗？

"说起来我们也是暂时路过，明天就会离开月夜城了。"顾飞说。

“哦，这倒是听说了。”云中暮应道。月夜城猛然间来了千余人的大部队，身为这方霸主的云中暮怎会不关注，早早就已经派人打听过了，得知是云端城的行会出门任务，随行的还有许多佣兵团。

“有关茫茫的莽莽，如果我们不打算放过她，千里兄弟你准备怎么做？”云中暮忽道。他可根本没想过退让，顾飞虽猛，但他们十会联盟两家5级行会，四家4级，三家3级，一家2级，总人数达四千五百五十人，完全没理由会怕顾飞一人。给顾飞面子，那是认为双方之间有情分在。怕？他们这帮家伙不巧也是宁死也不会说出一个“怕”字的。这性子其实和茫茫的莽莽是很相像的，可惜双方站在了对立面，于是较起劲来自然也是无人肯退让了。

“唔……我也做不了什么。”顾飞叹息道，“也只能像今天这样，帮点小忙，砍砍你们弟兄了……”

“千里兄弟快言快语啊！真是十分欣赏，那咱就PK场上见，PK时大家不要留力，但完了还是朋友。”云中暮说。

“那当然最好了。”顾飞十分欣慰，既砍了人，又不会搞坏关系，这对于他这PK狂人来说实在是梦幻级的。

“干杯干杯！”云中暮举杯。

“干杯！”顾飞端杯和他碰了下，一饮而尽。

“痛快啊！”云中暮大吼，他的一干兄弟也纷纷表示如此处理很好。

剑鬼他们五个再度纷纷侧目，这算是什么谈判啊？搞到最后双方的目的都没有达成，倒是建立起了一条对砍却不影响双方关系的条约。

“我说云老大，你们只想着欺负女人，没想去砍砍银月吗？”酒桌之上突然冷嗖嗖地飘来一句。说话的是韩家公子，顾飞和他们的谈判他早看不下去了，此时终于忍不住出声，一张口就是不屑兼鄙视的调调。云中暮努力隐忍，这六人中，他是十分不待见韩家公子的。如不是他和剑鬼等人都是一起的，云中暮非常乐意追杀这家伙一百遍。

云中暮当然不是两面三刀的主，此时完全卖面子陪笑脸，对韩家公子的反感也是摆在脸上的，冷眼扫着他说：“兄弟这话是什么意思？”

韩家公子玩着手里酒杯，目光也是专注于此，看都没看云中暮，回答道："银月现在也在月夜城，云老大你不会说你不知道这事吧？"

"银月也回来了？这是真的？"云中暮是真不知道。

"呵呵，你们是选择性的失明啊？"韩家公子的嘴巴真是不饶人，不遗余力地奚落下，不少人已经拍着桌子跳起来了："操，你这话是什么意思？"

"没什么意思，酒喝够了，我先走一步了。"韩家公子站起了身，朝酒馆老板挥手，"老板，算酒钱。"

"不必了，酒我请。"云中暮说，虽然不喜欢韩家公子，却也不想在这点小钱上失了风度。

"不用了，你就把我也选择性地失明掉吧！"韩家公子笑吟吟地拿出了钱袋。

"靠！"同桌某会长终于也受不了韩家公子的奚落，霍然起身同时发动了进攻，隔着桌子使用游戏技能不方便，于是就顺手抄了桌上的瓶子砸了过来。顾飞想出手的，不过就在韩家公子旁边的剑鬼手更快一些，抬手一抄把那瓶子拍到一边去了，淡淡地说："算了吧！"

"嗯！"顾飞附和，"他这人就这样，烦得很。"

"就是，身手不行，所以功夫全在嘴上。"御天神鸣也抓住机会攻击韩家公子一下。

"嗯，架子大得很！"战无伤估计是对对抗赛上总当韩家公子保镖也有情绪。

只有佑哥厚道，一言未发。

云中暮也立时起身，按下了那个发作的会长兄弟，淡淡说了句："那就请便，不送了。"

韩家公子付过酒钱，扬了扬眉毛，顺便回了句："别送了，有空去找找银月吧，总追着个女人有什么意思。"

"啊啊啊！你少说几句吧！"佣兵频道里此时已经吵爆了。

"最后一句。"韩家公子发出这消息时，人已经走到出口，门都推开一半了。突地又回过头来，望着一屋子恨不能撕了他的家伙们说了最后一句，“那女人还是个牧师……”

“靠！”无数人又都跳起来了，却都被云中暮的目光给制止。

“组队去追杀他吧，我们不介意。”战无伤诚恳地说。

云中暮只是苦笑了一下，望了望天花板后说：“他说得倒也是……茫茫的莽莽只是个女人，而且还是个牧师，杀她的确很没意思。”说完目光转向余下五人，“银月真的也来月夜城了？”

五人肯定地点头，末了顾飞补充了一句：“追杀银月的话，我可以帮把手。”

“啊？”云中暮很意外顾飞的这种区别对待态度。银月推卸责任的那套鼓吹词自然不会在月夜城流传，这里大家知根知底，他说那些也没用。所以云中暮他们此时尚不知银月在前尘倒闭以后的无耻行径，还把银月和茫茫的莽莽算作一家。

在顾飞把银月这点破事娓娓道来后，一酒馆的家伙又都沸腾了：“银月这狗东西，太不爷们了！”

“居然这么不仗义，以前还当他是个爷们！”

“无耻啊！还有什么说的，干他啊！”

“干他！”云中暮一拍桌子，“叫上所有在线的弟兄，全城搜索银月。有提供线索的，赏！”

一天之中的游戏高峰期，十会联盟在线人数在四千以上，云中暮一声令下后，十个行会频道里一起嗷嗷叫着追查银月的下落去了。

找人、追人、往死里杀，这种活对于月夜城的统治集团十会联盟来说别提多熟练了。就算玩家们都蒙着面也难不住他们，以他们在月夜城的霸权主义，喊哪个玩家揭开蒙面看看，没人敢有意见。

不过这四千余人轰轰烈烈沸起的热血很快就熄了，因为一个很现实的问题摆在了他们面前：银月根本不在线。

以银月之精明，早就已经想到他在月夜城现身会相当不妙。他已经打定主意，在月夜城逗留期间他是绝不会上线的，他甚至没有在月夜城上一下户口。不怕一万，就怕万一。银月深知如果自己一旦被盯上，等待他的将是无休止的轮回。所以，要死也得死回云端城，在月夜城死去活来的，那自己这游戏生涯恐怕就真毁了。

云中暮这边发动完了群众，酒馆里的人都张罗着准备出发时，发觉了这个很扫兴的问题。

“大爷的，这狗东西还是这么狡诈。”酒馆中和银月打过交道的故人已经骂上了，而且还揪出了一些银月以前的破事拿出来数落，让顾飞五人叹为观止。

“银月的生涯也是挺传奇的。”佑哥感叹。

“嗯，不过看起来，他的传奇可能要到此为止了。”御天神鸣说。

酒馆方面，云中暮正在做出指示，七大职业安全区，全部留人盯守。上线的骑士职业都会受到严格的盘查——其实主要也就是揪下蒙面看看。一般玩家看到十会联盟所属行会的徽章，都会忍气吞声地配合一下。有抵抗念头的……坦白说，会抵抗的不管是不是银月都会被干掉，所以说银月理论上已经没有可以脱身的机会了。

“哼……顶多杀一次罢了。”韩家公子听着顾飞他们在佣兵频道里议论，忍不住插话了。

“为什么？”御天神鸣问。

“这种时间银月都不在线，摆明了就是在躲。他既然意识到了危险，以防万一，就决不会在月夜城上户口，一挂就会死回云端城。明白？”韩家公子说。

“有道理啊！”几人不光点头表示赞同，还迅速把韩家公子的推断反馈给了云中暮。云中暮一听觉得很有道理，搞这么大排场，只杀银月一次，这实在不能让人产生一丁点的快感。

“老云，要不要叫些兄弟先去云端城那边的骑士营地堵着。”有人提议。

“这个……”云中暮比较踌躇。云端城可就不是他们的主场了。银月现在在云端城发展至何样？结交了多少朋友？这点顾飞他们都答不上，他们仅知道银月有个四十人的佣兵团而已。除此之外，回想银月的为人和交际手腕，几人均觉得不能太低估他的能量。

仅顾飞和银月同坐一次牢便知道，这家伙是很擅长交友的。而且与云中暮他们不同的是，云中暮他们只结交他们看得上眼的，比较对脾胃的——让云中暮和韩家公子成为朋友，几乎不可能。至于银月，此人虚伪善变，散网打鱼，和谁都称兄道弟，即使阴起你的时候，都是笑盈盈的不动声色，比云中暮难对付多了。当初他们两伙人在月夜城的地位关系就是力证。要不是顾飞他们相助，云中暮这帮家伙至今还被银月踩在脚下呢！

而且云中暮上次在云端城已经被银月阴过一次了，现在想来，觉得就是全联盟四千余人都杀过去，也未必保险。

思前想后，云中暮心念一动，问顾飞他们："你们这次任务到底是什么内容啊？"

"帮那行会把东西护送到目的地。"顾飞他们回答。

"那么下面还要经过其他主城喽？"云中暮眼睛一亮。

"嗯……要过五个主城，我记得当初是这么说的。"佑哥回答。

"你是想……"五人都猜出了云中暮的心思。

"银月在月夜城不敢上户口，那么就让他安生走过这一段，在下个主城，他不可能再这样了吧？那时候我们再出手，把他一举拿下。他再有手腕，一个他也没去过的主城，总变不出什么花样来了吧！"云中暮侃侃而谈。

"嗯嗯嗯！"大家都点头。

"很好，那就挑些兄弟，咱们跟着云端城的这帮兄弟一起上路，等到了下个主城的时候，再叫银月好看。"云中暮意气风发。

酒馆里一片叫好声，个个慷慨激昂主动请缨。

云中暮一眼扫去，沉声道："有些个兄弟都后来的，就不要争了，咱们把这次欺负银月的机会留给之前被银月欺负过的弟兄们吧！"

“对对对！”猪仙第一个站起来，重重一拍桌面，“我欺负不死他！”

酒馆里哄堂大笑。猪仙的积极响应，首先就暴露了一个问题：这家伙以前被银月欺负得很厉害。猪仙反应过来，也很不意思，悻悻地坐了回去。

如此云中暮他们如何在行会频道里挑选人手，顾飞他们就不得而知了，总之五人就这么观赏着这帮银月的仇人们如何安排一场玩残银月的好戏。

“会不会太残忍了？”战无伤问剑鬼。

“你觉得呢？”剑鬼问御天神鸣。

“我很期待。”御天神鸣说完又望向顾飞。

“他们这么多人，看起来是不想我帮忙了。”顾飞失落。

佑哥拍了拍他，表示安慰：“还有其他更有意义的事。”

“什么？”顾飞望向佑哥。

“快7点了，任务！”佑哥说。

“今天不是逗留月夜城吗？”顾飞奇怪。

“今天是不需要赶路了，但任务还要继续。忘了吗？咱们还一直没看到纵横四海到底是要护送什么东西呢！因为护送的东西是今天在月夜城领取。”佑哥说。

“为什么我都不知道。”顾飞很费解。

御天神鸣拍了拍他：“你多上上线，就什么都知道了。”

显然，每晚7点后的高峰时期是聚齐人手进行任务的主要内容。但如之前一些情报啊计划啊之类的内容，大家都在凌晨、白天有过讨论商议的，这种时候顾飞都不在场，也难怪他不知道了。

如此五人起身向云中暮他们告辞，云中暮将五人一直送出酒馆，还嘱咐了一声：“如果看到银月，不要忘了知会兄弟一声啊！”在确定了计划后，为了不让银月起疑，云中暮已经撤出了各个复活点。

“放心吧！”五人说。

“对了对了，你们下一个主城是哪里？我看能不能提前做个准备。”

云中暮说。

“白石城，好像是。”佑哥回答，“但具体怎么走，我们也不太清楚。”

“哦，谢了。”云中暮点了点头。

“对了，老云！”御天神鸣突然开口说话了，“你们和漂流有没有什么过节啊？”

“漂流？头号法师？这个……没打过交道啊！”云中暮有些不解地望着御天神鸣。

“唉，真可惜。”御天神鸣很遗憾地说。

“哦？”云中暮已经明白了些什么，“是不是兄弟和这小子有什么过节？没关系，一句话的事，我可以让他出不了月夜城。”

“那敢情好啊！”御天神鸣大喜，“就把他……”

话还没说完，这边顾飞已经一伸胳膊，把御天神鸣的脑袋夹在身下，止住了他说话。朝云中暮笑道：“小孩子乱说话，不要理他。”

“是啊是啊，喜欢胡闹，别和他当真。”战无伤也说。本来御天神鸣要挣脱顾飞的钳制并不难，但现在战无伤过来换了手，直接把他挟在胳膊下面拎了起来。

“战无伤你个王八蛋，放下我！”御天神鸣呐喊着，四肢乱蹬。

“走了走了！”佑哥代表大家向云中暮道别。五人的身影就这么从云中暮视线中渐渐消失了。

“慢，慢走啊……”云中暮这才反应过来，愣愣地挥了挥手，顺便抹了一把汗。

CHAPTER 80

月 夜 跑 酷

月夜城的地牢门口，来自云端城的玩家团聚于此。无誓之剑站在门前的台阶上，比其他玩家高出了数个脑袋。他表情严肃，抬眼扫过台阶下的玩家，觉得人数差不多了，这才沉声道："各位，今天这点内容，原本想着不需多麻烦的。但这一路过来，我深刻意识到本次任务处处藏着凶机，所以还是把大家聚集起来以防万一。请诸位做好战斗的准备，或许战斗就将在下一刻打响。"

他一说完，倒影年华立刻也上了台阶，手四处比划着，像是在演哑剧。不过事实上他的话全在频道里讲了——行会频道以及他与团长们的队伍频道。不大会儿，地牢门口玩家分伙各占要地，做好了迎接来自任何方向战斗的准备。

无誓之剑郑重地点了点头，反手也掏出两把长剑，缓步来到地牢门口的卫兵身前，先摆好了随时可以战斗的架势，然后，和 NPC 卫兵说话了。

"靠！"两句话后，无誓之剑愤怒地咆哮。所有玩家一振，目光警惕打量向四周。敌人，敌人在哪里？！

"妈的……"无誓之剑又追骂了一句，脸上是如丧考妣的表情，回过头来对着众玩家说，"要老子交钱。"

"靠！"所有玩家朝无誓之剑比划中指。

"是不是不用战斗了？"有人高声问。

"还是等等，大家先不要散，继续提高警惕。"无誓之剑说。

于是玩家们也不敢大意，继续凝神注视。顾飞他们精英团也占据着某一方位，此时态度和其他玩家倒也没什么两样。但就在他们的身遭，时不时有过往的月夜城的玩家，总会略作停留，然后目光在顾飞身上打量一下，然后再看看四周，踌躇一下后就转身离去。

“怎么搞的？”顾飞很奇怪，以他的敏感度，当然注意到了这些人对自己的留意。此时顾飞没有蒙面，没有拿剑，只一身黑色法袍，右手插着口袋，左手摸着下巴，怎么看也和一个寻常玩家没什么两样，没理由会受到如此注意。

还是剑鬼他们经验丰富，在注意到这细节后，又前后联想分析，最后问顾飞：“你身上又有多少 PK 值？”

“啊？ 14 点！”顾飞说完也反应过来，一敲大腿说，“你看，我就说嘛，月夜城真是个好地方！”

在云端城，通缉任务是大冷门，基本没人会做。但在月夜城这个多杀戮的地方，抓紧时间洗掉 PK 是必须的，通缉任务市场异常火爆。而一面洗着自身 PK 值，一面用多捞的分得点奖励，何乐而不为？于是顾飞这种高 PK 值的通缉犯就是一块香馍馍。

而这种能把 PK 值杀到这么高的家伙，以月夜城玩家的经验，多是某团伙中的主力炮台法师。这种时候，或许正在团队协助下洗着 PK 值；也或者还在继续 PK 或练级……总之，有不少赌徒心态的玩家不会轻易放弃这种大肥肉，先领了来看看有没有可乘之机再说。

结果照着坐标找来，发现可乘之机没有，一点都没有。

想到过这法师不会背这么高的 PK 值落单，却也没想到他有这么多同伙。整个地牢门口都被挤得熙熙攘攘。如此庞大团队，却不是十会联盟，这帮人什么来路？

这些个玩家就这么疑惑着，从顾飞附近走过，望着顾飞吞两口口水，终究没人敢在这千人团队中吃这块肉。

“我说，这边看起来也没什么事，我去别处转转啊！”顾飞说。

几人斜视。顾飞这点心思谁还看不出，显然就是看穿那些领通缉任务的玩家看到他们人多所以不敢动手，于是顾飞主动给这帮家伙制造机会，让自己处在落单的情况，好让这帮家伙来攻击他。

顾飞也就是给几人知会一声，当然也不是和他们商量，说了这话后就立刻闪人了。

“啧啧啧！”几人摇头。

“作孽啊！”战无伤感叹。

“走哪儿都是一祸害。”御天神鸣说。

“应该给他贴上标签：危险！生人勿近。”佑哥说。

“可怜这帮想洗 PK 值的孩子了。”

“有 PK 值的话，死了得掉两级吧？”

“10 点 PK 值以下的话，两级。”

“太作孽了……”几人一起为那些即将削在顾飞剑下的等级祈祷着。

顾飞兴冲冲地离开了团队，走到一个自认不会有人再误会自己身边有很多同伴的地方，继续摆上了之前那个沉默的造型。

没过一分钟，顾飞已经发觉身后有人，兴冲冲地拔了剑转过身，却立刻怔住：“怎么是你啊？”

“很无聊啊，看到你鬼鬼祟祟溜来这边，所以来看看。你干什么，在这摆什么造型？”跟顾飞过来的是细腰舞。早在佣兵大战当队友的时候，细腰舞就和顾飞一样耐不住寂寞，尤其不喜听战前的那些严肃的动员会。

就地牢门口这枯等，细腰舞早就不耐烦了，无聊地东张西看，发现这边顾飞悄然离开，于是前后脚地就跟了过来。结果过来看到的顾飞和之前一样还是傻站，很失望。

“我啊？我是……”顾飞这才说了四个字，已经有一道箭矢朝他急飞而至。有顺着坐标追来的弓箭手玩家，看到这孤单法师，觉得是撞着大便宜了，迫不及待就放出了一箭。

顾飞一侧身闪这一箭，抬眼朝来袭的方向望去时，看到的是一道红色的人影——细腰舞已经一个疾行飞奔过去了。

顾飞郁闷。这弓箭手离得颇远，以细腰舞的速度，顾飞即使用上瞬间移动，也是无法后来居上的。这一人俨然是要被细腰舞给抢掉了。

那弓箭手显然并没有留意到顾飞和这女人认识，突见这盗贼杀将过来，稍稍怔了一下。不过开始他并没有太放心上，女玩家嘛，一般人都会觉得水平非常有限。这弓箭手正准备跑位进行风筝战法，突地惊觉这盗贼距离自己已经没有几米了。

“怎么会这么快！”惊叫声中，细腰舞早已经冲到了他的跟前。这人惊慌失措转身想跑，面对盗贼这可是一个极大的技术失误。直接空了身后给人家，盗贼不用自己跑位都可以用技能了。细腰舞伸了手腕，一个背刺捅出去，世界清静了。

“喂，这人为什么要……”细腰舞转过身朝顾飞说话，想问他怎么会被人杀，结果却看到顾飞也正和一盗贼战在一起。

说战在一起其实已经夸张了，细腰舞转过来的时候，顾飞一剑撩起的火光正把那盗贼给燃烧掉。

“哎！”细腰舞正想再问，那边街道又传人声：“啊呀，在这里，快！”

这次从街角是直接转出了四个人，一看到顾飞立刻冲上，推着当中一人喊道：“你先上。”显然，任务的只是此人，其他就是过来帮忙压阵的朋友了。

结果更快一步的又是细腰舞，先一步拦在前面，插了那个“你先上”一刀。“你先上”甚至没搞清发生了什么就挂掉了，临死只发现好像是个美女把自己给插了。

其他三人大惊。不过此时他们通缉任务的朋友已经牺牲，对他们来说继续下去没什么意义。原是想闪人的，结果却是细腰舞不放过他们，几个箭步已经冲到他们跟前，三人不敢再跑，连忙转身准备迎敌。

细腰舞突地又退了两步，猛然间人已经不见了。

“潜行！小心了！”经验丰富的月夜城玩家立刻背对背摆了个三角形靠立，不给细腰舞背后偷袭的机会。

可惜细腰舞根本没想着要偷袭，以她的风格，其实潜行都是懒得用的，只不过因为新搞了个“隐秘行动”，所以想在 PK 中试试罢了。

月夜城玩家经验再丰富，这种技能却还没接触过。某人被细腰舞迎面捅了一刀，却不见身前有人出现，完全茫然了。细腰舞跟着再来一刀，这人就在连对手都没看到的情况下壮烈了。

接下来的两个也没好到哪儿去，细腰舞左一闷棍，右一背刺，之后现出身形将两人结果。实验结束，考核结果，细腰舞喃喃自语：“挺变态的，不过，蓝下得太快了。”

隐秘行动每秒消耗法力上限 7%，也就是说顶多使用 14 秒。而在这 14 秒中，如果用了技能攻击，那还会额外地用去一些法力，所以 14 秒只是理论值，实战中不可能坚持这么久。细腰舞之前疾行过，背刺过，法力本就不满，刚才这实验连 10 秒都没坚持。到最后闷棍、背刺对付了最后两人后，立刻因法力用尽现了身。

此时拿了水果准备补充，顺便回身想向顾飞问话，结果……

“怎么还有啊？！”细腰舞尖叫，那边顾飞又和人战上了。

地牢门口，战无伤和御天神鸣这一老一少敏锐的色狼耳朵突地竖起。两人互相对视：“听到没有？”

佑哥皱眉：“我好像也听到了。”

“是女人的尖叫。”

“嗯，千里去的方向……”

“他在干吗？”

战无伤脸色微变：“太残忍了吧，难道他会对美女下手？”

所有人望向他，齐声回答：“他会的。”

“去看看吧！”几人其实在这也挺无聊的，立刻也转向朝那边去了。

重生紫晶的姑娘们这时也发现细腰舞不见了，又突地听到她尖叫，连忙过来查看。

两队人各走了一条道，从两端同时穿出，结果就看到一黑一红两道身影嗖地就从他们眼皮底下跑掉了……

人多，超乎想象的多。顾飞已经觉得自己可能有些托大了。正式运营后主城的玩家数量都是激增，月夜城这种风气下，身披 PK 值的人不知有多少。个个都想洗，又都看着顾飞这个 14 点 PK 值的人高居榜首，有点胆色的纷纷来领取。

不单如此，细腰舞这姑娘自由奔放地在这儿杀人，没过多久她的 PK 值也已经累积上双数，成了月夜城通缉榜上的第二号人物，也招来了不少生意。

又偏生他们这位置就在地牢左近，而地牢和通缉任务发放处属于一个系统，素来是不会太远的。那些领了任务的玩家一出门，都惊喜地发现这坐标随便拐两步就到了。可想而知，顾飞和细腰舞此时是面临着多大的压力。

细腰舞刚才实验隐秘行动，用光了法力，吃水果也没补全就再次迎接战斗了。顾飞更可怜，法力用尽后根本就没腾出空来吃水果。

而此时的处境，顾飞比细腰舞还要更严峻一些。

他现在 PK 值比细腰舞还要略高一些，冲他来的玩家更多；而细腰舞装备之彪悍反在顾飞之上，没法力不用技能也极强大，顾飞虽是法师中的异类，但归根结底的法师特点还在　　没有法力，法师的伤害就是渣。

如果对手有限，那么顾飞靠身手，细腰舞靠装备倒都可以勉强应付。但此时月夜城的通缉任务处就像是一个造兵的基地，而顾飞和细腰舞所在之处就是一个集结点。从那儿出来的玩家直着脖子就奔这方向来了，一眼望去，几乎要连成一线。

“喂！”细腰舞这个无所畏惧的女人心中都产生了惧意，一边打一边对顾飞说，“不行吧，太多了。”

顾飞也很严肃地点了点头，这么多人找他打架的确很过瘾，但顾飞可不想过把瘾就死。打架那也是一项竞技运动，竞技的最大魅力就在胜负上。顾飞喜欢PK，那也是需要P赢对手才会产生满足感的。说享受过程，那也是享受一步步走向胜利的过程。至于怎么输的过程，真不知有谁会觉得是种享受。

两人一同判定眼前局势完全没有取胜机会，眼神再度相互交流一下后，突然一齐转身就跑。正赶上公子精英团和重生紫晶两队人赶到，看到了二人被追着落荒而逃的狼狈相。

锲而不舍的月夜城玩家排成一线猛追过去。

细腰舞的速度自然不用说，即使不用疾行也没人追得上她。而顾飞呢，虽然全敏加点，又拿暗夜流光剑、大盗指环、艾迪的纹章，额外添了这些许敏捷，一双鞋也很强悍。但月夜城玩家也不乏优秀人才。疾行的盗贼、偏敏的弓箭手，只要装备不差，那么速度达到顾飞程度的并不算难。更要命的是，那些弓箭手们甩出追踪矢，细腰舞仗着装备好防御高直接无视了，而顾飞却还得回身应付一下，速度被大大骚扰，追兵那是越来越近。

唉！这次真是玩火自焚啊！顾飞自我检讨。过分藐视群众的力量让他落入了现在的窘境，这次是真的即将淹没在群众战争的海洋当中了。

好在细腰舞总算是够义气，没有把他抛下。跑跑回头看看，发现顾飞是离她越来越远，离后面的追兵越来越近，气得直跺脚："你怎么这么慢哪！"喊完立刻转身返回，飘到了顾飞身边。

"你又回来干什么？走你的。"顾飞说。

"太笨了你。"细腰舞一把抱住顾飞，另一手从口袋里已经拽出一卷轴，迎风一甩，那玩意化作白光落到二人脚下，一个传送阵瞬间结成，白光一闪，两人瞬间消失。

"跑那么慢，害老娘又浪费一个传送卷轴，这是我最后一个啦！"传送结束后，细腰舞放开顾飞立刻指着他鼻子数落。

"这玩意哪儿搞到的？"顾飞问。

"以前一个任务奖励的，现在有钱都没处买！"细腰舞说。

"以后还会有的。"顾飞安慰了一句，接着立刻转移话题，"这是哪里？不会随机传送到哪个陌生主城了吧？"顾飞一边说着一边查看坐标。

“你想得美，传送卷轴也是有最大半径的，不可能传送出一座主城的范围，这里应该还是月夜城的周边。”细腰舞说。

“但为什么这传送这么不厚道，直接放在地上不好吗？”顾飞左右打量了一下。

“所以才叫随机传送！”细腰舞也没好气。

两人现在身处一片树林，而且，非常惨无人道地被挂在了树上，顾飞的月夜灵袍被树枝钩住，整个人上下晃动着，似乎随时会掉下去。而细腰舞就挂在他对面，身形倒是稳当，但是很显然，勾住她的那树杈正在缓缓下弯，这可是比顾飞的形势还要危险。顾飞忍不住闭上了眼：“细啊！”

“什么？”

“你可能马上要掉下去了！”

“啊……”细腰舞惊叫，低头一看，离地八米，掉下去肯定不舒服。当即下意识地抓向了顾飞，也不知是想寻求点帮助，还是想拖个垫背的。

“不要乱动！”顾飞只来及喊出这一声，勾着细腰舞那树枝倒是没断，却“嗖”一下从她的斗篷下抽去，细腰舞终究还是失去了悬挂，就这么尖叫地掉了下去……

这一摔很狼狈，但也说不上有什么大碍，细腰舞哼唧了几声后从地上爬起，抬头望来，顾飞还在树枝上晃悠。

“下来吧，我接住你。”细腰舞伸开双臂。

“不用了吧！”顾飞不相信细腰舞能接住他，如果是六月的雨倒差不多。

“难道你要在那儿挂一辈子。”细腰舞骂。

顾飞也没争辩，只是非常非常缓慢地，把手伸进口袋，小心翼翼地，掏出了一根香蕉。

“靠，这时候了，还记得吃！”细腰舞很愤怒。

“我需要法力。”顾飞说，“你也快补充一下吧！”说完，又是极缓慢地把香蕉送到口边，用嘴撕去了皮，一口塞了进去。

片刻法力回复了些许，顾飞立刻一振身，呼啦一下从树上飞下。半空一个瞬间移动的吟唱后，已经稳稳落地。接着立刻又掏了个水果开始啃，把法力补充得满满的。

“这里离月夜城没多远，如果那些人还追的话，大概很快就会到了。”已经研究过坐标的细腰舞说。

“就算之前的人不来，也总会有新的家伙找上门来的。你现在 PK 值多少？”顾飞问。

“23，你呢？”

“我 24。”顾飞后来因为没有法力，杀伤力大减，险些被细腰舞给超越了。

“必须得把 PK 值洗掉，否则在月夜城没法待了。”顾飞也终于发现在月夜城做这个项目并不合适。

“那就得去通缉任务处……”细腰舞说。

“是有点凶险哈……”顾飞说。

“还有别的办法吗？”细腰舞问。

“回云端城……”顾飞是有经验的，当年他身背大量 PK 值，就是这么换主城逃过追杀的。

“去通缉任务处我倒是不怕，我是会潜行的，你怎么办呢？”细腰舞说。

“嗯，先问问那边的情况吧！”顾飞说着，打开了佣兵频道，里面那帮家伙早喊成一团了，询问顾飞什么状况。

“用了个随机传送飞远了，现在 PK 值 24，必须得洗掉，通缉任务处那边什么情况？”顾飞说了句。

“依然那么热闹。”几人回答。

“有点麻烦啊！”顾飞说。

“嗯，要不找一下云中暮他们吧，他出面让十会联盟的人护你一下，应该没人敢再找麻烦。”佑哥建议。

“用不着。”韩家公子冷冷道，“给我一个高点，我来指引你安全走到通缉任务处，然后你杀进屋领个任务，不难吧？”

“这可是大地图啊！”佑哥惊诧。他们当然明白韩家公子想做什么，但问题是这可不是对抗赛中的地图，坐标只到几百几百的，在大地图下，坐标的数据大到恐怖。

“有什么，还是一样的，只要事先知道了城中一些位置的坐标，就都能看出来了。”韩家公子不以为然。

“明明有更简单的方法嘛！”佑哥说。

“反正现在也很无聊。”韩家公子说。

“千里你决定怎么办？”佑哥最终问，这事显然还是得顾飞拍板。

“去找高点吧！”顾飞回答。

月夜主城的最高点一目了然，就在公子精英团他们刚刚和云中暮喝过酒的那个中心广场处，有一座极高的塔楼，比云端城的钟楼还要高上些许。虽然此楼顶也明显有一大钟，但是为了不在取名上重复，就不叫钟楼了，而是要叫塔楼。

事不宜迟，韩家公子立刻朝塔楼进发了，顺便也叫上了战无伤。在月夜城这么一个 PK 成风的地方，独行的牧师是很少见的，这实在太容易被人欺负。韩家公子虽然自视甚高，但也坚决不想成为一个受气包。

“啊啊啊，我想做点更有意义的事啊！”战无伤对于当保镖十分不情愿。

“算了吧，跟着他们，你有那速度吗？”韩家公子指指剑鬼和御天神鸣说，战无伤无言以对。

剑鬼和御天神鸣被留在了街道上，以备关键时刻可以给予援手，佑哥则去了通缉任务处。毕竟占领的高点再高也没法看到房间里面去。

尚在城外的顾飞收到了韩家公子准备完毕的信号，开始和细腰舞一同返城。

其实重生紫晶方面也在询问发生了什么，要不要帮忙之类。但顾飞和细腰舞看法相同，姑娘们实在是帮不上大忙。期间细腰舞提出过是否可以让姑娘们使用美人计来调转敌人视线的计划，被顾飞否决了。

在月夜城这片男儿的热土上，大多数玩家眼中只有热血和杀戮。他们曾经最痛恨的两大角色之一的茫茫的莽莽，就是一个美人，却何尝有人对其心慈手软过？细腰舞自己也是美女，刚才领了任务是她的玩家，又有哪一个动摇过？

立于塔楼顶端的韩家公子，鸟瞰大地，连连点头："月夜城这里的视线清晰多了。从云端城的钟楼上朝下望，云里雾里的。"

"所以叫云端城嘛！"战无伤站到他身边，也学韩家公子的样子去藐视大地，顿时觉得天旋地转，心啊肝啊的一起颤抖，整个人不由得就像一根面条一下软了，飞快地抱住了身边那根结实的石柱。

韩家公子斜视着他，战无伤定了定神，说："我觉得我病了……"

"嗯？"

"我发现自己突然之间好像很怕高。"战无伤说。

"我知道，云端城到月夜城这一路，你走得很辛苦。"韩家公子难得同情别人一把。就说那些坠崖的吧，死也就死了，听说也就是掉了1级。战无伤倒是没死，但两度死亡线上的挣扎，形成了无法磨灭的心理阴影。

这可是很严重的。因为心病那可是会带到现实里去的。没准哪天战无伤站在某写字楼的高层窗口向下一望，也会像今天这样没出息地找个东西抱住。

战无伤抱着那石柱，缓缓向后挪步，终于没有再像韩家公子一样直接站到边缘，回到了塔楼中心。

韩家公子已经顾不上理会他了，目光一边雷达一样搜索全城，一边在频道里和其他几人交流。

通缉任务处的坐标、顾飞此时的坐标、从通缉任务处走出的玩家行动的方向……这些都是此时韩家公子书写剧本的素材。不过也刚在打稿阶段。韩家公子稍怔了怔后，朝战无伤一挥手说："下楼。"

"嗯？"

"用不着我们指路。"

“为什么？”战无伤不解。

“他自己就可以过去了。”韩家公子一边下着塔楼，一边给顾飞去了消息：“不用我给你指路了。”

“哦？”顾飞不解。

“细腰舞可以潜行，问题不大，你的话，走房顶就是了。”韩家公子说。

“房顶……唔，是啊！”顾飞也反应过来。倒不是房顶的隐蔽性有多高，而是因为可以自由在所有房顶上驰骋的，只有顾飞。因为只有顾飞会瞬间移动啊！所有房顶不可能全部连成一片，一些相隔距离太大的，除了瞬间移动没有别的方法可以过去。

如此一来，同在房顶上追顾飞是肯定追不到的。在街道上追……顾飞可以直接跨着房过一道街，普通玩家得去绕路口，这样怎么可能追得上。

“我们都去通缉任务处那里帮你们盯着。”韩家公子说。

“知道了。”顾飞回复。

此时他和细腰舞已经在回城路上，城外大地一片辽阔，顾飞也算有丰富被通缉经验的，知道如何避过对方五分钟一次的坐标刷新。

只是在月夜城这个通缉任务市场火爆的主城，有些个生猛玩家洗PK竟然已达100次，这意味着他们也已经拿到了通缉任务奖励的“追风纹章”。一分钟一下的坐标刷新倒挺麻烦。好在这样的牛人不多——他们会做这任务纯为洗PK……洗了100多次，这样的豪杰真的不是太多。

但是以顾飞和细腰舞的移动速度，除了盗贼和弓箭手，其他职业类基本已经淘汰了。在这样的大范围追捕中，他们的速度完全不够。就是这两大职业，那也得看加点，看装备……强到极致了，那顾飞是有悬念，细腰舞还是没问题的，人目前可是货真价实的《平行世界》第一人。

一路七绕八拐，倒也不小心撞到过人，二人随手解决，已经PK值20多了，还差这一点两点吗？如此渐渐到了城门附近，这里人聚集得就比较多了，有玩家不断从城里朝城外走，二人也不知哪些是追他们的，哪些只是出去和谐练级的。

“就在这儿分手，各走各的吧！”顾飞对细腰舞说。

“嗯，你自己小心了！”细腰舞点点头。

“你也是。”顾飞说了声。

细腰舞随即使出了潜行，顾飞也迈步朝城门冲去，目光紧盯那些出城的玩家，这当中可能有哪个就是要捉拿他的临时捕快。

果不其然，顾飞冲至门口时，有三人的目光立刻火辣辣地投射过来，各掏家伙已经是招呼上了。这还没完，这三人是领了任务的，所以第一时间看到了顾飞身上系统烙上的编号。其他有些是他们的帮手，懒得去任务处领任务就直接跟过来的，不知编号，所以反应慢了半拍，不过一听朋友提点后，瞬间城门口出入的五分之一玩家都奔着顾飞来了。

“真不少……”顾飞暗自嘟囔了句，好在他也是早有戒备，速度又快，对方还没拉开架势呢，他已经风一般冲进门去，一个离他稍近的，为了安全起见也被顾飞一剑撂翻了。

“27了。”顾飞数着自己的PK值。

进了城门后，指着他大呼小叫的玩家就更多了。顾飞没有急着奔通缉任务的方向去，而是寻了条没有人的小道冲了进去。玩家们纷纷追赶，顾飞回头看看，自己速度占优，暂不用担心。

不过还没跑多远，前方路口突然人影晃动，数名玩家从当中蹿出，堵在了顾飞正前方，前后都是人，众人都觉得这下顾飞无处逃身，于是乎，相互之间开始产生敌意。

僧多粥少啊！这么多人全领的是顾飞这一个任务，只可能有一个人能完成。现在觉得顾飞是跑不了了，大家之间立刻为谁会抢到这个任务而互相戒备提防。

顾飞笑了笑，把所有人集中到一条街上，正是他想要的。前后和众人各挥了挥手道了个别，手指一挥，一个瞬间移动，上房了。

这房高啊！高到普通玩家是不可能爬上来的。顾飞在房上自由地奔跑着，众玩家在房下街道上愣了好半天神，终于反应过来，妙招也是层出不穷。比如大力战士把人往上扔啊，或者格斗家用抱身投甩啊，再或者层层叠叠往上垒啊，此外也有远程职业发动攻击的，在街下追着顾飞跑的……

这些也早在顾飞的意料之内。第一道房顶不过是个起点，顾飞在顶上奔路也无非是在等瞬间移动的冷却结束。等那些个玩家想尽办法总算也爬上来几人后，一分钟早到了，顾飞冲到街道尽头，直接飞奔出去，半空一个瞬间移动，宽达八米的街道就这么被顾飞直接跨过去了。

玩家们彻底傻眼了。如韩家公子和顾飞的预料，这根本就没法追。有些个玩家跑到前端房顶，早早爬上去埋伏着想等顾飞，但谁又告诉过他们，顾飞一定要走直线呢？那房顶最终当然只能是白爬。

无数已经被甩远的玩家，倒是经常从远端可以看到顾飞加速跑、奔跳、步步高的身影。那模样，真像儿时玩过的红白机游戏《超级马里奥》。

月夜城的上空成了顾飞自由跑酷的场所。他没有急着去通缉任务处，担心这样暴露出他的意图，被人给守株待兔了。在房顶乱七八糟地活蹦乱跳了些许时候，连细腰舞都发来消息了："喂，你还蹦跶什么呢，我任务都领到了。"

细腰舞一路潜行，小心翼翼地进了通缉任务处。原本这领任务和系统交流也是会打断潜行的，但细腰舞会隐密行动呢！十几秒的时间领这任务足够了，而且正巧领任务处人多，难免被人挨了蹭了的，用了隐密行动正好免除了这隐患。

此外还因此引起了任务处的不少械斗：挨了撞的，不知自己身边刚过了个隐形人，自然是对临近玩家横鼻子瞪眼。想这月夜城本就没几个善茬，这种态度示人，不配上十会联盟的行会徽章，那肯定是要出事的。

细腰舞自然不会理会这些，出了通缉任务处，法力虽已用尽，却无非就是隐秘行动的效果消失，潜行状态还是保存，依然无人知其所踪。她这一行可以说是轻易之极。

顾飞这边还和剑鬼他们打了招呼，让有追风纹章的暂且贡献出来一下。御天神鸣一听是借美女使用，当然积极无比。约了地点，鬼鬼祟祟地碰面，御天神鸣递上了追风纹章，细腰舞接过，看了一下，没道谢呢先问了一句："卖吗？"

御天神鸣一怔，下意识地回答："多少钱买？"

"你要多少钱？"细腰舞问。

御天神鸣稍有点踌躇。追风纹章这个东西的价值因人而异，顾飞这种家伙肯定觉得这是个宝贝，换作月夜城经常PK生事的玩家，也会觉得有这么一个东西方便不少。但对于普普通通规规矩矩的玩家来说，就没啥大用了。

御天神鸣倒是个从不主动惹事生非的老实孩子，不过此时一点小小的高手心理作祟，觉得拥有这么一个稀罕装备挺有身价的。正想开口拒绝呢，这边细腰舞问："500金币卖吗？"

御天神鸣立即把手伸出来了："卖！"

500金币就把御天神鸣的高手身价给击碎了。

装备了追风纹章的细腰舞，吃水果补好了法力，继续潜行寻找她的目标去了。

顾飞这时候接到通缉任务处这边剑鬼他们的消息，飞速赶至。

由于细腰舞的隐密行动弄得这里有些混乱，韩家公子认为这是一个良机。顾飞赶到，直接瞬移到了门口，闪身冲入，极其娴熟地领取了任务。领的时候心下稍稍惊了一下，但当时不及细琢磨，因为屋里玩家已经注意到顾飞到来，大叫着准备朝他动手了。

顾飞闪身出了门，回手一剑在门前扔了个电流墙壁。

拉门冲出的两位玩家当场中了埋伏，噼啪噼啪地在门前抽风，引起围观，顾飞趁乱匆忙离去。跑至一个安静处，连忙给细腰舞去了个消息："喂，你通缉任务领的不会是PK值27的那个吧？"

"当然不是，PK值27的那不是你吗？"细腰舞说。

"嗯，干得不错。"顾飞松了口气。他在领任务时看到独占鳌头的一个26，当时心里一激动差点就给领了。幸亏在瞬息间反应过来这个应该是细腰舞，心里暗叫好险。但很快担心细腰舞没这觉悟把他给领了！这才出了任务处立刻边跑路边问。

还好，看来姑娘家的心思确实要比老爷们细腻一些，换了佣兵团那帮家伙十有八九会忘了此节给直接领了。

顾飞这一边欣慰，一边就奔着目标坐标去了。一路上追兵自然还是不断，顾飞继续走着房顶的高端路线。而这位目标人物正巧也在城中，顾飞走空中直线距离，接近得很快。结果好容易接近这人身旁时，看到的却是令他欲哭无泪的一幕。

这位编号 56197 的同志正和几个兄弟在街上走呢！突然发出尖叫，回过头来，望着空无一人的身边，眼中迷惑，不解，惊惧，再然后，就消失了。

他身边几个兄弟也完全不知所措，东张西望，最后目光指向了一边房顶上的顾飞，一起抬着手骂："小子，是不是你干的！"

"真要是我干的就太好了。"顾飞苦笑了下，也懒得解释，返身就走。一边给细腰舞去了个消息："喂，你刚才领的是不是编号 56197、PK 值 5 的一个人？"

"嗯，是啊！"细腰舞洋洋得意，"我想你会习惯性地选择排名第一个人的领取，所以我就选了排第二的，免得咱们两个重复嘛！"

就知道是你……顾飞叹息。杀人于无形，这点目前只有拥有隐密行动的细腰舞做得到。其他盗贼那就是一击秒杀了人，潜行也肯定会消失，不至于这样死了都找不到凶手在哪儿！

恨只恨领任务时顾飞也多想了一层，估计细腰舞会习惯性地点选第一个，于是他也挑选了第二个，于是两人就这么默契地又撞车了。

此时细腰舞也反应过来："喂，你不会也选的是这个人吧？"如果顾飞没选这个人，没理由会问得这么详细。

"可不是嘛！"顾飞郁闷地说，"一会你领完任务编号吱一声。"

"吱！"细腰舞说。她是完成了任务，自然可以使用追风纹章，而且还用着隐密行动，直接潜行状态飞了回去，再次领取，别提多方便了。

“编号多少？”顾飞问。

“115493。”细腰舞回报。

“知道了。”顾飞应了声，继续蹦着回任务处了。

他在月夜城上空已经蹦跶了有些时候，所有注意他的玩家都已经迷惑了，不知这家伙在搞什么名堂。顾飞这次直接蹦回了通缉任务处，故技重施领了一个任务，又蹦着离开去追击目标了。

再然后有惊无险，顾飞完成了两次通缉任务，PK 值已经降至 17，而细腰舞则已经完成了 3 个，PK 值降至了 11。

原以为会有什么危机需要帮忙的公子精英团等人，发现对这两大高手来说一切都很简单。原本在通缉任务门口是高度戒备，此时也一个个怠倦下来，一排人蹲在任务处门对面的墙根下，身前如果再摆几个碗，就活像是一排要饭的。

只有韩家公子一直站得很认真。此时看到顾飞和细腰舞已经各来回了几次，拿脚拨了拨身边的家伙们：“起来了，麻烦就快来了。”

“嗯？”几人一起望着他。

果然不出韩家公子所料，突然间通缉任务门口热闹起来。这里好像成了新的集结地，无数玩家开始朝这边会聚，就连几人头顶上的墙头也站上了人，摆明就是冲着顾飞去的。

这些人都是领了任务的，眼看着顾飞和细腰舞的 PK 值高速减少，当然意识这两个家伙是在做通缉任务呢！顾飞光想着在移动上迷惑一下对手，却也忘了从这 PK 值上那是更直观的反应。如此不大会儿就消了 10 点 PK，除了通缉任务根本没有别的可能。

“告诉细腰舞，这次结束先不要回来，你也一样。”韩家公子给顾飞去了消息。

“怎么了？”顾飞说。

“人全跑这边来了，你们的 PK 值减少，他们当然会注意到。”韩家公子说。

顾飞反应过来，连忙知会了细腰舞一声。细腰舞也很快理解。

方才还是满城追兵，此时突然变得清静。两人身后一直怎么甩都甩不掉的尾巴也就此不见。

“那怎么办啊？”细腰舞问顾飞。

“唔，先去酒馆坐会儿吧！”顾飞说。

“咦，是个好主意啊！”

于是两人碰面，随便找了个酒馆，大大咧咧进去就要了酒。

两人这边喝得快活，通缉任务处这里一堆人等得寂寞。

这些人之间其实本是竞争对手，互相是不会有好感的。此时所有人扎在一起，才发现领了这共同任务的人居然如此之多。所有人说起话来的第一句都是：“124785 还是 125987？”

124785 号任务是顾飞，125987 是细腰舞，一问之下，领了两个任务的是平分秋色。一些是冲着最高 PK 值去的，另一些则是想着领最高 PK 值的人一定会多，于是就领了第二。此时个个大眼瞪小眼。这边剑鬼、御天神鸣、战无伤、佑哥也是如此，末了问韩家公子：“这么多人啊，搞不定吧？”

“吵什么，看着吧！”韩家公子抱着胳膊靠着墙，没事人一样望着眼前。

没过多久，这些人突然陆陆续续开始离开。在发现有这么多人抢这两个人物后，一些没自信抢到的玩家决心放弃，当场离去。如此半晌，人已经去了一半。余下的也有不少是犹犹豫豫的。

此时，所有盯着坐标的，注意到这两个家伙已经许久没有移动，突然想到那些个先一步离开的，个个变了脸色，交头接耳后，鬼鬼祟祟的离场开始继续。

韩家公子冷笑了声，对几个团员进行现场教育：“看到没有，如果不团结，是什么事也办不成的。”

末了给顾飞去了条消息：“行了，可以回来了。”

CHAPTER 81

失 踪 狼 人

坐在酒馆中场休息的顾飞，收到韩家公子的消息后立刻知会了细腰舞一声，两人各自启动追风纹章，闪着白光直接从酒馆消失了。那些注意到这两个编号坐标许久未动的玩家，连忙扑至酒馆时已经是扑了个空，再刷时，发现坐标是如此遥远，一些有经验的已经做出判断："这两个家伙也有追风纹章的。"

两人闪至通缉任务处，屋里倒还有些玩家，不过对两大高手已经构不成什么威胁。两人飞速地交任务，领任务……顾飞还剩 PK 值 12 点，细腰舞更是只剩 6 点。

许多玩家对这两个任务已经不是这么热心了，觉得只是平白浪费时间，此时甚至盼着这二人赶快把 PK 值洗尽，他们好强行结束这任务领其他的去。

顾飞和细腰舞各寻自己的目标去了，韩家公子几个则还在原处待着。

"应该没什么事了吧？"蹲半天了，佑哥一边起身一边捶着有些发麻的双腿。

"嗯……"韩家公子含糊地应了声，眼睛却在四下张望着，像是等什么人。

"还会有什么事？"其他几人看到他这样子，连忙问道。

韩家公子朝某个方向摆了摆脑袋，几人望去，看到云中暮带着一大队人马急匆匆地冲向了这个方向，二话没有，直接冲进了通缉任务处。

房内依稀传来一些叫骂声，不大会儿一些玩家抱着脑袋冲出来，落荒而跳。

随后云中暮带着一干兄弟从屋里走出，目光威严地四下扫视，看到一些傻站的玩家，立刻手一指："干什么的？"

"任……任务……"玩家们都有些发怔。不知道自己做了什么就惹上了这帮大爷。

"任什么务，今天都不许通缉任务了，去去去！"云中暮把所有玩家都赶跑了，目光转动之余，这才看到对面墙根下或蹲或站的五人，连忙快步走了过来。

"怎么样，千里兄弟没事吧？"云中暮关切地问道。

"没事没事！"佑哥代表大家回答，"PK 值马上就洗完了。"

"怎么不和我们打声招呼呢，看这闹的！"云中暮说。

做洗 PK 任务的，自然也有十会联盟中的人。有些个还追过顾飞，毕竟四千多人中认识顾飞的只是少数。

后来总算是有一个认识顾飞的十会联盟成员和顾飞打了照面，这才知道闹得满城风雨的超级马里奥原来就是千里一醉，连忙把情况告诉了云中暮，云中暮便连忙招呼了一票兄弟过来帮忙。

十会联盟在月夜城果然是一方霸主，通缉任务处立刻被这帮家伙占领，想来做任务的玩家都被告知一会儿再来。一会儿有多长？啥时候顾飞的 PK 值洗完了，这"一会"就宣告结束了。

顾飞和细腰舞尚不知情，好在这次先干掉目标回来的是顾飞。传回任务大厅后发现空无一人，心下自然很诧异。接着领了任务出了门，只见黑压压的一片人。

顾飞心头一惊，这么多堵道的，怎么也没人提醒一声，难道那帮家伙以为没事已经跑哪儿玩去了？

正准备杀人跑路，这些人中一些面对顾飞的家伙已经大喊出来了："千里兄弟回来啦！"

所有人回头，云中暮越众冲出，抓住顾飞的双手深呼：“千里兄弟，辛苦你了。”

“啊……不辛苦。”顾飞怔。

“我们月夜城这帮孙子就喜欢没事乱洗 PK，洗什么洗？你看我有 PK 就从来不洗。”云中暮说。

“那是那是。”顾飞顺其话头附和了两句，当然也明白了这一大帮人的来意。不管怎么说也是好意，顾飞表示了一下感谢，继而道：“马上就洗完了，大家不用这么麻烦了，散了吧！”

“还有多少 PK 值？”云中暮问。

“7 点！”顾飞没说话呢，云中暮身后已经有人回答了。十会联盟里领顾飞任务的人其实也不少。

“那还得两次任务吧！我们帮你在这儿守着。”云中暮说。

“真的不用麻烦了。”顾飞说。

“大家都是兄弟，客气什么！”云中暮很不以然。顾飞也无奈了，正准备给细腰舞发个消息知会一声，以免误会，就听到身后门已开，细腰舞惊叫：“我靠，被包围啦！”

顾飞回头的时候，细腰舞已经潜行消失不见。顾飞连忙大喊：“别动手，自己人！”

万籁俱静。所有人都望着那一团空气。

细腰舞火红的身影徐徐淡出，都已经冲到云中暮身边了，手里匕首也快把云中暮脑袋给划下来了。

“你朋友啊？”细腰舞眨眨眼说。

“是啊！”顾飞把细腰舞那还握着匕首抵着云中暮脖子的胳膊给敲下来，扯着她走：“继续任务去吧！”

云中暮脖子间还挂着凉气，要不是顾飞喊得快，他怕是真要被细腰舞给抹了。身为盗贼的他心下惊疑不定，潜行状态下还移动这么快，什么人啊这是？

“这位女侠怎么称呼？”云中暮已经问上了。

“细腰舞。”细腰舞自我介绍。

“哦……”所有人长吟，这帮土匪也是听过这人民币战士，目前《平行世界》第一人的大名的。

“走了走了！”顾飞一边朝众人招呼着，一边把细腰舞拖了出去。

这时细腰舞已经就剩 1 点 PK 值了，这个任务后就已经洗尽；顾飞 7 点也就是两次任务的事，满城风雨终于告一段落。又向云中暮道了次谢后，云中暮带着一干兄弟也散了，细腰舞也去找重生紫晶的姑娘们去了。顾飞目送这双方离去后，掸了掸法师长袍，回身又朝通缉任务处走去。

“干什么去啊？”墙根下的公子精英团五人怔道。

“任务啊！”顾飞说。

“不是已经洗完了吗？”五人说。

顾飞回头，五人也反应过来，通缉任务对顾飞来说，是他的主要游戏项目。

“嘁！”五人朝他比划着中指，排着队从墙根下散去。

这时地牢那边纵横四海的行会任务早已经结束了。聚了一大堆人全神戒备，到最后也根本没有战斗。无誓之剑付过费后，从地牢中提出的并不是什么货物，而是一个人。准确地说是一个 NPC，蓬头垢面，身穿粗制囚服、手脚俱被铁链锁住的一个 NPC。

而这任务剧情此时也明朗了一些，据称此 NPC 在某主城身居要职，因为腐败问题被查，于是逃亡，后来在月夜城这里不幸被擒，纵横四海这行会任务，就是要把这腐败分子押回他的主城受审。

当然，这剧情就纵横四海的人知道。佣兵团的玩家们在地牢门口蹲了许久，什么事也没干，心下很不爽。无誓之剑也懊悔，早知这么简单，那么一早接了人出来大家就上路了。结果在这地牢门口又是布阵又是武装，平白浪费了许多时间。而且好多人得知今天不会上路，此时也不知道跑哪儿玩去了。

无奈之下，也只能继续明天再上路的决定。佣兵团的玩家们各自散了，无誓之剑却也不知这个接出的NPC怎么处理，难道自己练级时就一直带着？那么要是下线了呢，怎么办？

结果向任务NPC一打听，昏厥了。

自己练级时带着是没问题，不过一旦这家伙招至什么不测，挂了，任务当然就算失败。这还不算什么，更主要的是，如果要下线了，那么这人你得暂且押回地牢。地牢那是系统机构，当然要收取管理费，就是今天无誓之剑领人时的那个费用。这也就是说，无誓之剑今天人白领了，钱白花了，要下线时人还得放回去，明天要上路前再过来交钱领人。

无誓之剑怒气冲冲地把NPC又塞回了地牢，和一干兄弟也就地散了。

顾飞这边刷着通缉任务，刷得不亦乐乎。月夜城这边玩家PK值都不低，PK值5的玩家就一大串，否则顾飞和细腰舞洗PK也不至于这么快。

PK值高，奖励当然也就丰厚一些。顾飞经验涨着，钱包鼓着，打架瘾过着，游戏至此，别无所求。剑鬼他们那边来消息说发现了一些云端城没有的新鲜任务，问他要不要做，顾飞都回绝了。

要图新鲜，云端城的任务对顾飞来说都是新鲜的，要做早做了。做任务，还是通缉任务的好！

顾飞一边想着，一边解决了眼下这个目标人物。跟着追风纹章一拍，飞回了通缉任务处。此时的顾飞又像月夜城玩家一样戴起了蒙面，通缉任务处中忙碌的玩家丝毫不知眼前这位就是刚才他们追逐的对象。

排着队总算挤到了任务窗口。顾飞叹了口气，这是他对月夜城通缉任务唯一不满的地方：人太多！

想着先交付刚完成的任务，正准备领新的，却听到一声系统提示的“叮”。

久违了的“叮”声，是任务完成有特别奖励时的提示，显示的是有关为什么会得到这次奖励的说明。

系统声称：玩家千里一醉已经在通缉任务中消灭PK值共计400点。

这是一项了不起的、突出的、只有顾飞有可能完成的成就。因为系统在提示中用括号明确标注：洗 PK 时折算掉的相应 PK 值不在统计之内。

如果不是为了洗 PK，根本就没人做通缉任务，即使在月夜城也是如此。400 点 PK 值，除了顾飞这个没事拿通缉任务当主要娱乐项目的家伙，还有谁有可能累积得到？

最终是奖品的宣布：追风之庇佑。

顾飞有理由相信，在这通缉任务中暗藏着许多装备，都会冠以“追风”这么一个俗不可耐的名字。但俗就俗吧，新获得的装备当然还是要拿出来看一看的。

这是一条项链，属性：生命 +60，生命上限 +35%……

这属性，和追风之靴的移动 +60，移动速度 +35%，在数据上完全相同，充分彰显了它们是一个系列的产品。

而生命与体质加点的关系，和移动与敏捷加点的关系在原理上是完全一致的。

法师的生命成长偏弱，为 0.85。初始生命值 85，此后体质每增加 1 点，生命增加 0.85。顾飞如今是 40 级，除了升级自动的 40 点外体质 1 点没加，生命共计 119，配带“艾迪的纹章”时，再多 6 点体质，生命共计 124。小数点后的数字《平行世界》中是向来不显示的，究竟在战斗中是否介入运算，还需要佑哥这种网游理论家、数学家、科学家去研究。

如今挂上这“追风之庇佑”后，顾飞的生命最高可至 248。直接翻了一倍，用膝盖想也知道“追风之庇佑”如“追风之靴”一样是了不得的极品。

可惜顾飞却不怎么待见这玩意，作为一个至今还没在游戏中真正牺牲过的角色，顾飞对于生命的贫乏尚不如何重视。倒是法力贫乏让他痛苦非常。这玩意要是一件增加法力的东西该多好。顾飞望着手中项链，心下嘟囔着。

至于生命……基本上就没什么人可以伤到顾飞，生命多少，有什么意义吗？顾飞如此想着，又领了个任务后重新出门了。

新装备当然还是要试用一下的，顾飞戴上“追风之庇佑”，暴涨的生命也没带来什么异样的感觉。没用啊没用，顾飞一边摇着脑袋一边奔着他的目标去了。

当夜直到顾飞下线，也再没发生什么事。次日顾飞上线又比平时偏早，一是月夜城 PK 值 4 啊 5 啊的罪犯吸引着他，二来则是尽量早上，看看茫茫的莽莽那事怎么样了。

上线打开好友栏，看到火球、樱家月仔等人悉数在线，连忙去了个消息，随即得知这帮家伙安好，没有任何事发生。火球还极力邀请顾飞过去，声称他们发现了三个身段极其婀娜的姑娘，非常有义气地邀请顾飞共赏，顾飞抹汗谢绝了。

之后无事，顾飞自然是继续刷取通缉任务，做了几个后快到 7 点，韩家公子来消息招呼，又去地牢门口集合。

今天自然再无昨天那种紧张气氛，所有人都半死不活地瞪着台阶上的无誓之剑。无誓之剑本来还想再讲两句的，一看这场面想想还是歇了，转身干脆利落地去和 NPC 交涉，提人，以迅雷不及掩耳之势赢得了玩家赞赏的目光。

众玩家继续上路，人员的清点工作早在 7 点前倒影年华就和各佣兵团长核对过了。月夜城也果然是个是非之城，在这儿只逗留了两天，就发生了不少事端。大多是出门练级和别人抢地盘殴起来了。

发生争端的都是佣兵团的玩家。因为纵横四海行会的玩家在任务期间无法在其他主城上户口，一死就会回云端城，所以无誓之剑等领导人员是千叮万嘱大家：出来一定要低调，要忘了自己在云端城第一行会的身份。此时一看，效果良好。佣兵团不少玩家是战得头破血流，纵横四海方面却什么损失都没有，无誓之剑等人自然是在心中暗笑。

那些个在练级中受到欺凌的云端城玩家，此时同命相怜，互相交流数落月夜城这帮暴力分子的不是，怀念云端城的美好生活。总之就是一句话：这地方一分钟都待不下去了。

人总是喜欢攀比的。交流过程中，这帮玩家又开始比较谁在月夜城的损失最大。比来比去，结果让樱冢月仔他们的“大猎杀”佣兵团给夺魁了。他们佣兵团四十人，有二十二人在这两天牺牲掉级。无论比例还是总体人数都是个中翘楚。

“兄弟，强啊，你这是打了多少架啊？”有人惊叹。其他玩家大多就是抢练级区起点小摩擦，顶多挂一个两个，有些更是一看血红就撤了。死了五个六个的，那都是因为两天里起了五六次摩擦，这已经很不容易了。结果樱冢月仔他们挂了二十二人，照这思路那得是起了22次摩擦，这就太伟大了。

樱冢月仔不光会猥琐，也很会装逼。此时一脸不以为然：“没什么，就是和这里的什么十会联盟起了点小摩擦而已。”

所有人动容了，但很快开始嘲笑樱冢月仔吹牛。

月夜城十会联盟的威名，即使这些玩家不来月夜城也早有所闻。这是目前游戏中所存在的最大玩家团体。虽是十个行会，其实就相当于一个四千多人的大行会。云端城纵横四海这种七百五十人的顶级行会，在人家面前也只能自称渺小。樱冢月仔他们四十人的小佣兵团，和人家四千多人起摩擦，现在还能安然无恙走出月夜城，换谁都不会信。

“嘁，不信算了。”樱冢月仔倒也不强求，摆摆手不做解释。

玩家哄笑着散了，话题也就此结束。

沿着城外大道，队伍渐渐进入了一座小村庄。顾飞激动了，对精英团的五个人说：“这里就是夜光村！我的任务链就是在这里完成的。”

“哦，这就是你说的有一半村民是狼人的村子？”佑哥连忙掏出本子要实地采风进行情报完善。

“是啊是啊！”顾飞把佑哥拉到队伍边缘，指着路边的NPC，想点个是狼人的给佑哥看看。顾飞当初带着任务来到夜光村时，普通村民和狼人村民对他采取了截然不同的态度。时至今日，他脑中还记得几个人类模样的狼人村民。但此时一个一个点着，却没有找到他心目中的狼人村民。佑哥在一旁拿着本子和笔已经要记录了，顾飞却咿咿呀呀不说话，佑哥抬头奇怪地望着他，突然有人“嘿”的一声跳到二人面前。

“小雨……”顾飞招呼了声。

六月的雨看起来也挺兴奋，对顾飞说：“又到了这个村子啦！”

“是啊！”顾飞应着，目光继续四下搜寻。

“还记得这村子里的秘密吗？”六月的雨神秘兮兮地说。

“什么秘密？”顾飞一怔。

六月的雨凑到他耳边小声说：“有狼人呀！”

顾飞哭笑不得，他发现自己又坠入了六月的雨的智力陷阱。从某种程度上来说，六月的雨和韩家公子一样可怕。因为一个人的思想有多么深远，和一个人的思想有多么简单，没到他那个境界的人都未必能体会的了。顾飞觉得，他距离韩家公子还算近些，距离六月的雨，很遥远很遥远。

“怎么，你不记得啦？”六月的雨倒是拿她的智力评估顾飞了，看顾飞半天没吱声，问道。

“记得记得。我这不是也想找个狼人出来嘛！”顾飞说。

“想找狼人，找我啊！”六月的雨拍胸脯。

“嗯？”顾飞不解。

接着六月的雨也从口袋里掏出她的任务小本，按目录索引翻至月夜城分卷的夜光村章节的狼人分布篇。

“呃，坐标（××××，××××），村民费恩，狼人。”六月的雨一面念念有词，一面看着脚下，踩着坐标就偏离队伍前进的方向去了。

没几步六月的雨就已经站到了她记录的坐标上，但四下张望，走了两个圈，这坐标区域内却根本没有村民。

“啊……这怎么回事呀？”六月的雨目光纯洁地闪烁着茫然。

“看看下一个吧！”善良的顾飞指了指她本子上记录的下一个。

“坐标（××××，××××），村民萨米，狼人。”六月的雨一面小声念叨，一边又开始踩坐标，结果又到了一个无人区域。

“啊啊！”六月的雨不等顾飞说话，直接又去寻找下一个。这次的坐标区域里倒是有人，但却不是六月的雨所记录的狼人村民。六月的雨和这 NPC 对话五遍，NPC 坚持自己叫列得，而不是本子上所记录的昆迪。

“我……都记错了吗？”六月的雨挠着头。对于一个经常犯些迷糊错误的人来说，对自己是没多少自信的。

“应该不会。”顾飞说。

“那怎么回事？”

“狼人们好像都不在了。”顾飞说。

“狼人都不在了？”一直跟着这二人的佑哥重复道。

此时是光天化日，狼人村民也应该像普通村民一样站在路边烘托游戏氛围。顾飞开始想指给佑哥看却没找着，以为只是自己印象中的几个狼人今天不上岗，但此时六月的雨的记录可是事无巨细。一连走三个了都没见着，顾飞再揪起自己回忆，觉得今天路边的村民似乎的确是少了些。

“来这边！”顾飞头前带路，六月的雨和佑哥紧随其后，来到了村中的某间房屋跟前。

六月的雨低头看了看她的小本，宣布：“威赫，狼人！”

顾飞点了点头，他虽不知此人叫什么，但这里住的就是当初给他暗夜流光剑的高大狼人，俨然就是这一村狼人首脑。想着，顾飞已经伸手推开了房门。

“啊，要敲门啊，没礼貌 NPC 生气不给任务了怎么办……”六月的雨惊慌失措，不过很快就看到屋里空无一人。

“你的小本给我看看。”顾飞对六月的雨说。

拿着六月的雨的小本，三人又闯了三家狼人，结果全是空无一人。

佑哥在房间里转了圈，抹了抹屋中的桌面说：“还没有落灰，不像是离开了很久的样子。”

“你真聪明！”六月的雨称赞佑哥。

“去找村长大叔问问吧！”夸完佑哥，六月的雨提出新的建议。

“喂，他们都快走远了，我们需要继续在这里打听狼人的下落吗？”

佑哥说。

“你说狼人的消失，会不会和纵横四海的这任务有关？”顾飞说。

“这能有什么关系？”佑哥反问，末了喃喃自语道，“不是狼人要来攻击吧？这太夸张了，狼人可是70级的怪啊！这村里有多少狼人？”

六月的雨立刻低头照着本子一、二、三、四……地数开了。

“不用数了。”顾飞打断她，“我们去村长那里问问。”

找上了夜光村的老村长，意外的是村长竟然还认识顾飞，将顾飞称之为“勇士”。顾飞还以为自己任务结束，那么在这月光夜就会像个普通玩家一样，没想到居然还有着这特殊的待遇。

这种事也就顾飞会大惊小怪，像六月的雨这种频繁任务的人就很适应这种情况。那些不可复重的任务，在完成之后，NPC的确会跟你换个态度。还如之前一样，那肯定是任务失败，你重新来过吧……

“村长。”顾飞招呼了声后，就把小雨本子记录的名字挑了几个说出来，询问这几人的下落。

“哦，他们，今天天气很好，他们去打猎了。”村长回答。

“打猎，上哪儿打猎？”顾飞追问。

“树林里？村子里的北方？或者山上？那我就不知道了。”村长说。

“他们经常打猎吗？”顾飞再问。

村长摇头。

“看，很不正常。”顾飞对佑哥说。

“村子的北方，那是我们前进的方向。”佑哥也有些动容了，“快去追他们，这事可严重了，70级的怪啊！”

“发消息吧！”顾飞一边跟出去一边说。

三人离开村长家来到大道一路向北，不大会儿看到了前方停止前进的队伍，大多数玩家都狐疑不定议论纷纷，不知又发生了什么事。

纵横四海的三大核心人物无誓之剑、倒影年华和风行早在此处等候这三人的大驾。一看人到，立刻迎了上去，主要迎的却是佑哥：“佑哥，你说这边的狼人，是怎么回事？”

佑哥是把消息传给了韩家公子，然后韩家公子再在他们的团长队伍中把消息告诉倒影年华。消息传开，如今所有人都在议论。

“你问他吧！”佑哥把顾飞推了过去。

倒影年华脸色不善，他是真不愿和顾飞打交道；风行在旁也是有些扭扭捏捏，不知用何种态度对待顾飞，最后只能是无誓之剑说话：“千里兄弟，你们说的狼人，是怎么一回事？”

“早些时候我在这边做过一个任务。”顾飞说，“这个夜光村，有一半村民其实是狼人，他们和人类生活在一起，并不想暴露自己的身份。但是这次到这村子，我发现这些狼人村民全部不见了。刚才我们已经打听过了，并不是消失很久，只是今天。村长说他们去打猎，这是他们从来没有做过的事。他们打猎的去处，有可能就是这村子的正北方。”

“正北方，那是我们前进的方向。”无誓之剑和另两人对视了一下。

“你们的意思，狼人有可能要攻击我们？”倒影年华作为纵横四海的狗头军师，终归还是要说话的。

“猜猜而已。”顾飞察觉到这倒影年华对他很没好脸色，心下也鄙视此人小肚鸡肠。不就是对抗赛输了一场嘛！多少人输给公子精英团，可没见哪个像他这样的。顾飞如此以为。

倒影年华目光很深邃地回望了一眼已经在他们身后的夜光村：“这个村子不大，如果说有一半是狼人的话，大概也就是百来人。虽然狼人是 70 级的怪，不过，我们这可有数千名玩家，十个打一个，不至于有太大危险吧？”

“靠人多往死里磨，别的怪可以，狼人恐怕不行。”顾飞说。

“哦？”倒影年华斜视他。

“狼人的速度很快，而且会自我恢复。”顾飞说。

不用说得多细致，在此的都是高手，这两点意味着什么大家一听就明白。速度快，意味着玩家未必能攻击到对方；而自我恢复，意味着攻击不够高，且没有连续性的话，那就等于没攻击。

狼人的确是个值得高度重视的问题，可惜倒影年华那边刚刚跟顾飞阴阳怪气拿腔拿调的，此时也不好立刻改了态度，冷哼了声后，又是无誓之剑站出来唱白脸："千里兄弟，那你的意思，应该怎么样？"

"我的意思？我没什么意思啊，我就是告诉你们前面有狼人而已，怎么办你们决定呀！"顾飞说。

无誓之剑打了个哈哈，连忙道："千里兄弟不要介意我这兄弟的态度啊，他这人对谁都是这样的。"

顾飞哭笑不得："我没介意，我的确没什么意思，就是偶然发现这个村的狼人都不见了，觉得可能和你们的任务有关，所以通知你们一声，叫你们有个准备而已。"

"就这样？"无誓之剑怔道。

"那还能怎么样？"顾飞摊手。

"哦，那千里兄弟你先歇着，我们去商量商量。"无誓之剑说。

"去吧去吧！"顾飞摆手，那模样好像他是老大，无誓之剑就是个小卒。

队伍就此在道边停歇，前方有可能有百余名狼人劫道的消息已经告知每一个人。而狼人速度快、能自动回复的特点，摆明了硬拼就算能拼过，伤亡也一定是惨不忍睹，一定要想出其他更为妥善的办法。纵横四海的头头脑脑和各佣兵团的团长此时围坐着道边树林里的一片空地上进行商议。

除了狼人问题，还有一个八卦也在队伍中流传着："知道吗？那个千里一醉原来是出自月夜城的，很久以前就在那夜光村做过任务！"

"哦哦……怪不得砍人不眨眼，月夜城出来的啊！"

"听说昨天在月夜城又被人追砍呢！"

"哦，在这里得罪了人，混不下去了吧！"

"大概是的。"

……

会议持续进行了有十五分钟，还没商量出来个结果。那些不负责管事的玩家们站不住了，齐声吆喝起哄：“各位老大，要商量事咱是不是先回城，商量出办法了，明天再上路吧？”

与会的某团长听到这个声音，立刻受到启发：“哎，这其实是个办法呀！我们就先回城，等看着啥时候这村子里人都在了，那就说明狼人都在村里，咱再上路如何？”

“你咋不说咱们直接绕道走呢？”

“谁知道狼人在哪里啊？绕就一定能避过？”

“对啊，狼人究竟在哪儿呢？”

“你说这狼人要是真就是随便出去打猎玩玩，咱这是不是有点太草木皆兵了？”

大家说着，目光齐齐转向了无誓之剑。

“这个……”无誓之剑含糊了一下后，望着韩家公子，“韩团长！”他如此称呼韩家公子，“这狼人的情报，是你们精英团的人提供的，你看是不是就再辛苦一下，由你们负责去前方打探一下，确定一下狼人的位置和意图？”

韩家公子表情抽搐了一下。要说探探狼人位置也就罢了，还打听狼人的意图，这就是一群战斗 NPC，没听说过和这种 NPC 也可以交流的。

不过无誓之剑话已经出口，韩家公子倒也没退缩，点了点头说：“定金。”

所有人听了韩家公子的话都是一怔，有几人已经开口惊问：“啥？”

“没啥没啥！”无誓之剑抢先回答了，“大家就先带着自己兄弟四下活动一会儿，等公子精英团的兄弟先去探探风再说吧！”

韩家公子微笑着看着其他佣兵团长起身四散去了，无誓之剑连忙凑到韩家公子跟前：“定金的事私下说啊老兄！”

“不好意思啊，忘了。”韩家公子继续微笑。

各佣兵团和纵横四海谈成的价码不一样，尤其公子精英团在韩家公子的高超谈判下，实现了一系列极不平等的条约。无誓之剑是考虑到公子精英团个个高手，而且人数也不过六人，这才勉强同意。但这条件要是被曝了光，所有佣兵团都照样来一套，纵横四海再财大气粗也吃不消，所以刚才韩家公子当众提定金的时候可把无誓之剑吓坏了。

先不说这定金会付多少，有不少普通佣兵团根本就没有雇佣期间差遣着做点事还另付钱的规矩。好在那些玩家也没太注意，在无誓之剑三言两语之下总算是都散了。

留下韩家公子一人，双方很快私下谈好了价码。出了树林，纵横四海和其他佣兵团的人旅游一般四下闲逛着。只有顾飞他们五个，发现韩家公子没和其他佣兵团长一起出来，估摸着没啥好事，一直站在树林子边候着。

此时一见他出来，询问的目光立刻投了过来。

韩家公子一副老大派头，朝五小弟一挥手。

五人没好气，整齐地把视线转向了别处，就当不认识这人。

“过来过来！”韩家公子朝五人招手。

五人摇摇晃晃地围了上来。

“没你们啥事。”韩家公子先对顾飞以外的其他四人说。

“靠！”四人齐骂。

“你！”韩家公子转向顾飞，“去找找狼人在哪儿！”

“我上哪儿找去？”顾飞目瞪口呆。

“你不说村子北面吗？去看看，要没有咱就接着上路了。”韩家公子说。

大家一听也都明白了，望着韩家公子：“整半天就整来这么一个破差事啊？”

“又不忙活又能赚钱，你们弄个这样的差事来看看。”韩家公子说。

“干吗是我去啊？”顾飞问。

“我们不认识狼人啊！哈哈哈……”韩家公子得意地摊手。

“呸！”顾飞朝地上啐了口，悻悻地转身准备去了。

“哎，我和你去吧！”佑哥突然追上来了，“情报，情报！”佑哥解释。

“这个，万一情况不对，要跑的话，佑哥你怎么办？”顾飞踌躇。

“没问题，你去和狼人交涉，我远远地观察一下就可以了。”佑哥已经计划好了。

顾飞也无奈，二人共同上路，沿着大道一路向北走去。

无誓之剑把这使命交付给了公子精英团，当然也一直注意着六人的举动。此时一看只有两人上路，心下不满了。因为刚刚他那定金可是按照六个人来支付的。不管你是高手精英团，还是最最垃圾的佣兵团，付费时人头都是一个很重要的因素，这点是毋庸置疑的。明明只派了两个人做事，却按六人收费，这太不公平了。

无誓之剑心下不忿，立刻又凑到韩家公子这边来：“韩团长，忙着呐！”

“砰！”韩家公子正好扣开一个酒瓶，吓了无誓之剑一大跳。随后道：“放心，你交托的任务，我们一定完成。”

“嗯嗯，我看到了，千里兄弟和佑哥两人好像已经出发了。”无誓之剑在“两人”二字上加重了十倍的语气。

“嗯，我派他们两个去正前方探路，我们四个呢，准备去左右附近看一下。起来起来，走着！”韩家公子脚踹树林边上席地而坐的另三人。

就看这三人悠然坐在地上的模样，哪里像是准备动身上路的。但韩家公子一个暗示，三人立刻起身，御天神鸣还清了清嗓子：“无誓会长放心，有我在，他们绝对不敢偷懒。”御天神鸣一副以纵横四海成员自居，站在行会这边的模样，但他到底心向哪边，瞎子都知道。

“无誓会长，我们准备从树林这边切入，然后如此一个大回环，绕至树林那边转出，如此方圆数百米都会被我们侦察一遍，没有问题吧？”韩家公子说。

无誓之剑想说什么，韩家公子已经又抢着道：“如果再发现其他什么特别情况，我会及时通知你的，这就不另外收费了。好了，我们走了。”

说完四人就把无誓之剑晾在那儿，一起钻入树林里“侦察”去了。

无誓之剑张着嘴，想说的话最终也没找到机会说出。他很想知道：

如果狼人是在距离他们前进路线数百米的地方活动，那跟他们还有什么关系。

不说韩家公子领的这三人进了树林是如何消极怠工，顾飞和佑哥二人可是很认真负责的。走在大道上便一直不住地四下张望着，一边走顾飞一边向佑哥求教："佑哥，你说，这狼人现在已经不是之前我任务时的村民狼人了，是化身为战斗 NPC 的，他们还会认识我吗？"

"这个，难说啊……"佑哥踌躇，"按说这些狼人还是属于任务 NPC 系统的，应该是认识你。但问题是他们分别出现在了两个任务情节中，在这个任务里是不是还认识你，我也说不准。"

《平行世界》中的 NPC 被玩家们分为两类：一类是战斗 NPC，就是平时练级区里被反复刷杀的那些可怜小怪。这些小怪可以说就是些只懂打杀的战斗机器，不会存在什么认识不认识玩家一类的智能。除此类外，就是任务 NPC 了。一般被网游公司吹嘘为智能 NPC 的多说的就是这些。他们会通过识别玩家的语音、表情、行为等等，像一个人类一样和玩家进行交流。不过就是他们，可以交流的也得是一些事先预计好的内容。比如你随便大街上遇个 NPC 就问"你妈贵姓"，如果触发任务的条件真和他妈有关，没准真会回答你；但如果是个没有家庭背景的孤独 NPC，你问这种问题 NPC 只会当你不存在。

所以说，说是智能，事实上还是设定好程式的机器。所以佑哥才会拿不准这帮狼人村民是不是只在顾飞那任务环境下和他是相识的。

"唔，你也说不准啊！"顾飞遗憾，佑哥都答不上，那自然没什么人能"权威"了。

正想着，一声系统提示轻响。这不过是个好友上下线的提示音，平时不会太在意。现在走路无聊，顾飞随手拉开好友栏看了看，立刻喜出望外。

真是一到需要你的时候你就会来，雷锋同志啊！顾飞连忙给刚上线这位老兄去了个消息："嗨！"

“干什么？”对方的回复似乎充满了警戒。

“好久不见啊！”顾飞说。

“你又有什么事？”对方的警戒丝毫不减。

“呃，我问你啊！”顾飞直接开门见山，“我在某任务里，认识了一群NPC。那么这群NPC换在另一个任务当中时，是不是还认识我啊？”

“当然了，我们的任务NPC是完全模拟人与人的互动模式存在的。他们就像是个活生生的人一样存在于游戏中，发生在他们身边的任务事件，只要发生过的，就好像是一段记忆一样，换个任务就失忆，这么滑稽的事情怎么可能发生。”

“这样……那一些我在任务中杀死的任务NPC怎么算啊？他们还会活过来啊！他们是认得我还是不认得？”顾飞想到了夜光村的阿德里安，刚才出村时路过教堂和阿德里安的大房子，他看到阿德里安在门口忙活着什么。

“当然不认得你。虽然他看起来和以前的那位NPC有着一样的名字，担负着同样的使命，但事实上他已经换了一个人。好比同一份工作，原来的人去世了，于是新来一个人，顶替他做着同样的工作罢了。”

“哦……这样啊！行了，知道了。”顾飞说。

“你想知道什么？”

“就是刚刚问的啊，现在已经知道了，谢了啊！”顾飞关闭了消息窗口。

“这个问题很复杂吗，还需要问我？”红尘一笑喃喃自语，“难道我又不小心卖了什么重要情报给他？”

红尘一笑这次的确有些多虑，他这次算不得给了顾飞多大指引，只是坚定了一下顾飞的信心而已。他自己也估摸着这游戏中应当是这样的，佑哥也是如此。只是因为缺乏第一人的资料作为证据，所以不敢确信罢了。现在有了这设计人员的肯定答复，还有什么值得怀疑的。

顾飞可以断定，这帮狼人村民认识自己，而且，他们肯定不会对自己有什么敌意，自己可是他们的大恩人嘛！

想着，顾飞挺直了身板，索性扯了嗓子高喊：“威赫，在哪儿呢，快出来！”

“你疯了！”佑哥大惊。

“安啦！”顾飞拍拍佑哥。

喊声刚罢，前方颇远的一棵古树后似乎转出了一个人影……

CHAPTER 82

幕　后　黑　手

狼的耳朵着实犀利，数百米外就听到顾飞的呼喊。而且狼的嗓门也很大，在树后转出的高大狼人一声狼嚎。地平线上瞬时闪出无数的身影，站立，狼形，以飞快的速度朝着顾飞和佑哥冲了过来。

佑哥的脸早就白了，颤着声说："喂喂，还安吗？"

顾飞一瞧这气势也有些心惊了，红尘一笑的情报毋庸置疑，夜光村的狼人们绝对认识他。但问题是，认识和是不是会对他动手好像没有因果关系，他和银月还算认识呢，但让他去砍银月一定是毫不犹豫的。

虽然自己对狼人有恩，但狼人是不是有人性，这难说啊！想着顾飞有点想退步了，于是佑哥脸色更难看了："喂，你不是想闪吧？"

目前的距离，顾飞连跑带瞬移或许可以脱离险境，佑哥却绝对是死路一条。顾飞一想不能如此没义气，只好继续镇定："哪里，要死当然一起。"

佑哥没想到顾飞如此镇定最终也就说出一个死来，顿时万念俱灰。

狼人的行进速度绝非目前任何玩家团队可以比拟，转眼就已对二人包围完毕。

顾飞一直眼望着那个高大狼人由远及近冲到跟前。但是不是那个狼人头子威赫，顾飞却不知道。顾飞认识的那是人形时候的威赫，现在人家都变成狼人了，正常人眼里就是一群极高大的狼，长得全都一样。

这高大狼人朝顾飞步步走来，顾飞紧张地握剑在手，却眼看它一边走，身子一边萎缩变形，等到了顾飞身前时已经变化成了人形，依然比顾飞高大，果然是狼人头子威赫。

顾飞松了口气，狼人如果有敌意的话，就没必要再回复到人形。虽然只是 NPC，这种常理推断还是用得上的。

果不其然，看着顾飞的威赫眼中并无敌意，而是非常友善地打了招呼："勇士。"

"你们在这里做什么？"顾飞问。

这看似是寻常朋友相见的简单寒暄，但和 NPC 交流时却是一句重要的命令语句。据玩家的不完全统计，与 NPC 交流触发任务，有两大常用语句，其中第一句就是"你在做什么"，而第二句一般紧接这句连用："你需要我做些什么"。

一般听到第一句时，NPC 就会开始唠唠叨叨地说起任务简介。此时也没例外，听了顾飞问话，周围一群狼逐个露出原形，个个伤心抹泪，由威赫开始黯然叙述。

狼人的目的果然是要拦截纵横四海的任务，但起因却是遭到胁迫。这群狼人希望和人类一样简单生活，但这点成了他们的致命软肋。这一次就是又有人掌握到了这一情报，于是暗中要挟狼人们拦下押解的队伍，否则就将他们的身份公之于众。

这群狼人虽然不似普通狼人那么凶残成性，但天生的狼人身份却让他们同样拥有狼人的战斗能力，爆发起来绝对是不容小视的力量。又有这么一个重大软肋，太具有被人利用的潜质了。

顾飞唏嘘叹息，随即抛出触发任务第二大语句："我能帮你们做些什么？"

威赫一脸痴呆："如果知道这个人的身份，一切就都容易解决了。"

威赫所说的这个人，当然是要挟他们的家伙。顾飞疑惑："你们没有看到他？"

"我们只收到了这封信。"威赫递给顾飞一张字条。

顾飞接过，上面写着：解决托德，否则你和你的族人将有麻烦。可能担心说得不够清楚，还附上了一张小图，描绘的是一群人类在围猎一匹狼的情景。周围狼人可以瞄到顾飞手中信件这幅小图的，个个脸上浮现出惊惧的神色。

顾飞倒是对这美术作品没啥兴趣，很是疑惑地说："托德？"

佑哥连忙在旁提醒："就是纵横四海从牢里提出来的那个人。"

"杀人灭口啊！"顾飞感慨。外人并不知有关托德的剧情，不过公子精英团里有御天神鸣这个纵横四海的成员。在从牢中提出托德的时候，纵横四海所有成员就都接到了有关的任务剧情和提示，御天神鸣当即就在佣兵频道里给几人广播过一遍，五人同知这托德是个腐败分子。

顾飞挥了挥纸条，对威赫说："这事你们不要紧张，我来想办法帮你们解决吧！"

威赫听了大喜："那太好了。"

上次的时候他还对顾飞多有不信任，但显然那件事的解决让他们对顾飞竖立起了坚强的信心。顾飞忽然想到，暗夜流光剑这牛逼装备就是上次任务后狼人给的，如果自己这次把事件处理了，会不会有个同样神气的奖励？

"应该不会。"佑哥对此简单分析，"根本不是一样的任务，就算是一样的NPC，奖励也不会一样。"

"哦……说起来任务列表里也什么都没有。"顾飞说。

"隐藏任务？"佑哥说。

"隐藏任务就连任务也不公布一下，那连是不是触发了都不知道啊！"顾飞说。

"所以说是隐藏任务嘛！"佑哥说。

"喂，你是不是在说真的啊？"两人说话的时候，已经安抚好了狼人，让他们先一边歇着去。不过狼人也告诉了顾飞，他们会紧盯托德的举动，如果离开了他们的控制范围，他们会赶紧动手。

这意味着，顾飞和佑哥曾短暂幻想的就此忽悠狼人不要动手，然后队伍大摇大摆离去的策略是不成功的。

“看来系统也没这么傻啊！”佑哥打着哈哈。

顾飞点头。

“不过说起来，这才像是个任务嘛！只是一路打打杀杀地冲下去，太单调了，可不像《平行世界》自己吹嘘的所谓多线式风格。”佑哥感慨。

“嗯！”

“我怀疑啊！就乌龙山脉中间那个断道，可能也是有其他解决方法的，比如在云端城里找某个NPC帮忙给修个桥出来，只是这团队任务不像普通单人任务一步一步都有点提示，所以大家都忽视了。”佑哥说。

“那眼下这个怎么解决呢？”顾飞朝佑哥挥着那小纸条。

“先回去再说吧！”佑哥说。

两人说着回到了前方大部队的驻地。近千名玩家自由散漫地铺了一地，无誓之剑几个关心自己任务的纵横四海核心成员可是一直伸着脖子望眼欲穿呢！看到顾飞和佑哥回来的身影，早早就已经站在道边候着了。

顾飞把纸条给无誓之剑看了，又把事情原原本本和无誓之剑说了一下。

这是身为一个佣兵应有的素质。受雇于人出去办的事，回来当然要原原本本地把情况向雇主反映一下。这不是什么游戏态度的问题，而是为人的问题，顾飞在这方面还是厚道的。

“唔，这样啊！”无誓拿着那小纸条反复看了看，对顾飞说，“辛苦千里兄弟了，你先歇歇吧，我们商量一下看怎么办好。”

“哦……”顾飞没说什么，默默退开了。

于是这边无誓之剑和倒影年华、风行三人找了个角落又开始了激烈的争论，说的却不是这事件如何解决。顾飞探回的情报是否值得信任，竟然先成了争论的焦点。

顾飞着实是个厚道规矩的佣兵，他人却难免小人之心度君子之腹。比如倒影年华，就对顾飞有很大的偏见，他就觉得这当中肯定有什么猫腻。

“就这纸条？需要的话，我给你画一百个。”倒影年华说。

“这字体不像是他的。”风行说。

“你咋知道？”另两人抬头。

“呃……这个……那啥……啊……”风行支吾。

倒影年华也没耐心追问这事，立刻抢着说话：“别的不说，他说他和这些狼人认识，所以狼人没有为难他，并问出了这当中的关键。请大家想一想，这里可是月夜城的地盘，我们是云端城过来的玩家，理论上说不可能有人认识这里的什么狼人。系统怎么会给我们一个任务，把其中的解决关键放在了认识狼人的玩家身上？如果说没人认识狼人，或者说，没有这个千里一醉同行，咱们这任务还完不成了？哪有这样的道理？”

“嗯，有道理。”无誓之剑点头。

“那他捏造这些是为什么？”风行捏着那小纸条反复观看，问道。

“这我不知道，谁知这家伙又在下什么套。”倒影年华说。

“下套？下什么套？对付我们？不至于吧？我们和他有仇吗？”无誓之剑惊讶。就说他们心中有过收拾一下千里一醉以及他们佣兵团的打算，但这也只是打算，根本一点付诸行动的举措都没有。公子精英团的任何人对他们纵横四海都不应该有什么仇恨的心理。

“总之我觉得不能轻易相信他。”倒影年华说。

“那怎么办？”

“他不说狼人就在前方吗？咱们自己去几个兄弟和狼人接触一下。”倒影年华说。

身为纵横四海的核心，当然比任何人都更上心这次的任务。商议妥当后，倒影年华立刻挑了几个速度优秀的成员，和他一起飞速奔着前方就去了。

几人果然是速度优秀之辈，去得快，回来得也快。只是去的时候是四人，回来却只剩两人，倒影年华小脸煞白。无誓之剑连忙迎上问道：“怎么回事？”

“看到狼人了。”倒影年华说，“不过，他们说他们只信任千里一醉……”

无誓之剑目瞪口呆：“真有这种事，怎么可能？那要是咱们这次出来任务不请他，咱这任务还完不成了？”

倒影年华没吱声，这疑惑本是他刚才强立反驳顾飞言论的论据。

“小斯和小哈呢？”无誓之剑问，去了四个，还有二人始终不见身影。

“挂了。”倒影年华说。

“怎么回事？”无誓之剑一惊。

“一碰面狼人就朝他们动手了，他俩当场就被挂了，还好我及时喊出我们是来帮他们的。狼人才放了我们两个回来。”倒影年华心有余悸，和他一同逃回来的那玩家此时也是目光呆滞，周身微微颤抖，看来狼人带给二人的震撼着实不轻。

“我在想……”倒影年华还在坚持，“一个非我们行会的人成了我们任务的关键，这点依然是不可能的。千里一醉的情况只是一次巧合，正巧他经历过和这些狼人的相关任务而已。我们自己一定也有赢得狼人信任的方法，只要找出来就是了。”

“好像不用多此一举，我们只要按之前千里一醉说的，找出胁迫狼人的家伙并解决掉，既赢得狼人的信任，目前的危机也一样解除了。”风行说。

“我只怕，这任务是千里一醉触发的，我们去做这事，是不是会缺少一些线索？”倒影年华说，“也或者，他会有意隐瞒一些重要线索，借此再敲诈我们一笔。”

“太有可能了！”无誓之剑挥拳，他是想到了公子精英团团长那张妖艳的笑脸，从请了他们精英团开始，就一直被狠狠地敲着竹杠。

“狼人只信任千里一醉这话，打死也不能说出去。”无誓之剑连忙嘱咐着，这要传到那韩家公子耳朵里，还不被他敲个头破血流啊！

“那现在到底怎么做啊？”风行问。

所有人茫然，就算确立了帮狼人揪出幕后胁迫者的方针，但从何处下手，着实让人头痛。

“今天想上路，看来有点难度。”倒影年华叹息着。

在毫无线索的情况下想打听什么任务情报，那最终只能采用最原始的方法：和NPC反复交流说话，一直说到NPC没有什么新鲜词为止。纵横四海最终就是这么做的，行会所有成员奔回夜光村，三五一组，围上一个村民就玩命交流。

佣兵团的玩家此时也不想在原地候着，有好心的也去帮忙的，也有无聊跑到周围看看有没有什么怪可打的。瞬时间，夜光村周边全是云端城玩家忙碌的身影。

而无誓之剑他们三大核心人物此时却又回到了月夜城，来到了月夜城的佣兵大楼。他们认为既然千里一醉接触过夜光村狼人的任务，那么这边月夜城玩家接触过的恐怕就更多了。与其让千里一醉成为唯一，让韩家公子有机会又敲竹杠，不如再从月夜城这边临时找个佣兵团来。

只可惜，顾飞完成的那可是高级任务链，单就任务中的主要NPC为70级狼人，也可知这任务并不是现在玩家的水平就可以触发的，触发了也没能力完成。夜光村有一半村民是狼人的事，月夜城玩家都是全不知情的。无誓之剑他们发了佣兵招募，始终无人应答。

而在夜光村里四下打听的玩家，也是毫无收获。村民们有关狼人的叙述，居然是当初顾飞完成的任务情节：有一村民被狼人杀害，后来一名途经的勇士找出真相，帮助村民走出了有关狼人的阴影……

而玩家虽然直接开口说了你们村子有一半是狼人，但却没有在村民中激起任何波澜。这毕竟是游戏，有硬性的系统设置。这话如果是曾经涉及到相关任务的顾飞来说，肯定会引起强烈震荡。但这些普通玩家，只是因为听过顾飞这个玩家的讲述，上来就说这些，NPC只会觉得你在胡言乱语。

也即是说，顾飞说“一半村民是狼人”，这可能是可以触发一些情节的命令语句。其他玩家来说，那就是废话。

公子精英团的五人都没有从事这项活动，此时坐在月夜村的小旅馆中，冷眼旁观着这一切。佑哥出去转了一大圈后，此时回到旅馆，望着五人摇了摇头："这种方法，看来是不可能打听出什么情况。"

"也或者是不得其法，这任务是千里触发的，或许要千里去打听，NPC 才会提供什么情报。"剑鬼说。

"我去试试？"顾飞表态。

"去可以，但如果真问出什么线索，别急着就解决掉。"韩家公子说。

"太坏了。"顾飞摇摇头去了，他当然明白韩家公子的心思。如果这任务只能顾飞解决，无誓之剑只能再次大出血了。

出了小旅馆，顾飞直奔夜光村村长家。以他对这个村子的了解，村民就会说"去问村长吧"，所以有什么大事要了解，首选村长大人。

可惜这种提示 NPC 不会只告诉顾飞一人。在村子里兜了这么久的玩家，都从普通村民口中听到过"村长知道的更多"的话，此时村长屋子里三层，外三层，被玩家围得水泄不通，搞得跟粉丝见面会一样，抢着要和他们的偶像村长说上两句话。

至于吗？顾飞目瞪口呆，大家就选一个人上去，和村长交流不就完了，这有什么可抢的？

这就要怪顾飞太没上进心了。就和他们公子精英团一样，所有的行会佣兵团在分装备分钱分任何好处时都会采用积分制。像这种团队任务时，是获得积分的重要机会，所有人都不想错失良机，所以才有了如此竞争。

顾飞被堵在人群外进不去，这还不算，两个纵横四海的玩家看到了人群外踮脚尖的顾飞，主动迎了过来："不好意思，千里兄弟，我们会长吩咐了，这次任务你已经很辛苦了，就不劳你费心了。"

顾飞也没说啥，"哦"了一声后就退下了。心中暗笑，韩家公子敲竹杆的心思人家早都识破了，这都直接不让他参与。

当然，纵横四海两句话也限制不了顾飞的行动。但这话的题外意思就是：反正这次没请你，你要帮忙就帮，帮了也不给钱。

钱不钱的顾飞不是很在意，他只是闲不住。不过此时看到村长家这么热闹，轮到他不知要到什么时候，顾飞也是意兴阑珊，转身就去了。

回到旅馆那五人都很吃惊：“这么快？打听到什么？”

“没什么。”顾飞说，“纵横四海的说不需要我插手。”

所有人望向韩家公子：“你到底敲了人多少啊？都像防贼一样防着了，放着这么方便的条件不要，宁可自己去忙活。”

韩家公子也在嘀咕：“多倒不多，不过看起来是有点太频繁了。但这也不怪我啊，实在是因为咱们太突出了。”

韩家公子这次自恋总算把大家都带上了。于是没招致什么反感，所有人点头：“嗯嗯，是啊，太突出了。”

“无誓之剑这家伙，越不想让我们敲，我还越是想敲他。”韩家公子搓手。

“敲他敲他。”御天神鸣看有利可图，毫不犹豫地出卖了他的会长大人。

“千里，你觉得这幕后者可能会是谁？”韩家公子问。

“我怎么知道？”顾飞说。

“上次你任务的最终 BOSS 是谁？”韩家公子又问。

“阿德里安……”顾飞说完自己也一怔，“难道又是这家伙？”

“怎么个情况？”所有人问。

“我今天特意打听过了，之前的阿德里安，在我的任务中已经被我杀掉。所以现在这个家伙，虽然也叫阿德里安，在村里是一样的身份，但其实已是系统重新刷新出来的一个 NPC，但是……”顾飞回忆着红尘一笑的言论，“新刷出来的 NPC，担负着同样的使命，顶替前人做着同样的工作。”

“什么意思？”其他人有些不明白。

“之前的阿德里安是个坏角色，那么新刷出来的阿德里安，当然不会弃恶从善。利用狼人的工作，有可能还是他在进行。”韩家公子分析。

顾飞点头："我也觉得是。"

"去找他！"御天神鸣兴奋。

六人一同起身，佑哥凑到了顾飞旁边："你从哪儿打听的这些？"

"这个，不方便说啊……"顾飞说着，扫了好友栏中的红尘一笑一眼。哥们，这任务如果真又着落在阿德里安身上，那你就又帮了我大忙了。

顾飞带着五人，轻车熟路地来到了阿德里安家附近。临近就看到这家后院有个忙碌而又熟悉的身影。

"小雨！"顾飞大声叫。

六月的雨回头，看到顾飞一行人，伸着胳膊猛挥手："我在这里。"

几人凑了上去，将这姑娘团团围住。"在做什么？"大家问。

顾飞却已经看到就在六月的雨脚边上的地窖盖子，笑道："还没放弃呢？"

六月的雨踩了那盖子两脚:"奇怪，明明没有锁的，为什么打不开？"

于是那五人一起蹲下身研究，顾飞在旁哈哈大笑："游戏嘛，系统说打不开，当然就打不开了，还需要什么理由吗？"心想这五人怎么智商一起下降到小雨程度了。

不想佑哥回过头来，非常严肃地看了顾飞一眼说："不会，《平行世界》在游戏细节方面做得非常好，如果是一道打不开的门，一定会有原因的。"

说完五人继续埋头研究。

"会不会是因为比较重？"御天神鸣拉了两下盖子后说。

"我来试试。"战无伤上前，六月的雨在旁充满期待地望着他。

顾飞很无语，六月的雨是全力战士，战无伤这种经验丰富的战士高手，当然不会是这么极端的加点方式。所以别看他体型五大三粗，掰手腕可能还不是六月的雨的对手，六月的雨都拉不开，他拉有什么用？

果然，战无伤憋着脸拉了半天，最后下结论："不是太重，就是拉不开。"

“嘁！”顾飞发出鄙视的声音。

佑哥将地窖盖与地面衔接的缝隙仔细检查了一遍，也没发现什么，最后嘟囔道：“是不是施了什么魔法，所以靠凡力无法打开，需要特别的法术或是道具？”

“这阿德里安果然不是普通人！”大家虎躯一震，目光炯炯地望着阿德里安的大宅子。

“阿德里安现在不在家。”六月的雨突然插话了。

“哦！”顾飞说，“难怪你现在跑到后院来翻。”

“嘻嘻，好久没来了。”六月的雨笑道。

“机会啊！”御天神鸣拍腿，“阿德里安不在家，我们快进去搜搜，也许打开这地窖盖的道具卷轴什么的就在家里。”

“对对对！”战无伤已经要去了。

“我说……”顾飞说话了，“我们来是找阿德里安的，不是要开这个地窖盖的吧？”

那兴奋的一老一小一拍脑门：“对哦！”接着立刻一脸严肃，一本正经地问六月的雨：“咳，你知道阿德里安到哪里去了吗？”

六月的雨摇头，不过刚才御天神鸣的话倒是给了她启迪。她可是想打开这地窖盖的啊！想着六月的雨就想破门而入去翻东西。这时韩家公子总算发话了：“我知道阿德里安在哪里。”

“你怎么知道？”

“在哪里？”

所有人望他。

韩家公子踩了那地窖盖一脚。

“什么意思？”

话音刚落，那地窖盖“吱”一声突然被掀开，几人大惊之下连忙退让，接着，就见一人一手举着烛灯，另一手扶着地面从地窖里钻了出来。

韩家公子望着眼前各大高手：“门打不开，又没有锁，最大的可能当然是从里面插上了插销啊……”

众高手惭愧地低下了头，尤其佑哥，刚才还说什么魔法锁门，看来有时懂得太多也不见得是什么好事。

“咳！这人是阿德里安吗？”佑哥指着那钻出的人问顾飞。

“嗯，样子一点没变。”

阿德里安从地窖里钻出就发现被一圈人围着，也做出了一个应有的反应，尖着嗓子朝几人吼：“你们是什么人，闯到我家里来干什么？”

没人搭理他。一个破机器人而已，谁会在意他的态度啊！也就六月的雨这种幻想任务狂魔会很在意，可惜六月的雨不在，她刚砸了阿德里安的门冲进去翻箱倒柜去了。坦白说，这也是 RPG 游戏的标准玩法。

“怎么搞？现在就把他拿下吗？”佑哥说。

“不行吧？这样就把他干掉，回去就告诉狼人说已经铲除了？行吗？”顾飞说。

“我觉得不行，怎么也得出示一些证物吧？”剑鬼说。

“怎么证明这人就是要挟狼人的幕后黑手呢？”所有人上下打量阿德里安。阿德里安还在吼着：“你们是谁，来干什么呢？”直接被六人无视。

“都说什么废话呢？如果不能想法子戳穿这人的真实身份，能对他下手吗？”韩家公子说。

“是啊，普通 NPC 是受 PK 保护的，除非任务条件达到触发出相应情节，才会解除 PK 保护。”佑哥说。

六人围着阿德里安作思考状。这时六月的雨从大宅子里钻了出来，垂头丧气：“没发现什么像是开地窖的东西。”

几人对视了一下，突然一起朝阿德里安的大宅子冲去。阿德里安在后面大叫：“干什么，你们这帮强盗！”

几个强盗就这么当着阿德里安的面把他的大宅子又搜查了一遍，可惜也没发现什么可疑的、可以揭示阿德里安身份的东西，再从大宅子里出来的人，个个像六月的雨一样垂头丧气。

“你们这群强盗！”阿德里安依然怒指几人，“我要去告你们，去告你们。”一边说着一边跌跌撞撞地跑了。

“这个，会不会有点麻烦？”佑哥第一个有些紧张了。

“会叫NPC卫兵过来？”御天神鸣第二个。

“谁和NPC卫兵交过手？”战无伤问着，接着所有人的目光转向了顾飞。PK狂魔嘛，没事PK值就上20，那是会被卫兵追捕的。

结果顾飞也摇了摇头：“只被追过，没敢去交手。”

众人倒吸一口凉气。顾飞都不敢交手，那实力一定很可怕。

“很厉害吗？”御天神鸣颤声问。

“不知道，但是，人会很多。”顾飞说。

几人面面相觑，周围一片安静，突然传出几声“哗哗”的翻书声。几人回头一看，韩家公子刚从那大宅子里出来，手里抱着一个破本子，不停地翻着。

“是什么？”几人围上去。

“账本。”韩家公子说。

“有什么发现？”大家问。

“没什么，但是这里有阿德里安的字迹。”韩家公子对几人说。

几人飞快反应过来，一起望向顾飞：“那张小字条呢？”

“给无誓之剑了……”顾飞苦恼，他真是一个合格的佣兵。

“不过鉴定字迹，你们会啊？”顾飞问。

“这个就算会也没用，这种玩家本身具备的才能应该是不足以影响游戏剧情的，如果这是一条线索，那么肯定需要游戏中的技能来处理，比如说，鉴定术？”佑哥说。

“鉴定术？鉴定术里有鉴定字迹的功能吗？”大家疑惑。

“我只是举例。”佑哥说。

“玩家的鉴定术或许没有，但NPC的鉴定师就不一定了。”韩家公子说。

“有理有理。但问题是，那小字条现在不在我们手上……”

“问无誓之剑要啊，帮他完成任务，他还能不给？”战无伤说。

“嘿嘿……”韩家公子突然笑了笑。

众人只觉得头皮发麻，一起回避他的笑容：“你又想到了什么？”

“我想到了让无誓之剑把字条交给我们的办法。”韩家公子说。

“不用说，一定很惨无人道。”五人连连摇头。

韩家公子没再说什么，只是给倒影年华那边去了条消息：“我们发现重大线索。”

“靠！”这消息被倒影年华当噩耗看待了，哭丧着脸对无誓之剑说，“真被公子精英团抢先了。”

“别急。”无誓之剑还挺镇定，“这是我们的任务，主动权在我们手中，就算他发现了线索，我要不要接受也不一定。现在任务才刚刚开始而已。沉住气和他简单交涉一下。”

于是倒影年华稍等了片刻，才很平静地回了一条：“哦？什么线索？”

“我们需要那张小字条。”韩家公子说。

“做什么？”倒影年华慢慢悠悠地回道。

其实作为一个正直的佣兵，理应将自己的发现诚实地向雇主交待。只可惜世风日下，佣兵们经常不这样做不说，甚至连雇主们也不这样要求佣兵，本该纯洁的交易充满了尔虞我诈。

经常是借机敲竹杠的韩家公子此时却表现出了正直佣兵的素质，告诉了倒影年华阿德里安有重大嫌疑，拿着小纸条过来或许可以揭露他的卑鄙事实。

倒影年华他们将信将疑，但试试总是不花钱的，于是连忙拿了纸条风驰电掣地朝夜光村阿德里安的大宅赶来。

“可是，阿德里安现在不在啊！”听了韩家公子的计划，其他人疑惑。

“要的就是阿德里安不在！”韩家公子笑。

公子精英团的六人拉了小雨，一同藏到了一旁的残旧教堂院中，趴在墙头偷窥着阿德里安家的情况。不大会儿，就有纵横四海的玩家不断从四面八方赶来，将这大宅子团团围住。最终无誓之剑、倒影年华和风行三大核心人物也总算赶到，指挥着行会玩家又是好一通布置。

纯朴的六月的雨非常疑惑:“阿德里安现在不在呀,他们要干什么？”

让六月的雨明白韩家公子的思维显然难度太大，六人都沉默着没有说话。只是佑哥略有些慌张：“过了这么久，阿德里安是不是也快回来了？”

“嗯，听说是去叫卫兵了？你说他要是带着NPC卫兵回来，看到这么多人包围了他家，他会怎么想？”韩家公子说。

“这个……”所有人心一寒，“会不会玩得太过分了？”

“不会啊，很有意思呀！”韩家公子兴致盎然地单臂攀在墙头，另一手掏了个酒瓶出来，俨然是要将纵横四海接下来可怜的经历当下酒菜了。

这边纵横四海包围妥当，无誓之剑手捏小纸条，深吸口气，上前连敲三下房门，跟着就以迅雷不及掩耳之势飞快闪回了队列，身手之矫健让人怀疑他到底是不是个战士。

空无一人的房屋当然无人应答,一大堆子人全神贯注地紧张了许久,开始面面相觑。

无誓之剑再次上前，敲门。这次总算没急着闪身，而是侧耳倾听房内动静。倒影年华和风行也跟了上来，三人整齐地趴在那门上，把耳朵贴了上去，接着，三人一起摇了摇头。

“进去看看？”三人眼神交流了一下意见后，破门而入。

“啧啧啧！”偷窥的六人一致感慨。

“他们在干什么？是来抢金子的吗？”轮到六月的雨紧张了。

“没有，找人的。”顾飞安抚她。

六月的雨立刻就放松了，纯洁的人就是好打发。

无誓之剑三人进了阿德里安家转了一圈，当然没有任何发现，只是觉得家中有些凌乱，但一时间也摸不着头脑，很茫然地又出来了。

六人正偷笑呢，就听得纵横四海的包围圈外围传来一声破锣嗓子：“你们都是什么人？”

六人听到这声都是下意识地缩了缩脖子——阿德里安终于回来了。顾飞此时对着六月的雨感慨:“发现没有,这个复活的阿德里安其他没变,声音和以前不一样。”

“复活？”六月的雨疑惑。

“没事。”顾飞强自镇定。

几人探出脖子继续偷窥。虽然之前还觉得韩家公子无端下套让纵横四海对上阿德里安叫来的人有些太过分，但此时看到阿德里安依然独自一人，根本没有叫来谁时，潜意识里的感觉居然是失望。

佑哥悻悻地收起了他的小本：“还以为可以有机会了解一下 NPC 卫兵的实力呢！”

这边未等无誓之剑下令呢，纵横四海的玩家已经主动上前将阿德里安团团围住了。无誓之剑器宇轩昂地从人群中走出，拿着手中的小纸条向阿德里安挥舞着：“阿德里安，你做的事我们已经知道了，还不束手就擒？”

所有玩家都很紧张，包括墙头后面的公子精英团六人。

此时的无誓之剑无疑就是在向 NPC 出示道具，是不是能触发任务的下一个环节，在此一举。

结果阿德里安根本没理会无誓之剑手中的纸条，继续指着一圈人愤怒道：“你们这群强盗，你们究竟想干什么？”

无誓之剑再上前两步,双手把字条撑开在了阿德里安眼前:“看清楚,是这张字条。”

道具已经使用得很彻底了，结果阿德里安依然对他置若罔闻。

纵横四海的人很失望，看起来这道具使用无效。

公子精英团的人则很欣慰，如果真这么简单就让纵横四海把阿德里安给戳穿了，他们岂不是白忙了。

阿德里安依然被团团围住，纵横四海三大核心又开始紧张密议。而倒影年华也呼叫上了韩家公子：“纸条使用了，没用。”

“是吗？不应该啊！”韩家公子装模作样。

“你们确定一定是这个家伙？”倒影年华继续问。

“当然。”韩家公子回答。

三人继续紧张密议。

“你们有什么证据吗？”倒影年华问。

“字条不就是证据？”韩家公子说。

“但他没有承认啊！”倒影年华说。

“想办法逼他承认啊！”韩家公子提示。

倒影年华一拍脑袋，立刻也想到了鉴定笔迹的方法，立刻又和无誓之剑、风行钻进了阿德里安家翻箱倒柜去了。

“强盗，你们这群强盗，你们不会有好下场的。”阿德里安继续扮演着他的角色，气急败坏着。

韩家公子伸手进口袋摸了摸阿德里安的账本，怡然自得地等待着倒影年华他们的好消息。

“房间里不会再有其他显示笔迹的东西了吧？”佑哥忧虑。

“没有。”韩家公子肯定地回答。

“太坏了。”其他人感慨，这简直就是逼着纵横四海向他们妥协嘛！

又把阿德里安家翻了一遍的三人，当然什么也没发现。没辙的三人索性拿了纸和笔，凶神恶煞地要求阿德里安当场把这字条再抄一遍。

这么简单粗暴的办法，简直就是欺负NPC的死板智商。可惜阿德里安身负重任，似乎比普通NPC的智商要高那么一点点，对于玩家们的要求完全不予理会。无誓之剑他们恨不能暴揍这家伙一顿，可惜PK保护的规则无人可以破坏。

这节骨眼上，韩家公子的消息又冷嗖嗖地飘至了：“怎么样了？”

“还在想办法。”倒影年华回答。

“或许，应该让我们团的千里一醉来操作，毕竟任务是他接过来的。”韩家公子说。

这话充满了游戏知识。无誓之剑手中的字条对阿德里安无效，或许千里一醉就能有效，毕竟任务和字条都是他带回来的。而且，无誓之剑他们还知道一个连顾飞本人都不知道的消息：狼人声称只信任他。

“难道这任务真的只能靠那家伙？”无誓之剑等人当然很郁闷。

“不如让他先来试试。”风行说。

“有没有找到什么赢得狼人信任的办法？”倒影年华问其他人。

所有行会成员摇头。

“让他试吧！”倒影年华咬牙切齿，随后呼叫韩家公子，让他叫顾飞快些过来。

“咦，或许真的千里过去拿小纸条向阿德里安出示一下，这任务就结了。”御天神鸣说。

“不应该。”佑哥摇头，“《平行世界》里的任务不应该有这种情况。千里的身份只是对于狼人来说是特殊的，对于这个阿德里安，和其他人没区别，所以阿德里安应该不会有特别的态度。这才符合常理。”

“我打听打听啊！”顾飞又准备向红尘一笑发问，结果打开好友栏时却发现红尘一笑不知何时已经下线了。

“呃，没打听出来，大家继续讨论。”顾飞说。

佑哥对于这个看起来在情报事业上比他还要权威的家伙充满了好奇，可是顾飞已经明确表示不能说。

“其实是不是鉴定字迹就能解决问题也没谱呢！”战无伤说。

“你是对我的推断表示怀疑吗？”韩家公子斜视他。

“怀疑一切，怀疑一切，否定精神嘛，哈哈！”战无伤连忙打着哈哈。

“什么乱七八糟的。”众人鄙视。

“行了，我先去吧！”顾飞起了身。

“慢点啊！你这么快就去了，好像显得我们就在附近偷窥他们似的。”御天神鸣说。

顾飞望着他很无语：“我们本来就是藏在这里偷窥。”

“所以要掩饰啊，你都暴露了还怎么叫偷窥啊！”

其他人也纷纷点头：“等会过去吧！”

六月的雨在旁眼神一直很迷茫，她不太能明白这帮人在说什么。

故意又等了许久，韩家公子这边甚至遭到倒影年华的几度催促，正准备让顾飞上路，突然外面大道上传来一阵杂乱的脚步，几人连忙伸了脖子朝外望去，立刻怔住。

数十名月夜城卫兵装束的人，偏偏在这个时候赶到了。

纵横四海的玩家们还不知这队人的来意，如此规模的NPC整体行动倒是很少见，一群人指指点点，好奇观望，还有人试图上前和NPC对话打听。这边佑哥早已经把他的小本准备好了，韩家公子也连连点头："我就说嘛，我的判断怎么会错。"

"阿德里安！"外面NPC高声呼叫。

纵横四海的玩家们一怔，那阿德里安在包围圈中大喊："大人，我在这里！快把这些强盗铲除了吧！"

"强盗？"纵横四海的玩家们还茫然呢，那些NPC士兵早已经拔剑在手，领头一人长剑高举，高声喝道："冲锋，准备！"

瞬时，赤白的光茫自他身遭扩散，他身边的所有同伴脚下多出一道光环。

"牛啊，战阵技能！"偷窥的人们先激动了。

CHAPTER 83

轻 松 破 关

NPC使用的是玩家们前所未见的战阵技能，在领头骑士的呼喝下，那些卫兵已经瞬间列好队伍开始了冲锋。

可怜的是纵横四海的玩家们，他们根本就没想到这些卫兵模样的NPC居然会对他们动手。就在一片“什么强盗、谁是强盗”的问询声中，第一时间被卫兵们冲了个人仰马翻。

“靠！”玩家们大叫。只可惜他们面对的是一伙机器人，于是他们继续茫然，而NPC们继续冲锋。

只见卫兵们周身冒着白光，一会儿排成人字型，一会儿排成一字型，在玩家群中左冲右突，锐不可当。好些个玩家直接被撞得飞起在空中，场面混乱而又华丽。

“啧啧！”公子精英团的家伙们连连感叹。

佑哥一边在他小本上飞快记录，一边不住地嘀咕：“太猛了，实在是太猛了。”

“惨啊！”御天神鸣假装悲天悯人地闭上了双眼。

“是不是有些过分了？”剑鬼有些不忍。

“没办法，现在谁还能阻止？”韩家公子居然在叹气。

“不能。”顾飞都开口了。连他都对这伙强悍的卫兵充满了无力感。无论是冲锋时的队形，攻击时的动作，所有细节都是一丝不苟的整齐划一。这就是人与机器没法比的地方，这种百分百精确配合的团队，人要练到这种程度得到什么时候去！

面对这样的敌手，用功夫术语来说：周身上下毫无破绽。

虽然说没有破绽可以主动去制造破绽，但那也需要相应的实力。这伙 NPC 卫兵根本就不知是多少级，恐怕单个拎出来都具备 BOSS 实力，此时抱成了团，40 级的顾飞也没辙。身手再好这也是网游不是！等级、技能和装备的差距，并不可能完全用身手来弥补。

纵横四海的玩家们当然也不会任由对手宰割。平时负责团战指挥的倒影年华此时嗓子都喊哑了，行会频道里的消息更是刷得跟中了病毒似的飞快。纵横四海的玩家们一边规避着对手的冲锋，一边也迅速集结成阵。

“箭阵，箭阵！”倒影年华不住地大吼着。纵横四海的箭阵是他研究训练出来的，是他最感觉到自豪的地方。

“不愧是纵横四海，还是有两下子的。”众高手称赞。

在战士等职业的掩护下，纵横四海箭阵集结完毕，法师也装备好了轰炸。

“放箭放箭！”此时根本没工夫等什么时机，一看弓箭手们差不多了，倒影年华立刻下令。

漫天箭矢飞出，朝卫兵冲锋队压去。第一波就射得对手有一些停顿，纵横四海的玩家们刚看到一线希望，就听对手那领头骑士一声高呼：“保护冲锋！”

于是卫兵们再次整齐划一地掏出了盾牌，护在了身前，第二波箭矢攻击立刻就这么随风去了。

“冲！”

一声令下，卫兵们左手盾在前护身，右手剑立在盾旁随时准备攻击，直愣愣地继续杀过来了。

“赖皮啊！”纵横四海的玩家们哭天抹泪，好不容易集结成的阵型再次被冲散了。

从《平行世界》目前的职业设定来看，能达到盾系数使用盾牌防卫自身的人都是重装战士，这是《平行世界》的终级血牛职业，在战斗力方面表现平平。而此时这帮 NPC 卫兵握剑时有着彪悍的战斗力，此时还可以掏出盾牌来护身。两种武器都达到了系数要求，这不是赖皮是什么？从理论上来说，这和魔武双修没啥区别。

公子精英团的几人当然也很惊骇，佑哥一边记录着一边说："这帮卫兵到底什么职业？是战士还是骑士？"

所有人摇头。

"我过去用个鉴定术试试。"佑哥说。

"不用了。"御天神鸣拦住了他，"行会频道里都吵翻了，无数人鉴定过了，全是问号。"

"等级相当高啊！"佑哥惊叹。

目光转回战场，七零八落的纵横四海总算发现了一些端倪，一些人指着那伙卫兵的盾牌说："是月夜城的卫兵，这些是月夜城的卫兵。"

《平行世界》中总是用徽章图案来划分人们的团队。各大主城就拥有各自的徽章，在主城内外随处可见。眼前这帮卫兵盾牌上的图案正是月夜城的徽章。

但知道归知道，茫然还在继续。所有人都很不解他们怎么就把月夜城的 NPC 给得罪了，受到如此惨无人道的冲杀。

纵横四海的王牌箭阵都不管用了，其他零碎的抵抗更不值得一提。

无论是法师的地毯轰炸，还是盗贼的潜行偷袭，抑或是战士们的正面强力相撞，被卫兵们碰上都是一个字：飞。

纵横四海的玩家倒了一片又一片，也不再理会老大们的指挥，各自寻出路四下逃窜着。就是无誓之剑他们三个核心人物也无心情再抵抗，各选方向带着身边残存的玩家撤离了。

卫兵们总算也没有追杀，纵横四海开始逃窜时，他们依然在原地维护局面。片刻之后，纵横四海能跑的已经全跑了，余下的都是倒在地上咿咿呀呀的重伤分子。

"发现没有！"佑哥惊道，"这帮卫兵冲来杀去，但一个人都没挂。"

“早就发现了。”韩家公子说。

无论何时何地，人挂了都是要起白光的。但刚才白光全是卫兵身上冒的，纵横四海的玩家可一点都没贡献。战了这么久，他们只被打倒，从没被挂掉过。

跟着就见那领头骑士朝手下卫兵下令：“全部带回牢里去。”

“遵命！”卫兵们呼喊着，接着就见他们把倒地的玩家全部揪起，也不知用了什么系统大神技能，玩家们都无法抵抗，被卫兵押解着列好了队。那领头骑士朝阿德里安欠身行了个礼后，带着卫兵押着这群玩家就这么离开了。

公子精英团的人张大了嘴。

哪怕是韩家公子也对这样的结局始料不及。

“这是怎么个意思？要带到哪儿去？”众人一边猜一边着令御天神鸣快快把行会频道里的消息反馈出来。

“没消息，被带走的这伙人没发出任何消息。”关注行会频道的御天神鸣说。

“这个……难道是像坐牢一样，消息功能被强行禁止了？”佑哥说。

“这些人要被送回去坐牢吗？”

“几个小时？”

一边讨论着，几人一边不由自主地从教堂破院里走出，遥望着卫兵押解玩家离去的身影。

这古怪的队列一路引来不少观赏目光，纵横四海自己的玩家不敢接近，生怕再被这伙卫兵当强盗给捉了去。其他玩家好奇想上来问问的，却都被卫兵远远地阻止了，有不服 NPC 的，飞就一个字。

“和 NPC 为敌真是很大的错误。”佑哥的情报收集终于告一段落，一边重重合上他的小本一边感慨着。

“以后 PK 小心了，看到卫兵的厉害了吧！”战无伤对顾飞说。

“平时城里没这么多卫兵。”顾飞说。

“迟早叫卫兵把你这 PK 狂也这样捉起来。”御天神鸣说。

“他这样罪行累累的，当场击毙就行了。”战无伤说。

楼正不知将歪向何处，韩家公子及时开口揪回：“扯那些干啥，继续咱们的事。”

“咱们啥事？”大家欣赏了一场平时根本不可能看到的高级打斗，一兴奋啥都忘了。

“我联系一下倒影年华……”韩家公子说。

结果毫无音讯。倒影年华明明还显示在线的，却不吱声。

“这家伙也被捉了吧？”众人恍然。

“纸条不会正巧在他手里吧？”几人面面相觑。

“急什么。”韩家公子说，“看纵横四海的情况，这任务今天是铁定不能继续了，先回吧！”

“嗯，也差不多该下线了。”顾飞看了看时间。这一晚基本啥也没干，就来来回回地奔波了。

六人就此准备先回月夜城，而一直和他们同行的六月的雨得了闲，又兴冲冲地跑回去研究阿德里安家的地窖去了。

回城途中，那卫兵押解纵横四海玩家的队伍就在前方若隐若现的。六人如此走着，却与纵横四海的人不期而遇了。

纵横四海和风行带着一干行会成员，目光很忧郁地望着前方的押解队伍。看到公子精英团六人，依然面无表情，连个笑容都没人挤。

“无誓会长。”韩家公子主动挥手打招呼。

“韩团长。”无誓之剑没精打采地回招了下手。

“那是怎么回事？”韩家公子指着前方的队伍，“好像看到你们的人和NPC在一起？我给倒影年华去消息也不见回复。”

韩家公子明知故问，在顾飞他们这群知道底细的人看来，真是太欠扁了。

无誓之剑一口的哀怨腔调，把事情原委从头到尾细讲了一遍。公子精英团六人听得很痛苦——因为忍住不笑其实和忍住不哭是一样痛苦。

无誓之剑唉声叹气地讲了一遍，末了很疑惑："你们说这究竟是怎么回事？"

六人面面相觑，韩家公子咳嗽了一下说："会不会是什么任务情节？"

"我们也这样想呢，这不，先跟着看看他们这到底是要做什么！"无誓之剑说。

结局没有出乎大家的意料，那一大堆玩家被卫兵押送回城后直奔地牢，就这么在大家眼睁睁地注视下消失在了地牢那黑洞一般的门口。

坐牢虽然会被强行切断所有消息，不过倒是有可以探监的设定。想探监就是一个字：钱。只要交钱，除了保释，进去和里面的犯人做什么都行，而且没有时间设置。

无誓之剑在手下被关入牢房，接着那队NPC卫兵离开后，这才小心翼翼地走了过去。和他敲阿德里安家门时一样的谨慎，三分向前，七分已经准备后撤。他是担心系统大神立刻识别出他是那群犯罪分子的老大。

结果他担心的事完全没有发生，地牢守卫依然像平时一样照章办事，无誓之剑缴了一笔不菲的探监费后，进去慰问他的兄弟们了。

坐牢的玩家和无誓之剑一样抓瞎。他们比无誓之剑多清楚一点的地方只是知道他们要坐四个小时牢而已。至于什么原因，系统没有发出正式消息，只是在NPC之间的交流对话中频繁出现"强盗"的字眼，让众人觉得委屈之极。

在他们看来，他们仅仅是做了一个包围阿德里安的举动……说起来，这举动的确很像是强盗。但没听说过包围一下NPC就会被卫兵捉起来坐牢啊！NPC什么时候也这么有人权了？坐牢的玩家都很愤怒。

无誓之剑进去的时候就很消沉，出来的时候，表情看上去已经像是要沉沦了。望着在地牢外面候着他的公子精英团的人，半晌才反应过来，问道："你们还有事？"

韩家公子叹气："你忘了吗？纸条拿过来让千里去找阿德里安试一下。"

"哦……"无誓之剑此时处于六神无主状态，没怎么想就掏出那张字条给了顾飞。

“他们坐牢要多久？”顾飞接过字条问道。

“四小时！”无誓之剑回答。

“那今天不能再继续任务了吧？”顾飞问。

无誓之剑点了点头，接着目光又转向韩家公子：“其他佣兵团长你可以联系到吗？”

韩家公子摇了摇头。

无誓之剑一脸崩溃的表情：“还得去知会这些人一声。”很显然，平时负责联系这帮家伙的是倒影年华，无誓之剑这个会长似乎并不屑于处理这些细碎的琐事。

“那我这个也明天再继续吧？”顾飞朝无誓之剑扬了扬小纸条。

“当然。”无誓之剑望着那小纸条就心烦，索性眼不见为净，和几人随便招呼了几句后，就骂骂咧咧地和他的其余兄弟们离去了。

“我们……现在就去试试？”顾飞征询其他五人的意见。

“当然，不然晚上怎么睡得着。”佑哥说。

“你们晚上睡觉的吗？”顾飞疑惑。

“废话！”五人斥责顾飞不把他们当人看。

一路打听，一行六人终于找到了月夜城的系统鉴定师：一个巫师状的蒙面女人，月夜城所有玩家的鉴定术老师。

“账本拿来。”顾飞朝韩家公子示意。

“等等！”佑哥发话了。

“怎么？”大家一起望着佑哥。

“先让我来试试，验证一下这任务是不是必须得是和狼人有交情的千里才能完成。”佑哥说，“看看《平行世界》这鬼设定到底是个什么逻辑。”

“这样的话，不能你试啊！你是和千里一起去见的狼人的，从常理上讲，你似乎像是和千里一起接了这任务一样。”剑鬼说。

“有道理。”佑哥点头。

“我来试吧！”剑鬼伸手要过了纸条和账本。

顾飞望着这帮家伙行事。他们对网游孜孜不倦的研究让顾飞都有些感动了。如果有这么多人对功夫具备如此精神那该多好啊！

拿了字条和账本的剑鬼，向鉴定师提出了鉴定这两者字体的要求。大家都担心NPC不懂他们在说什么时，鉴定师已经点着头竖起了两根手指：“200金币。”

“我靠！”六人齐骂。

“太无耻了！”

“奸商。”

“卑鄙。”

“系统穷疯了。”

“游戏公司要钱不要命啊！”

批斗讨论会进行了足足十分钟，剑鬼有气无力地打断了大家：“喂，到底是鉴定还是不鉴定啊？”

“鉴定，羊毛出在羊身上。”韩家公子说。

于是剑鬼掏了两百金币甩给鉴定师后，将字条和账本递了过去。

鉴定师拿过字条瞟了眼，跟着拎起账本“哗啦啦”一通翻，在六人猜测她准备在哪一页停下时，鉴定师已经把字条和账本递了回来：“是同样的笔迹。”

此鉴定过程前后没超过五秒钟，六人甚至没来及经历一下摒息凝视的紧张时刻就已经宣布结束。200金币就这么花出去了，却一点都没体会到娱乐性，六人纷纷觉得系统真是太贱了。既然收了这么高的价，起码摆点鉴定造型，如此走过场一般的敷衍真是让人不爽。

不过无论如何，既然系统已经发话，那么已经说明了两件事：第一，阿德里安是货真价实的幕后黑手；第二，这情节并不是只有顾飞才可以完成，韩家公子藏了阿德里安的账本，把纵横四海祸害得不浅。

“现在就算完成了情节，回去找阿德里安他就会承认了吗？”剑鬼问大家。

大家也很疑惑。《平行世界》里的逻辑和现实一点都不平行。有时可以像现实一样进行推测猜想，有时又是像网游一样的设定规律，它就是这么变幻莫测地折磨着玩家们的神经……

为防万一，六人要求鉴定师出示一个证明，证实这张字条和账本出自同一个人的手笔。六人以为，这个鉴定证明将成为让阿德里安认罪的重要道具。

“证明？我的话就是证明！”蒙面女人令人意外的高姿态。堂堂六大高手就这么被一个NPC给鄙视了，六人很是不忿地离开了。

“现在去找阿德里安吗？”

“去啊，不去怎么睡得着……”

于是六人再次上路赶往夜光村。路上倒是遇到了不少回城的云端城玩家，被无誓之剑告知今天暂时无法继续前进后，大家被浪费了一个晚上，此时也都很不愉快。

“纵横四海这趟任务，看来会得罪不少人呀！”佑哥望着这些不开心的玩家感慨。

“缺乏职业佣兵的素质。”韩家公子说。

五人齐齐望向他。

“也包括我们。”他继续说。

“嘁！”五人鄙视。

“这么些个乱七八糟的佣兵团聚在一起，根本不可能成为一个团结的整体。纵横四海这趟任务如果能成功，算他们走运；如果失败，肯定就是毁在他这个败笔上，大家走着瞧好了。”韩家公子说。

“你这人……怎么看着像是盼着他们失败啊！”顾飞说。

“只是对这氛围不爽而已。请了我们过来，却又没有充分的信任，啧啧，真以为花点钱就可以让别人尽心替他办事了吗？一看就不是当老板的料。”韩家公子说。

“我觉得你又把人想深刻了……”顾飞说，“他们未必是不信任，只是你频繁地敲诈把人家敲怕了。遇事都开始回避咱们，你看这事畸形的。”

“敲诈？如果真是敲诈就不是这些价了。那是他们心底的妒忌心理在作祟，他们忌恨每到关键时候总得我们出面才能过关，所以才会刻意回避让我们帮忙。坦白说，我们不过是六个人，你以为他们支付给我们的费用会比给黑手佣兵团的一百人要多吗？告诉你，差远啦！我们大概也就值黑手佣兵团二十个人的价钱！”

“太过分了！”顾飞怒了，“黑手佣兵团二十个人我一个人就干掉了！”

“所以说嘛！根本没有敲诈。我开出的价钱都是合情合理的。”韩家公子说。

一旁的剑鬼推了推他：“有敲诈的，你把他们的账本给藏了。”

韩家公子鄙视他：“这不是敲诈，这是在争取生意。”

众人无语。

由于云端城玩家的散去，夜光村此时显得格外寂静。NPC 们是只知默默站好自己的岗位，不会像玩家一样跑来跑去叽叽喳喳的。一路再无话，六人默默地来到阿德里安的大宅子跟前时，立刻看到了那个熟悉而又忙碌的身影。

“这姑娘，真是太执着了。”大家都感动了。

“小雨！”顾飞高声呼喊兼挥手示意。

在阿德里安家的后院挥汗如雨的六月的雨回过头来，看到六人，顺势抹了把汗后朝几人招了招手。这一抹之下，原本汗水漉漉看着也挺有魅力的一张脸瞬间就像是被打上了马塞克。

“又在做什么啊？”顾飞上前问道，六月的雨此时半截身子俨然是扎在土里。

“我准备挖一条地道，从旁边潜入到阿德里安的地窖。怎么样，这个办法绝妙吧？”六月的雨说。

“这样可以吗？”顾飞抹汗。

“不试怎么知道？”六月的雨说。

“你这样弄，阿德里安不会来说你吗？”顾飞说。

“他不是不在吗？”六月的雨疑惑。

“他已经回来了呀！”顾飞说，“刚才一大堆人这里打架的时候，他也在的啊！”

“是吗？我没看到啊！”六月的雨惊慌失措，连忙要从坑里爬出来。

“不慌不慌！”顾飞劝住，“你先在这里藏着，他马上又会不在了。”

“哦！”六月的雨松了口气，“他没看到我吧？”

“应该没有……”顾飞觉得自己像在哄小孩。

“你快去看看他走了没有。”六月的雨支使顾飞。

“马上马上……”顾飞连忙起身。回过身时，看到那五人都在痴痴地望着这姑娘……想吸引他人的目光，其实有很多种办法。

“咳！”顾飞咳嗽了一声，五人回过神来，纷纷掩饰自己的失态。

“抓紧时间，抓紧时间。”顾飞说。

“剑鬼和佑哥检查一下房间有没有其他出口，战无伤去守着那个地窖，或许他的房间和那里是连通的，御天守房屋侧面，保证他从三个方向逃出的话你都可以给予射击。千里和我从正门进，有没有问题？”韩家公子说。

“没！”五人应声各司其职去了。剑鬼和佑哥前方转了一圈后，未发现后门之类的东西，于是重点监视窗子口。御天神鸣也选好了狙击的方位，战无伤则直接蹲在了地窖上。一旁大坑中的六月的雨时不时地像个土拔鼠一样冒半个头出来张望一下，却始终没发现就在她身后不到三米的战无伤……

顾飞和韩家公子来到门前，扣动了房门。

谁也不知道一个躲在房间里的NPC是在做些什么，或许就是站在房门后等着玩家来敲门，反正韩家公子这门只敲了一下就已经被飞快地打开。

和NPC耐了性子周旋说话是被网游小说荼毒的家伙，或是六月的雨这等憨人才会干的事。韩家公子这种人抱着目的而来，简单明了，拿了纸条和账本朝阿德里安一甩："你要挟狼人的事已经暴露了，死吧！"

行为、语言都简单到了极致，但该出示的道具都出示了，关键的意思也都表达了，任务完全没有理由不能继续下去。

相比韩家公子，顾飞也是简单干脆的人物。韩家公子话刚撂下，顾飞已经拔剑了，阿德里安刚刚露出惊讶惶恐的神色，顾飞的剑已经飞上了。

虽然变身项链狼王之齿上次就被顾飞没收了。但这次新生成的阿德里安又是一个知道狼人底细的家伙，谁知道他是不是又藏了一条狼王之齿。

狼人本就是70级的怪，变身出的狼王那可就是70级的BOSS，顾飞绝不能给它这个机会。所以如同上一次对付阿德里安一样，飞快出手与其缠斗。

阿德里安实力依旧，可惜顾飞相比之前和他交手时又升了10级，装备更是大不一样。上来两个双炎闪就把阿德里安烧成了没胡子的老头。两人旋风一般在屋中打斗，阿德里安完全被顾飞压制。

韩家公子原本也拿着法杖准备随时支援顾飞的，一看这局面又把法杖装回口袋了。负着手在屋里瞎晃悠，最后停留在墙边挂放的一张油画上细细品味，末了感叹："这游戏做得还真下功夫，这油画模拟得挺细致。哎，过来看啊！"

"滚！"顾飞一边骂他，一边又虎虎生威地给了阿德里安两下。

韩家公子在屋里转得失去了新鲜感后，搬了个凳子坐在屋角，开了瓶酒，一面痛饮一面时不时为顾飞的身手叫好，当然，催促他再快一些也是免不了的。

顾飞斗志高昂，他将眼前的阿德里安幻想成了韩家公子，没命地砍啊砍……

阿德里安果然是阿德里安，眼看不敌时，又开始了上一次一样的言语蛊惑。什么帮助狼人诛杀同类啊，我的财富全归你啊……可怜他两次居然都碰上了相同的敌手，顾飞自然完全不为他的言语所动，坚决地下了杀手。

然后接下来的事情却超乎了顾飞的意料。

眼看阿德里安的身手已经越来越不堪，完全只有等死的份儿。顾飞估计就在两三剑内就可以解决问题时，阿德里安突然像受到女神鼓励的圣斗士一样，不知从哪儿爆发出了无比澎湃的力量，以远远超乎顾飞想象的速度，突然间就脱离了顾飞剑法的掌控。

一旁喝酒看热闹的韩家公子也瞬时摔瓶子起立了，但阿德里安却没有朝门冲，而是反向扑向了窗口。

“窗户！”韩家公子飞快在佣兵频道里发着消息，只希望外面的几个家伙能及时阻止。

“雷电，降！”顾飞也进行了飞快地吟唱。他的法力在四个双炎闪后总是留有一个雷电术。一道闪电从房顶降下劈在阿德里安的头顶。

暗夜流光剑发出的法术可比普通砍杀要强太多了。以顾飞的预计，这道闪电无论如何也足够击杀阿德里安。谁知此时的阿德里安真成了打不死的小强，中了这道闪电依然朝那窗口蛮冲。不过脚下步伐已见蹒跚，没了一开始爆发时那一往无前的气势。

顾飞一个箭步闪到他身手，手腕狂抖，瞬间连点阿德里安数剑，这已经是顾飞在游戏中所能做出的极限攻击了。一旁的韩家公子这种外行人几乎已经看不清招数，只觉得一阵眼花缭乱的紫光。

阿德里安终于倒下了，在临近窗口的前一步倒下的。他高举的手臂，仿佛还对那窗口充满着无限地向往，结果，就在他倒下的过程中，手掌拍到了窗上。窗户呜啦一下打开。顾飞和韩家公子都没太在意，只觉得这 NPC 死得还真是有点悲壮。结果就听到“扑啦啦”一阵鸟类翅膀挥动的声音，一道灰影不知从何处跳出，飞出了窗外。

“什么东西？”顾飞飞快冲到了窗边，韩家公子也没比他慢多少。两人攀在窗沿仰头，看到一只灰色的鸽子直飞云霄。

“鸽子！”韩家公子在佣兵频道里飞快地发出消息。

“这个难度太大了……”御天神鸣遗憾地表示。他再神也还没神到可以把空中高速飞行的鸽子大的移动靶给射下来。虽然放了一个追踪矢，但显然速度过于不济，不可能追到的。

“是阿德里安放出去的？”顾飞望着地上已经是尸体的阿德里安。

“应该是。”韩家公子说。

阿德里安最终的爆发也有了合理的解释。他积蓄着力量并不是想要逃走，只是为了放出这只鸽子。鸽子当然是去报信的，至于是什么信，目前就不得而知了。至于阿德里安是怎么积蓄的力量……和不可理喻的系统争论这种问题那你就败了。

这时剑鬼和佑哥也早到了窗外，一眼看到阿德里安的尸体，先松了口气：“解决了啊！”接着才问，“刚飞出来的是什么？”

“可能是送信的鸽子。”

“送什么信？”

“两种可能。”韩家公子说，“第一，针对狼人的信，不过这种可能性不大，他被我们识穿，并不是狼人没有照他的指示行事，临死报复狼人不太合逻辑。所以应该是第二种可能，是这次任务的延续。从阿德里安要挟狼人来看，这是一次有组织的灭口行动，对于玩家来说当然就是专门破坏纵横四海押送任务。阿德里安临死发出的消息，大概只是通知下一位：他失败了，下一位全力做好准备！”

“照你这么说，如果我们刚才可以拦下那只鸽子，纵横四海接下来的任务就会一马平川了？”佑哥说。

“那当然不至于。区别只是一个没准备的对手或一个有准备的对手，显然后者比较有难度嘛！”韩家公子说。

众人点头称有理。而有关这个问题的讨论也就到此为止了。因为说到底任务是纵横四海的，作为一群没有素质的佣兵，纵横四海的任务接下来会遇到怎样的艰难险阻没人放在心上。

“下面怎么处理？带着阿德里安的尸体去见狼人？”顾飞低头看了眼，趴在地上的阿德里安就像是睡着了，并不像是一个死人。

“应该不用，只要找到狼人说一下就行了。他们可是有系统背景的，事实上是无所不知的。但问题是不能现在去。”韩家公子说，“现在又没在任务，咱们把狼人遣散了，等明天纵横四海的家伙们来继续就白捡了便宜了。到时候口说无凭，会相信是我们解决的吗？”

“那就明天再说吧！”顾飞说。

“嗯，你赶紧下你的线去吧！”韩家公子说。

于是顾飞又去和六月的雨招呼了一声，告诉她阿德里安已经不在了，可以放心大胆地挖。六月的雨兴高采烈地继续开工，顾飞回到月夜城下了线。

四小时后，倒影年华等纵横四海的玩家刑满释放，一出来自然是先关心了一下任务继续的情况。得知公子精英团终究是插了手后，倒影年华立刻联系了韩家公子。

“唔，是千里一醉自己去弄的，没多大会他就下线了，我也不知道情况，明天再说吧！”韩家公子说。

“那纸条呢？”倒影年华追问。

“你现在要吗？”

“当然。”

韩家公子没有告诉他问题已经解决，倒影年华自己当然也不会就此死心。他还是想靠他们自己解决这难题。从处理思路上来说，他和精英团是完全一致的，就是先坚信阿德里安是幕后黑手，然后再找证据来戳穿他。

拿回纸条的倒影年华立刻又开始和阿德里安接触，反复地问话，反复地搜查，反复地监视，结果依然是一无所获。倒影年华用遍了他所能想到的所有法子，但阿德里安对此事就是一个反应：茫然。

这回可是真的茫然，因为这个阿德里安已经是系统刷出的第三个阿德里安了。那个要挟狼人与纵横四海作对的阿德里安事实上已经不在人世。眼前这位，如果秉承过去的路数，或许又会在某次任务中担当反面主角，但在此刻，他却与纵横四海这押解任务全无关系。和他谈论这任务的事，他当然会很茫然。

可惜倒影年华不知道，一折腾就是一个通宵，一直到东方泛白，倒影年华已经困得不行，但阿德里安依然精神抖擞地在他面前茫然。倒影年华不得不承认，他败了。或许真如之前所想，这任务是被千里一醉接了，所以只能他来完成。

如此希望全在顾飞身上，自然是正中韩家公子下怀。接下来的事就很简单了，韩家公子甚至不用主动去和他们进行交涉，只要看到问题解决，他们自然会把该付的报酬奉上。无誓之剑等人毕竟还是识趣的。

次日，纵横四海上上下下七百余口眼巴巴地候了一天，终于在临近晚上 7 点时盼到了顾飞大爷上线。

没有多余的废话，由顾飞率先上路。在大部队出发前找到狼人。果然，顾飞告诉他们已经解决了阿德里安时，狼人们立刻信服，收拾东西高高兴兴就要回村去了。顾飞这还眼巴巴地等着给个啥奖励呢，结果那个叫威赫的高大狼人都顾不上变人形，伸着爪子敲打着顾飞肩膀，“嗷嗷”就是两声嚎。可惜顾飞并不懂狼的语言，于是这家伙在恢复人形后，又郑重地和顾飞嚎了一遍：“我们会永远记得您的恩情。

“走好！”顾飞朝狼人们挥手。

“这东西请您一定要收着。”威赫开始掏口袋了。即便是对游戏的装备并不十分热衷的顾飞也禁不住眼睛一亮。有暗夜流光剑的前车之鉴啊！就是他不重视装备也不得不承认，因为暗夜流光剑他才能在游戏中如此风光。

狼人出品，必然精品。

顾飞如此默念着，狼人威赫已经将东西递了过来。

是一条腰带，准确来说，是一条面目十分猥琐的腰带。环扣处是狼头模样，目露凶光倒也罢了，关键是那半张的狼嘴似乎刻意制成了流口水状。狼人凶悍的形象被这口水完全破坏了。凌厉的眼神再看之下也觉得有些走味，顾飞脑中没由来地冒出一个词：色狼……

“这腰带是拿来搞笑的吗？”顾飞嘟囔着接过。

狼之烙印。

除去普通腰带都会具备的防御和扩展口袋容量功能外，这狼之烙印自然还有着特殊属性——狼人的自愈：拥有狼人一般的强悍生命力，每秒回复生命上限的1%。

顾飞无语了，又是和生命 相关，而他急切需要的可是法力。

虽然不讨顾飞喜欢，但这装备又是件不折不扣的极品，紫色的字体已经足以说明问题。而这狼人的自愈只要和骑士的生命祝福比较一下，便可知它的珍贵。

骑士的生命祝福，同样是施加后让玩家的生命拥有自我回复，但是，时间间隔每五秒自动回复一下。回复的生命也是固定值，而非百分比。

市面上，增加生命和法力上限的装备时常可见，但拥有自我回复功能的可就是稀罕物了。《平行世界》至今没有在战斗中可以自我补充的药物类，可想而知这类装备如何珍贵。这腰带如果落在一个重装战士手中，足可以兴奋上三天三夜。但此时在顾飞手中，只见他低着脑袋，望着自己腰上此时系着的那根朴素的牛皮腰带，犹豫着要不要换上。

就普通属性，也比自己这牛皮腰带强太多了。但问题是，这造型实在是……顾飞翻过来又看了看那狼头环扣。

猥琐！十分之猥琐。绝不能露在外面……顾飞如此想着，将狼之烙印系在了衣内。

这并不影响装备属性的发挥，只是法师的长袍是需要腰带的束缚来展示美感的。此时将腰带系在里面，长袍笔直垂下，人看上去会很像是一个易拉罐，这点顾飞此时茫然不知。在和狼人告别后，他就像个易拉罐一样站在道旁，等着云端城的大部队过来。

他已经向那边发出消息，通知他们危机已经彻底解除。

不大会儿，大队人马赶到，走在最前的自然是无誓之剑、倒影年华和风行三人。虽然心有不甘，不过还是对顾飞解决了难题表示了一下感谢。之后，三人在细细琢磨了一下顾飞这扮相有什么玄机后，继续率队前进了。

佣兵团一般都处在队伍的大后方，公子精英团更是经常吊车尾。一时间，顾飞受到了所有人的注目礼，在玩家的普遍认识中，如此穿戴的法师就是四个字：衣冠不整。

此局面一直持续到了樱冢月仔的“大猎杀”佣兵团到达此处。和顾飞相熟的他们也难免诧异一番，最后火球还是凑了过来，对顾飞小声说：“醉哥，办完事后把裤带系好啊！”

“说什么？”顾飞不解。

火球的目光比那狼人环扣还要猥琐：“嘿嘿，打野战啊，不愧是醉哥……是不是办完事后腰带找不到了？我这里还有根，你先系着吧！”

“说什么呢你！”顾飞敲了火球脑袋一下，总算是听明白这家伙在想什么了，“腰带系着呢，在里面！”顾飞撩起法师长袍的下摆给火球看他里面的狼之烙印。

“这……为什么系在里面了？”火球不解。

“太难看了。”顾飞说。

“不会啊！很酷啊，我觉得非常好，十分喜欢！”火球情不自禁摸了摸那环扣上的狼头。

顾飞无语，从气质上来说，这狼头环扣和火球的确十分吻合。

“不过醉哥……”火球接着说，“你这样可不行，腰带系在里面，法师长袍穿在身上就会非常难看的。”

“那个，无所谓吧，能比这腰带还猥琐？”顾飞说。

“就像穿了件太长的睡袍在人群中晃悠，这还不猥琐？”火球说。

顾飞打了个激灵。

“如果腰带想系在里面，法师长袍就得这么穿。”火球说着解下自己的腰带也系到了里面，跟着将法师长袍的扭扣全数解开，然后一手撩开长袍一侧，另一手插腰，脑袋半垂身子稍弯摆了个造型：“拥有多变的造型，这是一个法师泡妞的利器！”

“看到了吗？”火球摆着造型对顾飞说。

“……”

“不过这也得长袍是这种款式的才行，这种系扣的风衣式法师长袍可不多见哦！”火球自豪地炫耀着他的所谓“风衣式长袍”，末了撩起顾飞的长袍一看后，惊诧：“咦，原来醉哥你的也是啊！”

“那就好办了！”火球把顾飞的法师长袍如他一样解开，然后退了数步打量，最后却是遗憾地摇了摇头，“醉哥你这法师长袍很拉风，但你里面衣服就太丑了。我认识一个学裁缝的玩家，技能熟练不错，现在已经会做这种内衬的衣服了。更关键的是他本身也是个裁缝，手艺特别好。你看我这件。”火球说着又凑到顾飞跟前，拎着他长袍内的衣服向顾飞展示，“看到没有？休闲衬衣！不是现实中就会做衣服的，来游戏你学了裁缝技能也做不出这真材实料啊！”

“……”

“可惜他现在在云端城呢！不过不用急，等回去了我带你去找他，我介绍的，他怎么也得打个七折。你就放心吧，这事包我身上了。”火球说完回归团队，留下顾飞一个人站在路边痴呆，直至公子精英团的五人到了跟前。

“怎么样，狼人给什么奖励了吗？”几个围上来问。

顾飞解下腰间的狼之烙印给五人看，接着重新穿好法师长袍，又系上了他原本的牛皮腰带。

“啊啊啊啊！”这边传递狼之烙印的家伙们留下了一连串的惊叹声。

韩家公子最后一个拿到，瞟了眼后就甩回给了顾飞：“这任务到底是纵横四海的还是你的？这才上路多大会儿，你已经捞到这么多东西了。”

顾飞耸了耸肩，把腰带装回了口袋。

“你不用？”战无伤眼睛一亮，以顾飞的豪迈和游戏态度，他不需要的东西想弄来可以说轻易之极。

结果战无伤的意图飞快被其他人察觉，个个鄙视他：“你的表情真是太贱了。”

顾飞这边也说着呢："腰带是不错，就是造型不好看。"

"不会啊，很酷啊！"御天神鸣和战无伤异口同声，这俩基本上也算猥琐流的。不过说完战无伤就暗抽了自己一个嘴巴，真是贱啊！难得顾飞有不喜欢的理由，自己干吗要去帮他喜欢上这腰带呢！

"造型不是问题！"佑哥对顾飞说，"裁缝技能高的玩家可以修改装备造型，当然，不是真懂这活的玩家，肯定是越弄越难看，所以还得找生活中就懂服装设计制作的。我在云端城认识一个学裁缝的玩家，技能熟练不错，而且本身就是个裁缝，手艺特别好，你看我这身，就是找他特别修饰过的。等回云端城了我带你去找他，我介绍的，他怎么也得打个七折，你就放心吧，这事包我身上。"

顾飞望着佑哥哭笑不得："佑哥你认识火球吗？"

一边说着顾飞一边挥剑把出来的火球挑灭。法师就是这点不好，说话的时候只要字里行间带上法术的名称，立刻就会召唤出法术来。每有两个法师交流一下技能心得时，那场面都是热火朝天的。身遭绕着连串火球，头顶上盘旋着火轮，脚下踩着热浪……那场面真是绚丽极了。

佑哥不知火球是个玩家，对顾飞的话不太理解，看着顾飞已经走开，心有余悸地望着其余四人："他不是在恐吓我吧？"

战无伤挺沉痛地拍了拍他："保重。"

佑哥腿都软了。

CHAPTER 84

白 石 故 人

大部队继续进发，之后一路都是平坦大道，周围视野也辽阔，不像会遭到伏击的样子。但这样纯粹地赶路无疑是最无聊的。如此步行了三个小时后，终于又一座主城隐约出现在了玩家的视线中。

无誓之剑拿了系统为他们这任务特意授予的地图，确认了下坐标后，点点头："就是这里了，白石城。"

所有人都松了口气。这一路除了离开月夜城时的狼人，居然未遇任何险情。而且狼人也完全是存在于大家的交谈中，真正见到狼人的没几个，之后任务就被公子精英团处理了。对于这些玩家，月夜城到白石城这一段等于什么也没经历。

玩家们四下张望，视线之内已可见形形色色白石城玩家的身影。不过相比之下，他们这近千人的军团更引人注目一些。不少玩家都放下了手头的事，朝云端城的玩家们行注目礼。

"小心，低调！"在月夜城吃过亏的一些玩家如此叮嘱自己和同伴。战斗本就是网游的主旋律，所以如月夜城这等狂野的风格是很容易养成的，这些人担心白石城的玩家也是同样的风骨。

反倒无誓之剑率领的纵横四海众人比较随意。他们是真正的有备而来，事先就去论坛上白石城的版面了解过该城的情况。这就是一个寻常宁静的主城，没有月夜城那么独树一帜的精神面貌。

大部队平稳进城后，所有人都放松了警惕。佣兵团的玩家纷纷去复活点注册登记，纵横四海的玩家，跟着无誓之剑一起把他们押送的家伙暂存地牢后，大部分人也下线了。

虽然他们在月夜城时没有和玩家产生什么冲突，但在跑任务和练级的过程中，却有三名玩家因为不熟悉当地的任务难度和怪物刷新分布，不幸壮烈。这一死回了云端城不算，任务自此就从列表中消失，显然是已经宣告失败。

对于纵横四海的玩家来说，本次行会任务有且只有一条生命。所以再到白石城后，许多人不敢再大意，觉得还是下线安全点。

公子精英团的六个家伙此时比较鬼鬼祟祟，早在接近白石城的时候，他们就已经在玩家队伍中寻找某个家伙——银月。

照云中暮在月夜城的计划，等银月到了白石城办了暂住证，他们就会下手并反复堵杀了。云中暮倒是没请他们帮忙，不过对于这个惹人厌的家伙六人都不介意看看热闹。

和银月一起的自然还有他们佣兵团的同仁。顾飞他们远远跟在后面，一边四下寻找着云中暮那伙人的下落。

由于云端城的玩家昨天又在月夜城耽搁了一天，云中暮已经先一步领着一帮杀手来到白石城了。相邻的主城时不时会有一些任务的往来，就如六月的雨在云端城接了任务跑月夜城一样。虽然这类任务一般人懒得做，不过月夜城的玩家倒都是认得来白石城的路的。

顾飞他们眼看着银月他们一行走过的街道路口处，不断有人穿出，如同顾飞他们一般暗暗跟随，心下都是暗笑。看来云中暮他们已经布置妥当，这会儿恐怕银月的复活点骑士营地处也已经埋下伏兵了。此时只是盯梢没有下手，自然是等着银月上了户口再说。

银月一行三十余人也是首次来到白石城，一路打听后来到了最近的复活点盗贼工会。和复活点管理户籍的NPC简单对话后就可以完成户口转移工作。当然，费用是少不了的，《平行世界》服务NPC就是一堆敛财的机器，深受玩家的厌恶。

上了户口的银月等人并不急着下线，转了身就要出复活点。一回头自然看到了身后也跟着他们进了盗贼工会的顾飞六人。这倒没什么奇怪，进了城就打听复活点的云端城佣兵团玩家，基本都是来的盗贼工会，几百人有快有慢，络绎不绝地进着。

双方目光短暂接触，银月依然朝几人挤了个笑脸。在明知双方已经撕破脸的情况下他还是一如既往地虚伪着。与他相比，公子精英团这边在看到他的笑容后，韩家公子也以微笑相迎，顾飞和剑鬼面无表情，佑哥脸有忧色，战无伤和御天神鸣两个家伙在和对方擦身而过后立刻窃笑起来，飞快地跑去 NPC 处上了户口，连忙就返身追看热闹去了。

“他们要出去了！”二人无比兴奋。云中暮一定已经在出口设下大阵场，这帮人一出去绝对就是超级致命的打击。就是不知道云中暮他们来了多少人。会不会是四千多人全来了。四千多人同时发动进攻，这得是多大的场面啊！云端城的玩家不知要到哪辈子才有机会见识。

在二人急切的盼望下，银月一行人终于迈完了离开复活点的最后一步。御天神鸣激动地一握拳：“来了！”

结果，盗贼工会门口依然是那个大门口，完全没有变化成战场，玩家继续进进出出，什么事也没有发生。

“怎么会？老云他们没有来吗？”二人疑惑。顾飞他们四人，此时也已经完成了上户口工作，对此也颇有些不解。

银月一行在城中走得很是逍遥，指指点点，就像是旅游的观光客一样。顾飞这边已经差不多要下线了，只是想看看银月被爆的壮烈景象，这才暂缓了下线。

可是，方才还鬼鬼祟祟在银月身后冒脑袋的家伙此时还在，却死活就是不见这些人下手。公子精英团的人终于耐不住了，正准备给云中暮发消息问问时，某街道口云中暮的脑袋也探出来了。一扫那边银月的动向后，回头也看到了六人，连忙朝六人招手致意。

于是消息也省得发了，六人一起围上。

“怎么不动手？”六人比云中暮还急。

“麻烦啊！”云中暮说。

“怎么？”

“你们看。”云中暮指了指这条通往盗贼工会的街道：“全是你们云端城的人。”

的确，刚进白石城的佣兵玩家都先寻摸着上了这条街，然后去盗贼工会申报户口，这条街上此时充斥着云端城玩家的身影。

“现在动手，不太好吧！”云中暮说。

“你们来了多少人？”御天神鸣问。

云中暮扫了眼身后：“没多少，三百多人吧！”

“啊！”御天神鸣很失望，“怎么就来这么点呀，你们十会联盟不是有四千多人吗？”

“只收拾一下银月，用不着这么多人吧？”云中暮说。其实云中暮也非常愿意号召上四千人马把银月团团围住，直接把他吓死。可事实上时间过了这么久，对银月有着刻骨铭心恨意的已经没那么多了，再加上更多的人和银月其实是无冤无仇的。千里迢迢跑来折腾这么一下，很多人心底可能都不乐意，所以云中暮丝毫没有强求，来者都是自愿的。

“你看，你们要是四千人都来了，就根本不用在意这一条街上的云端城玩家了。”御天神鸣说。

“小弟你很心狠手辣啊……来我们月夜城发展吧！”云中暮感慨。

“心狠手辣的是你呀！”顾飞说话了，“他的意思是有四千人，这些人就不敢动手帮忙了，你以为是连他们一起解决掉啊？”

云中暮明显是误会了。月夜城老大的思维模式就是如此激进。

“其实吧！虽然我们都是一起从云端城出来的，但这时候真要爆发什么争斗，这些人未必会帮忙呢！”佑哥说。

“是啊，我们只是因为这任务被请到一起，以前根本就不认识，同行是冤家呀，谁愿意帮他。”战无伤也说。

“可以先佯攻一下看看这些人的反应，不行再从长计议。”佑哥说。

一帮家伙围了云中暮热切地给他出主意，其实就是想痛痛快快早早地看到银月的下场。他们可不想把晚上的时间都耽误在跟着云中暮，耐心地等他寻找机会朝银月下手上。

“唔……这样的话……”云中暮终于被说动，正想着试探性攻击一下，突然后方路口人影攒动，出来了黑压压的一片人。银月上前和对方带头的亲切问好，双方就此合流了。

如此银月所在的队伍瞬间壮大到了数百人，和云中暮的全部力量已经完全不相上下。

“无誓之剑？”精英团的六人面面相觑。

“他们什么时候勾搭上了？看起来很熟的样子。”佑哥说。

“频道里没有什么消息。”间谍御天神鸣汇报。

“这有什么可奇怪的。”韩家公子说，“银月的技能对大规模团战可以起到决定作用，无誓之剑怎么可能不去拉拢这种人。再以银月的作派，连对手都可以虚与委蛇，这种关系他还能不好好把握。看着吧，没准等再回到云端城时，他有可能就是纵横四海的第四大核心人物了。”

“他还能回到云端城吗？”几人一起望着云中暮。

云中暮踌躇：“得找机会呀，现在这情况有点麻烦。他和你们这次任务的主导者凑在一起，这要打起来，你们全云端城的都会出手吧？”

六人没说话。这个是当然了。云中暮此时上前动手，无誓之剑的纵横四海绝不会坐视不理。纵横四海卷了进去，当然会把自己请来的佣兵全喊来帮忙。云中暮不过区区三百来人，在这个人生地不熟的主城，和云端城千人众火拼，这还有什么悬念吗？

不要以为月夜城的玩家热血彪悍热衷 PK 就好像很没头脑一样。有着丰富战斗经验的云中暮对双方实力的估量，比起公子精英团这些高手们还要精确。热血豪迈的他都踌躇着不敢下手，可知这胜算有多低。

于是在几人眼中，银月伙同纵横四海的人就这么渐渐地远去了，远去了，远去了……

“就这么让他走了？”精英团的几人挺不爽。

“派了他不认识的兄弟跟着去看了。”云中暮说，“我就不跟了，我怕银月一不小心扭头就发现我。”

“这样啊……那我们也先忙去了，有消息再联系吧！”六人表示。

“好的好的，你们忙，有热闹一定叫你们来看。”云中暮笑。

双方非常心照不宣地没提帮忙之类的事。真帮忙比较难处理，毕竟公子精英团的人和云端城的玩家是一起出来的，过往有什么过节真不该在这时候解决。在此次任务过程中，大家是货真价实的同伴。有人要对同伴下手，不帮忙不报信反在一旁等着看热闹已经有些说不过去了，还出手帮对手，那实在令人发指。

云中暮显然也明白几人的难处，所以完全没提帮忙什么的，只说让几人来看热闹。几人当然也理会得了他的意思，一脸“理解万岁”地点了点头。

云中暮布置他的事去了。六人这边也分成两路，五人面对顾飞："要下线了吧，嘿，如果有热闹，你可瞧不到了哦！"

顾飞游戏时间这么少，身手却如此好，装备比他们变态，等级也没输多少……如此网游界的异类让这帮网游高手觉得很不痛快，都期待着什么时候能把顾飞掐着通宵一把，那才像是一个网游高手应该具备的素质嘛！

谁想顾飞只是朝他们摆了摆手："看不到算了，以后有空我自己砍他去。"说完就从来路返回，去盗贼工会下线了。

结果当夜银月一直和纵横四海的玩家们混在一起在城外找了地方练级。云中暮派去监视的哥们最后都趴到山坡草头上睡着了。醒来时已是现实中的早晨，抬眼一看，眼前的场景和他睡着时一模一样，还是那群人在练着级。不过此时显然已经到了收兵阶段，所有人都露出通宵一夜后的疲态，在收拾了最后一圈小怪后，开始张罗着返城。

“机会来了，机会来了！”睡了一夜的监视兵精神抖擞地呼叫。

“怎么？”云中暮这边反应也够快，这可是苦等了一晚的机会。

“他们看起来是要下线了。”监视兵回报。

这的确是个机会。在通宵一晚刷怪练级后，临下线前的玩家都会收拾一下自己这一晚的收获，比如去寄卖一下装备，银行里存个钱，仓库整理下东西，修下装备，乃至去酒馆喝两杯放松放松。诸多形形色色的安排，可以预知这个时刻的玩家是很难再集体行动的，的确是难得的机会。

“继续监视，报告位置。”云中暮一边召集兄弟们集合，一边也在打起精神。通宵过后的他自然也是很疲惫。

“目标正在回城，和队伍一起大概从西城门进。”监视兵来报。

“和西城门最近的安全区是哪个？”云中暮连忙问道。

早有研究过全城地形结构的兄弟报告：“弓手靶场。”

“靶场门前做好埋伏，准备战斗。骑士营地那边的也集合一下！西城门通往靶场的主街道全部留生面孔监视。最近的酒馆、仓库、铁匠铺、裁缝店、杂货店、水果店、面包店、鉴定师、治愈师全部留人，还有银行、拍卖行和交易所，都过去个人。”云中暮无比娴熟地指示着。

“老大不用吧，我就在后面跟着呢！”监视兵说。

“对方现在一群人你容易盯，等会儿进了城几百人一散，你能飞快找出银月吗？通宵一晚上了都很累，你稍大意一下可能就跟丢了。”云中暮说。

“唔，老大说的是……”监视兵当然没好意思说自己是在野外山坡趴着睡了一宿，此时精神状态颇佳。

时间一点一滴过去着。云中暮和他的手下们，一边打着呵欠一边做好了埋伏。

“注意，注意，他们要进城了。”监视兵回报。

“西城门那边都给我瞪大眼了，一定把银月揪到！”虽然四下都做了安排，但是还是将敌人掌握在自己的目光下最为稳妥。云中暮的战斗经验真是太丰富了。

如云中暮他们所料，进了城的玩家没有再团聚一起，数百人呈鸟兽散。其中直奔最近复活点的占绝大部分。云中暮相当紧张，如果银月也是夹杂在这一半人中的话，那么他们依然不敢动手。

不过好消息很快传来，精神抖擞的监视兵来报："发现银月！"

"朝哪个方向？"云中暮连忙问道。

"看起来是要去仓库收拾一下。"监视兵回答。

"盯好了，等他们人散干净些。弓手靶场那边准备好了吗？"云中暮问。

"准备好了。"

"银月果然是去仓库……不过这边玩家比较多，还有好多白石城的，在这里动手很不方便。"监视兵报告。

"盯好他就行了。其他人开始向西门仓库到弓手靶场沿途集合。"云中暮下达指令。

"明白！"

"和银月一起的同伴有多少？"云中暮问。

"一起去了仓库的大概是四五十人。"监视兵回报。

"人不少啊……"云中暮沉吟，"如果他们继续同行的话，我们恐怕得等纵横四海的大部分人下了线才行。"云中暮当然不是要给纵横四海面子，只是因为对手人数不少，战斗恐怕不会很短暂，虽只四五十人，但不能忽视银月那个可怕的战阵技能。

如果不等纵横四海的大部队下线，一旦不能很快拿下，拖到纵横四海的人回头帮忙，那可又是白忙一场。而且这一击不中，就已经打草惊蛇，以银月的狡诈，想再找一次机会可就没这么容易了。

"一击必中，不容有失！"云中暮挥拳，"靶场那边的，云端城的人过去那边下线后你们来个消息。"

"收到。"

"纵横四海带头的人到哪里去了？"云中暮问监视兵。

"这个，我没注意啊！"监视兵说。

"除了盯梢的，所有人向弓手靶场靠拢，我们将在这里集中一切力量发动全力一击。"云中暮说。

“银月离开仓库了！！！”监视兵急急吼道。

“和别人一起吗？云端城的人下线了没有？”云中暮急问。

“又散了一些人，银月和十来人朝一个方向去了，我跟着呢！”

“没去靶场方向？”

“没有！”

“报坐标！所有人向坐标方向接近，全部单独行动。”云中暮连忙道。

“这个贱人，看得出是要去哪里吗？”云中暮问。

“这个……我不太清楚……”监视兵答不上，毕竟这里不是月夜城，他对城市结构还很陌生，不至于看看对方的走向就判断出去哪儿。

“别急别急！”云中暮一边对手下兄弟说，一边也是提醒自己冷静点。

“银月应该也是第一次来这个主城。”云中暮分析着，“我们为了收拾他所以特意了解了一下城市结构，但他只是在此逗留一天，肯定不会花这工夫，所以他一定不认得路。想去什么地方，恐怕临时还得向本地的玩家打听。所以，如果看到他和什么人说话后，就在他离开后去问一下，一定可以问出来。”

“老大神机妙算啊，这家伙果然在和街边的玩家说话了。”监视兵喜道。

“行啊老云！”就在云中暮身边的猪仙重重拍了他一下，“脑袋转得挺快。”

“你大爷的，你是猪我又不是。”云中暮一边鄙视猪仙一边也和身边几个兄弟朝此时银月所处坐标方向移动，同时静静地等着消息。

“老大，问到了！”这边的监视兵已经喜道，“银月他们是要去拍卖行！”

“全体向拍卖行集中，速度！”云中暮下了命令，同时很得意地向身边的猪仙吹嘘，“就知道这孙子不认识路。”

“所有主城的拍卖行不都是在中心广场旁边吗？这还用问？难道是圈套？”猪仙说。

“靠！你当你是上帝视角啊！把你朝城市哪个角落一扔，让你直奔中心，你找得到吗？你大爷的，你就是被银月杀怕了，还圈套！我呸！”云中暮一顿痛骂。

猪仙没敢吱声。他比较惧怕银月在他们这帮老兄弟里是比较出名的。当初是怎么玩也玩不过银月，死活就是被欺负的命，心里都有阴影了。

在云中暮“速度速度”的催促声中，除了骑士营地预留的伏兵，其他人已经全向白石城的中心广场——拍卖行的所在地会聚而来了。

银月一行人是走得优哉游哉，云中暮他们可是暗地里急行军，一些速度突出的职业都抢在银月前面赶到了，就是战士牧师之类的，也不会比银月他们慢多少。

“老云，直接动手有些仓促，准备不周这家伙没准会溜掉，先让他去里面逛着，咱们在外面抓紧时间布置一下如何？”有人提议。

“嗯，这样好，正好那边该下线的也差不多了吧？”云中暮问着。

“下了，来靶场这边的已经下了。”那边玩家报告。

“有没有看到他们的会长，是个战士，呃……”由于兄弟们都不认识无誓之剑，云中暮想着怎么描述一下时，却听得那边的兄弟已经回答：“嗯，有的，已经下了。”

“咦，你认识？”云中暮奇怪。

“呵呵，有这么一个战士，带着大家到了靶场后还当众讲了几句，一看就是会长嘛！”兄弟报告。

“哦……”云中暮暗自嘀咕了一会儿。他也是当会长的，但可没有这带着大家下个线也要讲两句的毛病。

这会儿的工夫，云中暮亲率的一行人也到了拍卖行附近，他们也是来得较早的。看到已经先到的一干弟兄都假装没事人一样在广场四下闲溜，云中暮非常满意，觉得大家掩饰得都很好。当然，像云中暮、猪仙这种银月的老对手老相识是不可能这样闲庭信步的。这些人此时都暗藏在街道当中。云中暮一看这局面，倒也不用再怎么布置了。每条街里都有人，等银月到了从拍卖行出来时，直接就把他包围了，他除了上天入地根本就没别的去处。

“银月什么时候能到，我看现在就可以……”云中暮这边还在输入消息呢，突得就觉眼前华光一阵，银月那一身璀璨生辉的骑士亮银甲已经闪现入云中暮的眼帘。银月正和他的几个佣兵团伙伴一起朝拍卖行走去。

“叫你骚包，一会儿有你哭的时候！”云中暮一边暗骂，一边通知手下，“银月已经到了，还没过来的都速度点！”

这么一个简单指令，云中暮下达起来可十分麻烦。因为他们是十会联盟，成员来自十个行会，就算是一家，系统却没给提供一个联盟频道。所以云中暮的身边跟着分别来自其他九个行会的成员。云中暮这说个什么话，另九个频道一起现场直播，然后有什么反馈再由身边的九人通知云中暮。

这的确是无比麻烦，不过十会联盟组建也有些日子，大家基本也已经习惯了。

此时，处在紧张气氛中的已经不只白石城的这三百多人。身在月夜城在线的所有十会联盟玩家都知道出去搞追杀的这帮家伙就要开花结果了。大家都很自觉地保持着行会频道的干净，静静地等待着转播。

银行一行一共十二人，穿过中心广场后进了拍卖行。十会联盟的人纷纷拿眼神交流，未露丝毫破绽。

此时还有些没到的，云中暮一边催促，一边指示连通中心广场的所有街道上的兄弟，就等银月再出来时把他包饺子。接着又招了几名盗贼潜伏在拍卖行门外，等他出来就把门暂且堵上。拍卖行那也是安全区，是无法 PK 的，可不能让银月再逃进去。

如果此时顾飞身在这中心广场，一定可以感受到来自四面八方浓郁的杀气。

云中暮此时心中唯一一点小遗憾，就是云端城公子精英团的那几个弟兄都没在，不能欣赏到这围杀银月的盛况了。

“大家注意，银月要出来了！”有跟进拍卖行的兄弟发来消息。

果不其然，这话刚罢，拍卖行的大门一开，银月一行人乐呵呵地从内穿出，那脸上明白地写着是四个字：不虚此行。

“嘿，马上让你知道什么才是真正的不虚此行。”云中暮心中暗道。接着突然一怔，只见银月脑袋顶上旋过一道火光，一记法师的天降火轮瞬间形成，一点不见犹豫地兜头砸下。

“哪个手贱的？”云中暮勃然大怒。按计划是要等银月离开拍卖行一段距离，由在广场中假装无聊的成员们先上，然后各街道暗藏的人再穿出，小包围、大包围，内围外围，让银月无处可逃。

而这一个天降火轮，的确是炸到了银月，但同时也把潜行在那里的盗贼全给炸出来了。

银月受了法师攻击，再看到身边突现几个盗贼，立刻意识到这是什么突发状况，扭头就想冲回拍卖行时，几个盗贼只能拼死上前拦下。

此时银月一行人已经尽出，但拍卖行的门却没有关上。数名战士凶神恶煞冲出。几个盗贼一看不认识，连忙挥手抵御，可怜已经中了一个天降火轮的盗贼，正面对抗着实不是战士的对手。

云中暮这时当然没去忙着追查到底是谁手贱，早就带着所有弟兄抓紧时间冲杀出来了。

与此同时，就见位于中心广场的银行、交易所等一起房门大开，也是大群的玩家从中冲了出来。

“怎么回事？”云中暮有些茫然。

“是蓝易，蓝易！”猪仙狂吼。

云中暮闻声回头，果然看到一名着水蓝法师袍的法师，正是当初的前尘行会副会长：蓝易。

“难道真是圈套！”云中暮四下一望，从屋里冲出的玩家着实不少。银行、交易所这些可都是大型建筑，内里的空间容纳成百上千人完全不成问题。而之前那个手贱的天降火轮自然也有了解释，那当然不是自己人扔的。

云中暮也早就怀疑，以他们这帮身经百战的弟兄，怎么会在大战之时搞这种无厘头。

“先撤吧！”猪仙有些哆嗦。一听是中了银月圈套，他不由自主地就冒虚汗。

“撤你大爷，你个孙子，哪里像是跟老子混出来的，十会联盟四千四百八十七名兄弟，就你关键时候总想当孙子！”云中暮冲着猪仙一通狂吼，转身拔了匕首就朝蓝易方向扑去。

这就是月夜城玩家的风骨。在战前，他们也会有谈判，有计划，有布置，有下套……但是一旦开打，永远都是一往无前。就是四个字：赶尽杀绝！占上风时，赶尽杀绝对手；落了下风，那么就拼至被对方赶尽杀绝。

永远没有退缩，永远没有回避。云中暮一直坚信，这样的人才是他真正的兄弟。

“拼了！”被云中暮甩到了身后的猪仙突地一声怒吼，挥舞着巨斧，紧随云中暮冲出。

云中暮率领的一群部下对这一群从房间里跳出来的家伙很诧异的时候，这伙人同样对这群广场上突然变身、街道里突然窜出的人很意外。

所有人的目光都望向了自己的老大，于是云中暮的部下们首先看到云中暮的去势，不少人也已经飞快认出：“蓝易！”

而蓝易这边，看到这个疾行冲向自己的盗贼，也吼了出来：“云中暮！”

但此时场内声音最大的，却是银月，只见他金剑一挥，一道“王之号令”的战阵光芒铺展开去，一声大吼：“兄弟们，杀啊！”

双方迅速进行短兵相接。

又一次遭到银月暗算的云中暮和他的部下，杀喊声震天，誓要将眼前这些家伙悉数绞碎，让他们偷鸡不成蚀把米。

而蓝易这边，听到银月的呐喊后，瞬间也爆发出了蓬勃的战意，眼都有些发红，指挥着同伴也朝云中暮他们猛烈反扑。

战斗接触的第一下，中心广场就爆发出了无数的白光。云中暮他们团战经验丰富，蓝易这伙出身月夜城的可也不差，在接火后迅速集中可集中的力量尽量多地秒杀敌人，这是月夜城玩家都深谙的一种团战之道。

合力出手的人数，配合的一致性，目标的选择，等等等等，最终反映出的就是同一时间秒杀掉对手的人数。可以说，这是一场效率的对抗，是原理简单但操作起来极有内涵的战术。而且这种主攻的战法，对牧师的要求更是极高，非得技术精湛、战术素养高的牧师才可以增援己方。水平精糙的，在这等打法中几乎就是摆设，只觉得遭到攻击的己方成员都是瞬时化为白光，根本找不到自己可以支援的对象。

这样优良的牧师可不是多见的。双方阵中就有很多不知所措、完全不知如何出手的牧师。牧师插不上手，消耗自然是更快。两回合下来双方人数都是暴减。

蓝易是法师，自然不会冲向战斗前线。云中暮虽朝他扑来，他当然没傻到会迎上去进行什么领军大将之间的单挑。

云中暮倒也没忘此行的主要目的，一边打一边高声呐喊:“盯好银月，有机会立刻攻击！”

云中暮没有下达抢攻银月的指令，因为他早看到银月施加了王之号令的技能，在这样效率比拼的团战中，这样的敌人应该是回避的对象，绝不应主动抢攻。虽然这趟是冲着银月来的，但此时抢攻银月，极有可能成为导致全军覆灭的败招。云中暮的脑子还是很清醒的。

但他这话喊过后，他们的对手明显一愣，蓝易更是疯了一样地从后排法师阵中挤出，大叫：“别打了，我们也是来杀银月的！”

“什么？”云中暮听了先是一怔，但银月这帮家伙素来阴险，搞不清这是不是又是什么花样。但蓝易处事也迅速之极，大声喝止同伴:“都停止攻击！”

他们一行人飞快退下战线，停止了攻击，云中暮再不疑心有诈，连忙也喝止了己方出手。场中立时只剩下零星的打斗，双方都还不解呢，云中暮一拍脑门：“银月呢？”

所有人反应过来，再在广场内寻找，哪里还有银月那一行人的身影。

“没一个人看到吗？”云中暮和蓝易几乎是异口同声发出地这声咆哮。

所有人面面相觑。

“快找找！”两人又是一起吼。两次异口同声，让两人心下都觉得别扭，很不爽地望向对方，结果自然又成了一次对视。

“找不到啊，不知道去哪儿了！”追去周围各条街道查看的人回来报告。

“被这家伙给阴了！”蓝易长叹。

云中暮也不傻，一时间也立刻明白当中的关键所在。

云中暮他们一行，固然会把蓝易当作银月的帮手，但蓝易看到云中暮时，却不会以为云中暮是帮银月的。

坏就坏在当时银月吼出的一声“兄弟们，杀啊”……这声喊的真是无比阴险，只一个“兄弟们”，云中暮他们自然毫不犹豫地以为他是在招呼蓝易他们，而蓝易他们，因为银月这没由来的一嗓子，以及云中暮他们气势汹汹地扑上，瞬时以为银月已经和云中暮他们连为一气，自然是气不打一处来，猛烈还击。

而且双方的打法风格，银月这个大奸人更是了然于胸，心知都会是速战速决地效率消耗战。这等打法，必然会选择回避有王之号令的银月战士团队。偏偏双方都当银月是敌手，于是他的身遭自然呈现出了一个真空地带。而且这种打法需要绝对的专心，再加上没人料到银月会逃走，结果等云中暮有所反应时，他已经趁这乱劲悄然溜去了。

“大爷的，搞毛啊！”云中暮怒视蓝易，“杀银月什么时候不行，偏挑老子们动手的时候。”

“你大爷的，你他妈的跑来白石城干什么，我们盯了这家伙一晚上了，现在不动手，等什么时候！”蓝易反唇相讥。这可是前尘的二当家，云中暮他们与他的仇怨也就是稍输给银月和茫茫的莽莽，此时能有什么好话出来。双方都觉得对方的冒然出现破坏了整个计划，中心广场上剑拔弩张，又要动手的样子。

“老大，快去追银月回来吧！”还是有人很冷静的。

“追毛啊！跑了的银月谁追得回来？”两人又是一次异口同声，喊完之后又互相怒视。

“别学老子说话！”云中暮抢先喝道。

蓝易本来也是准备骂这句的，只是云中暮开口早了一个字，他发现自己再开口就真成学舌了，连忙改口：“去你妈的。”

“银月跑了，老子就干了你！”云中暮已经准备动手了。

“我看死的会是你吧！”蓝易也没退让，一挥手。

这时双方队中各有人弱弱地问了句：“这谁啊？”

这话把一触即发的战火给浇灭了。双方队中有不少人都是后来者。云中暮他们这边，常提起的仇人就是嚣张的茫茫的莽莽和阴险小人银月，这第三号人物蓝易直接被归类于前尘整体。而蓝易这边呢，恩怨也是直指整个十会联盟，真要竖个标兵拿出来单独说一下的话，顾飞可能会成首选，云中暮却没这等地位。反倒是银月在前尘行会状态不佳时推脱责任，逃之夭夭的行为让他们大大地受到伤害，没事就拿出来鄙视。被认为是当初前尘倒闭的第一责任人。

此时双方各有人问对方是谁时，让蓝易和云中暮都清醒了。

“对方是谁？”这个问题在两人脑袋各自盘旋了一下后，两人燃起的热血迅速降温。

前尘行会真如其名一样，已是前尘。

如今的蓝易这伙人身在白石城，和月夜城的云中暮他们其实可以说已没什么瓜葛。反倒是现在都要追杀银月一事，让双方立场相同。不是有句话说吗，敌人的敌人，就是自己的朋友。两人想到此话，突然一起扭头吐了口痰。

“什么破话，老子才不会和这家伙成朋友！”云中暮鄙夷地望着蓝易，而蓝易也是一样的心思，正鄙夷地望着他。

来自月夜城的热血又作祟了，这种鄙夷的对视，是足够引起一场

PK 的。两人正准备再次开口对骂，终于又有手下弱弱地问道："真的不要去找银月了吗？"

蓝易毕竟离开月夜城已久，那股子热血的劲头在白石城磨掉了不少，听这话后先冷静下来，狠瞪云中暮一眼后说："老子不和你耍了，先去收拾银月再说。"说完就带着同伴们离开，一边走着一边布置着接下来的安排。

"干他，干他啊！"眼看对方要离开，猪仙反而有些急了。他当年是被全面欺负，不只银月，蓝易也收拾过他多次。

云中暮瞪他一眼："干个毛，先干正事，狗日的银月真贱，害我们白死这么多人。"

说至此，云中暮一拍脑门，连忙吼道："快传消息下去，刚才挂的人不要赶回这里，全部回复活点，全部！"

银月此时如果想去复活点下线，怎么也不可能快过这些死去复活点的人吧？就算不能赶上在复活点外伏击他，知道他在哪个复活点，到时留人蹲守，总有机会可以收拾吧。

云中暮如此想着，又问刚才牺牲的人是否七职业都占全了。得到肯定答复后，长出口气。

"兄弟们都坚持下。"云中暮知道通宵了一夜，此时所有人都很累，出声鼓舞着士气。

"通知月夜城那边，再来点人！"云中暮怒道。

CHAPTER 85

联 合 围 杀

银月的阴险狡诈不是浪得虚名的。当然，因为他现在是个惹人厌的家伙，所以大家都给他安置了这四字评语。早在蓝易还与银月是伙伴的时候，行会里的伙计们都称赞银月会长足智多谋。

与云中暮的撞车勾起了蓝易对前尘往事的回忆，他想起了许多当初一起并肩过的伙伴。那时虽然前尘行会风评很差，在舆论口中大家都是渣，但玩得却很快活。如今在白石城过得很平静，但总是觉得缺些什么。

“大蓝，你哭了？眼睛怎么红红的？”忽然身边有弟兄说话。

靠！至于吗？想想这些也会哭？蓝易觉得自己绝不是如何感性的人，连忙挥手抹眼，结果哪有泪水，回头一看众兄弟，骂道：“哭个屁，熬夜熬的，你们一个个不也眼红红的！”

众兄弟互相打量，然后一起揉眼，此时距离平常习惯的下线时间，已经过了两个小时了，大家都困得不行。蓝易就着回忆，顺势开始讲述他当年在月夜城时的风光日子。众兄弟立刻改揉眼为堵耳：“又说，说过几百遍了。”

“有那么多吗？”蓝易不满。

“比起你提那个女人总要少一些，那个叫茫茫的莽莽的，你起码讲过一千遍！”

“茫茫的莽莽牛啊，别看是个女人，在我们前尘里数她最义气，最有骨气，当初……”

“啊啊啊啊！第一千零一遍！”兄弟们崩溃了。

蓝易总算没有无休止地讲下去，话没几句就已经停下，因为对面走过来一行人。如他们一样，都是眼红红的，一边走一边揉眼，一看就是在与困魔做斗争。

“妈的，晦气，怎么没完没了地撞见这家伙。”蓝易朝旁吐痰。

云中暮那边也看到了蓝易，立刻朝他比了个中指：“你大爷的，你怎么还不去睡？”

“管得着吗，老子不困。”蓝易反比一个中指。

“死撑，不行就认怂吧！”云中暮把双眼睁得大大的，带着兄弟们与蓝易一行人擦身而过。

“怂，我怂过吗？”蓝易也瞪大了眼，可惜这时云中暮已经甩他一背影。蓝易把头转向自家兄弟：“我怂过吗？”

“没有没有！”众人说。

又一次的不谋而合，让双方都在七大复活区留了人手。此时的蓝易和云中暮是在各自检查七处的布防情况，难免相遇。

而银月似乎又一次识穿了双方的意图，从中心广场脱身后并没有奔着下线复活点来。此时不知藏身何处。其实，他有“王之号令”的变态战阵技能，加持在他们十二人身上后，要冲进一个复活点还是比较容易的。只是他已经料到他不能暴露在哪个复活点下线，否则再上线时，复活点外等他的人肯定不计其数。

银月心目中，十会联盟的四千余众全是他的敌人，所以他并不敢拿纵横四海当什么靠山。七百来人在十会联盟面前真的太不够看。真被十会联盟堵了，纵横四海也救不了他。所以此时银月觉得最稳妥的法子是悄悄去下一座主城。可问题是银月问过无誓之剑，知道下一座主城是林荫城，但他不知道怎么走。在白石城问了些玩家，运气不好，没遇上知道的。

银月想自己出去碰碰运气，结果一行人悄悄溜到城门处后惊出一身汗，这里也没有被云中暮他们给遗漏，也是有留人的。银月暗自叫苦。

乍看这些人不会是银月他们用了战阵后的对手，但问题是对方根本不会和你打。云中暮他们的人只要察觉到银月的动向就行了。

要知道银月他们十二人不是战士就是骑士，然后还有两牧师，都是慢得令人发指的。对方只要随便一个弓箭手或是盗贼什么的，一见你行踪就跟在你后面遛弯，你甩吧甩不掉，打又追不上人家。要不怎么说职业搭配很重要呢！

银月此时处境尴尬，一筹莫展。而云中暮这边其实也是很焦虑的。银月将他们假想为四千余众，不敢拿纵横四海当靠山，却不知云中暮其实很顾虑纵横四海。这样的大规模团战损失肯定惨重，只为银月一人，不知道兄弟们是否有意见。网游老大根本没那么大的权势，胳膊一挥就有一帮愣头青冲上去当炮灰，都当其他玩家是二百五啊！

此时云中暮的想法，就是能叫多少先来多少。只要形成能和纵横四海相持的千人众，到时候纵横四海愿不愿意为银月拼命就让他们自己斟酌去。

但问题是月夜城到白石城光路程就是三小时，而且现在大清早，正是通宵的玩家下线，白天游戏的玩家还没上线的青黄不接时段，在线人数是一天中的最低点，而且自己和身边这一帮兄弟都累了一天困得和狗一样，这什么时候能聚齐让纵横四海感到压力的千人众真是大问题。银月那边，不会已经在向纵横四海的人呼救了吧？

云中暮坐在白石城中的某酒馆中盘算着，他的身边，一干兄弟都已经趴在桌上睡着了。困是眼前最可怕的敌人，大家决定轮番小睡与困倦做斗争。云中暮要了杯他最不爱喝的酒，一会儿嘬一口，以此来刺激自己的神经，帮兄弟们放哨。这可是游戏，不是课堂，趴桌上睡觉，被人杀了怎么办？在月夜城就绝对不会有人做出如此大胆的举动。

但酒这东西从来就不具备提神的功效，云中暮此时刺激过度，酒劲上头，越发昏沉起来，忍不住就要趴下时，突然“吱”一声，酒馆的房门被人推开了。

云中暮非常警觉地抬了头，一看来人却一怔："是你。"

这一大早上线就直奔酒馆的，除了韩家公子还能有谁。进门就看了云中暮一眼，又扫了一圈匍匐在桌上的家伙，韩家公子一边朝NPC酒馆老板要了酒，一边坐上了云中暮这桌："你们这是干什么？"

"追银月，忙活一晚了。"云中暮叹息。

"没得手？"韩家公子问。

云中暮遗憾地点着头："出了点小岔子，让这家伙跑了。"

"哦？怎么回事？"酒已送到，韩家公子先喝了一杯后，才问道。

虽然不喜欢韩家公子，但到底也不是银月那种敌对关系，对方问起，云中暮还是简单说了一下情况。

"哦，那你准备怎么做？"韩家公子问。

于是云中暮又简单说了一下。

"那是准备和纵横四海开战喽？"韩家公子说。

"如果他们不肯退让的话。"云中暮说。

"他们肯定会退让的。"韩家公子说。

"哦？"

"不过这帮家伙花大钱雇了几乎云端城所有优秀的佣兵团，用意就在此了。"韩家公子说。

"所以到时候肯定还要打？"云中暮说。

韩家公子直摇头："千人团队啊，能比这还多的也就是你们十会联盟了，偏偏现在就和你们十会联盟卯上，啧啧，纵横四海这运气真不是假的。"

云中暮正想问个究竟呢，门咣一声又被人推开了，一人的声音传来："先在酒馆里趴会儿吧，一会儿去换班，大家轮着休息。"

云中暮一听这声音豁然起身，开口就骂："蓝易你丫有病啊，老子走哪儿你跟到哪儿！"

又遇云中暮，蓝易也很意外，立刻反驳："怎么老子去哪儿你就在哪儿，你贱啊！"

“你说什么！”云中暮拍桌子，蓝易也要发作时，这边背对他的韩家公子悠悠转过身来。蓝易立刻一怔：“我操，你你你……”

虽然已经过去很久，但韩家公子的脸是足够让人过目不忘的。蓝易一下就认出当初就是这家伙把他们忽悠得到处分兵，给了十会联盟可乘之机。如果不是这人的出现，此时的他可能还在月夜城激情燃烧呢！

“干了这家伙！”蓝易一手指向韩家公子，另一手已经掏法杖去了。他身后兄弟也纷纷掏家伙，云中暮一闪身已经冲到了韩家公子身前，瞪着眼：“你想干什么？”

虽然不喜欢韩家公子，不过这人总算是朋友的朋友，云中暮是不可能眼看他被蓝易欺负的。一边舍身无畏地冲向前，一边回身招呼自己兄弟，结果回头一看一帮人还桌上睡呢，云中暮那个火啊，上去一脚踹翻一张桌：“还他妈睡呢，起来干仗了！”

“什么什么！”一帮人纷纷暴起，一边抹口水一边掏家伙，目光在酒馆里飞快搜索，嘴里嘟囔着“哪儿呢哪儿呢”！目光数度从蓝易一行人身上划过，却就是没有停留。

“找哪儿呢！那不是啊！”云中暮指着蓝易一行。

“靠！”一帮人挥手，“别闹了行不……”所有人都觉得一定又是云中暮和蓝易斗嘴，接着虚张声势似乎要打。话说真要打，还用等到现在吗？

“日！”云中暮一看自己这帮兄弟又要趴回桌上，气个半死，也不知如何解释了。

倒是韩家公子不紧不慢地来了一句：“怎么？你们不是在联手对付银月吗？”

听了韩家公子的话，云中暮和蓝易周身上下都散发着鄙夷的光芒，尽最大努力摆出了一个不屑一顾的表情，狠狠地互相鄙视着。

“如果一起撞到银月，你们谁动手啊？”韩家公子望着这二人。

“废话，当然是我，老子不远……不远三小时从月夜城过来的，容易吗我！”云中暮说。

“你还知道这不是月夜城啊？识趣的话就放老实些，银月先由我们来杀！”蓝易说。

“哈哈哈哈！说实话我真不想坦白，别以为银月真就那十二人！这位兄弟！”云中暮重重拍了韩家公子的肩膀一下，“他们都是云端城过来的，一共有千人之多，敢问你老兄到底有多少人手？”

“你管我有多少人啊！”蓝易嘴上如此说，心里却挺惆怅。他也是从银月一到白石城就注意上的，当然知道银月并不孤独。而他当然是没有云中暮那四千多人的大背景，昨晚那些兄弟已经差不多是极限，再多也多不到哪儿去。失去了昨晚的机会，坦白说如果单靠他们的力量，想追杀银月颇有难度。

但是，出自月夜城的玩家性格就是丢命也不能丢面子。此时当然不可能嘴软，继续和云中争辩着。他身后的兄弟们此时终于站不住了，纷纷找位置坐下，对蓝易说：“大蓝你忙你的，我们先睡会啊！”说完一个个趴倒就睡。

“靠，睡毛啊，起来给老子干仗！”蓝易过去揪人。

“哎呀，别闹了，困死了，你俩随便吵两句，累了就也睡吧！”这边兄弟明显也和云中暮的弟兄一个心态，认为两人就是打打嘴仗。

“靠！”云中暮和蓝易又是异口同声。

“我说你俩，别吵了！”韩家公子说话了。

“操，你算个什么东西！”蓝易当然是要敌视韩家公子的，看韩家公子要做和事佬，先骂一句再说。

蓝易敌视韩家公子的理由很充分，因此韩家公子也没生气，淡淡地说：“我的意思是，你俩出去单挑吧！我这里有一个绝妙的主意，如果你们是打死不肯合作，那我只能向一方提供了。”

云中暮想都没想立刻哈哈一笑：“韩家兄弟，这还有说的吗？当然就是我了。我就不和那小子打了，人现在也是当老大的，当着这么多弟兄的面，给他留点面子吧！你什么计划，快说吧！”

这话其实也挺客观。云中暮是盗贼，蓝易是法师，单挑的话法师对付盗贼相当困难。但蓝易此时岂肯退让，轻蔑地扫了云中暮一眼说:“你不会是怕了吧？”

云中暮回脸望他：“孙子，给脸不要脸，非要老子收拾你啊？”

“谁收拾谁还不一定呢！”

“别嘴硬，我是可怜你，想给你留点等级，我们杀够了银月你还能去捡个渣。”

“想留等级的是你吧？怎么？老大当久了，开始珍惜自己啦？你不会是下个银月，关键时刻就跑路吧！”

“你死吧！”云中暮好像是受到了人世间最大的侮辱，本就熬夜已经通红的双眼像是要滴出血来，拔出匕首，一个疾行就直朝蓝易扑去。

骂归骂，闹归闹，打起架来月夜城玩家的手底可都不含糊。敢向云中暮这个盗贼叫板，蓝易倒不是光嘴硬，心里还是有点把握的。一看云中暮冲来，空手一伸，口中默念了一句什么。

“啪啦”一声响，云中暮连人带着一张板凳摔翻在地，他这还有些茫然呢，蓝易可没放过这机会，法杖一扬，又是一句吟唱，一道闪电从屋顶正中云中暮脑袋，正是电系法师的第一个技能：雷电术。蓝易居然也和顾飞一样不走寻常路，选择了少有法师选择的电系路线。

他的雷电术伤害自然不能和顾飞相比。挨了一下的云中暮倒没大碍，飞快从地上爬起继续冲来。

只是刚才一摔却是打断了疾行，此时冷却尚不可用，云中暮的速度有所衰减。蓝易充分运用这屋中的结构，在桌凳之间绕来绕去，一等技能冷却结束就给云中暮一个雷电术。像火球术、连珠火球这些发动速度不比雷电术的，全都弃之不用。

云中暮那个火啊！这样左转右转围着桌子兜圈地追赶，他空有敏捷方面的优势，却无法发挥出最大速度，迟迟追不上蓝易。这雷电术劈到身上，更会让整个身子麻木停顿一下，如此下去绝对不是办法。

云中暮不再傻追，开始踢开板凳推开桌子，一边追一边准备清出大片空地，让蓝易逃无可逃。

此时是游戏冷清时段，酒馆里除了他们两帮人加韩家公子之外再无他人，蓝易四下自由穿梭，云中暮追在后面一边被雷劈一边当搬运工，锲而不舍。

“狗日的，魔防不低啊，挨这么多下还挺精神。”蓝易一边继续周旋一边嘴上说道，他已经雷电了云中暮有四下。

“放心，足够追上你的，你小子等着后悔没多生两条腿吧！”云中暮充满自信。

如此一场在屋里打得乒乒乓乓，着实是热闹了些，韩家公子看得高兴，双方那些趴桌睡的兄弟却相继被吵醒，睡眼惺忪地看着眼前局面，怔了怔后才反应过来，纷纷跳起身来掏着家伙：“我靠，真要打啊！”

此外还有人非常不满地道：“要打早打嘛，干吗挑现在，困死了。”

“就是就是！”附和的人居然不少，都是一边说话一边打呵欠的主。

双方的小弟互相凝望着，韩家公子都已经拿着他的酒瓶和酒杯缩到角落，给他们腾开地方，双方却迟迟不见真打。

所有人恐怕都有这种经历。在极度需要睡眠的时候，任何事都无法勾起你的兴趣，尤其这种睡得正香被打断的，此时一定只有一个愿望：把该解决的事赶紧解决，接着睡。

而此时想快点解决眼前的事，却只有一个办法。只见双方玩家同时出手，蓝易的兄弟们揪住了蓝易，云中暮的小弟们拉住了云中暮。

“别打了别打了，有什么好打的，有这力气不如睡一会儿啊！”

双方各揪着自己老大回归己方座位。

“放开我！”云中暮咆哮着，“让我干了他。”

“干我？你还有多少生命啊，我一雷劈死你！”蓝易说着扬手就要再放个雷电术，结果竟然被自己人把嘴堵上，死活给按了下去，再不让他说一个字。

这边云中暮遭受的待遇也差不多，被自家兄弟强行给架了回去，硬生生按到了板凳上：“睡吧睡吧！大爷的别闹了！留着力气对付银月。”

怕他再跑，两个战士一左一右，一人拽了他一条胳膊，跟着就拿这胳膊当了枕头，铺在桌上倒头就睡。

云中暮哭笑不得，使劲挣脱："放开我！"

两人鼾声如雷。

"操你大爷的，老子不上去干了，行了吧！"

胳膊被悄然释放，云中暮很无奈地抽回，看了对面的蓝易一眼。蓝易的情况和他差不多，也是做了如此保证后才被自家兄弟放开。两人互瞪了一眼后，都狠狠鄙视了自己兄弟一下。

"妈的，一帮饭桶！"云中暮骂道。

"睡睡睡，睡死你们！"蓝易说。

这时韩家公子又端着酒杯飘然而至了："两位，既然打不出个结果，那就简单点，石头剪子布吧？"

"哼，敢吗？"云中暮轻蔑道。

"你傻啊，这有什么不敢！"蓝易起身要过来，却被身边警觉的兄弟抓住。

"放手，没听见吗？石头剪子布。"蓝易骂了句，这才得以释放。两人走到酒馆正中，互相蔑视着。

"孙子，不要仗着敏捷低就故意慢出哦！"云中暮说。

"你不要自己手贱出太快了，完了怪我慢出，输了不认才好。"蓝易说。

"他妈的，慢出赢了还有理了不成？"云中暮说。

"你白痴啊，我是法师，我出手快得过你吗？你慢着点，别到时说我赖。"蓝易骂。

"你到底能出多快，先告诉我！"云中暮火道。

"两位两位。"韩家公子也有些受不了这二人了，"这样，别出拳了，一人找张纸写了，我帮你们看还不行吗？"

"就这么定！"二人说着各自拿纸笔写去了，末了小心翼翼交给韩家公子。韩家公子也没犹豫，当场翻过来展示。

"哈哈哈哈！"云中暮大笑，"一剪没，阉了你个孙子。"云中暮写的是剪刀，而蓝写的是布，胜负立判。

蓝易运气不济，再无话说，窝着火退回去了。

“韩家兄弟，是什么计划，说给我听听吧！”云中暮心情大好，对韩家公子说话也亲近了许多，一边还继续用挑衅的眼神蔑视着蓝易。

两人的争吵终于由一场石头剪子布划上了句号。虽只是孩子游戏，但愿赌服输这点气节蓝易还是有的。此时坐回本位，闷声不说话，任内心的怒火将自己燃烧。

“韩家兄弟，啥计划快说来听听吧！”云中暮催促韩家公子。

“是这样。只为银月这么一个区区小人，你弄这么大排场着实不值。咱们这么多人为他这么一个家伙搞得你死我活，太令人不爽了。”韩家公子说。

“的确如此，你有什么好办法？”云中暮一边点头一边问。

“这样……你，就带人在白石城这边的骑士营地留守，而我们公子精英团会负责在今天晚上上路之后，把银月挂了送回给你们。”韩家公子说。

“这……这不妥吧？”云中暮怔道。他不是怀疑公子精英团的能力，而是怀疑这些人的处境。好说是一起出来任务的同伴，在这过程中向银月下手，这千名玩家会怎么看待他们六人？难道眼前这家伙不知道这事的严重性吗？

“呵呵！”韩家公子知他心意，淡淡地道，“放心，我们会暗中下手的。”

“这个……能行吗？”这一次，云中暮是有点怀疑他们的能力。因为以银月之狡诈，肯定会提防着这些和他有隙的仇人。随时可至的黑砖，他们都想得到，何况银月这种就擅长拍黑砖的家伙。暗中下手，说来容易，银月会给你暗中的机会吗？

“这些就不用你操心了，信得过我们的话，就劳你破费了。”韩家公子说。

“破……破费？”云中暮不解。

“大哥，我们可是佣兵团，你不是不懂规矩吧！”韩家公子很无奈地望着他。

“靠！”云中暮霍然起身。他当然不是不懂规矩，只是没想到韩家公子会和他谈到这规矩。在他心目中，朋友之间互相帮忙是应该的，谈钱实在是有辱感情。如他这等直爽豪迈的纯爷们，那是一定要视钱财如粪土，把交情摆在第一位的。

刚刚对韩家公子生出的一点好感此时已经烟消云散。云中暮望着眼前这张笑脸，只觉得十分地令人鄙视。果然没看错，这人太讨厌了，绝非我辈中人。云中暮如此想着。

“不过看在都是朋友的份上，我们不会要你高价。”韩家公子说。

“不必了。”云中暮面容冷峻，“既然是生意，咱们就不要谈交情了，该是多少就是多少。”

“云老大是痛快人。”韩家公子饮酒，起身，“事成之后，你会收到我的报价单。”

“不需要定金吗？这不合规矩吧？”云中暮淡淡道。主动提出定金的雇主绝对异类，此言饱含云中暮深深的讥讽。

“那个不必了。云老大的人品还是勉强靠得住的。”韩家公子说。

勉强靠得住……云中暮握拳。

韩家公子笑了笑：“各位没什么事了，洗洗睡吧！我先走一步。”韩家公子又买了若干瓶酒打包带走，趾高气扬地准备出门。临去前又望向蓝易一眼，问了句：“你那个技能，是心灵传送一类的吧？”

蓝易一怔，没有回答，韩家公子已经出门。倒是云中暮又瞪了过来：“小子，你刚才耍诈了？”

“放屁，都是游戏里的技能，你输了不认啊？”蓝易反骂。

“谁输了！谁输了！”云中暮吼。

“不服再来啊！”

骂声又起，酒馆里是永无宁日……

韩家公子出来就再不想这事了。这计划无需什么安排，此时云中暮他们是要继续找到银月蹂躏两下，还是放任自流专等晚上骑士营地外轮虐都无所谓，对韩家公子他们要做的事影响不大。

晚上 6 点过后，云端城的玩家们陆陆续续上线，齐集白石城北城门口。一条蜿蜒的长队自地牢方向也在朝这边移动着，是纵横四海刚刚从地牢中提出了腐败分子托德正朝这边过来。

队伍最前亲押托德的会长无誓之剑意气风发。这已经是过了两个主城了，任务已经过五分之二，似乎还没遇到什么大麻烦。人员伤亡基本可以忽略不计。最大的损失，还是开始过山沟时胆怯没敢跟来的。

公子精英团的六人混在佣兵玩家中，仔细地搜寻着什么。

看来看去，却都只是轻摇了摇头。

“看到银月了吗？”频道里几人互相问着。

答案全是否定的。

众人都已从韩家公子那里得知他们揽下了帮云中暮送银月回白石城的任务，对这差事他们都是乐意之至。有顾飞这样的强力火力和其他几人的精妙配合，公然干掉银月不过几秒钟的事，保证神仙也难救。只是迫于舆论压力，行事需得小心谨慎。

几人询问公子有何计划，得到的答案是四个字：见机行事。

现在“机”还没来，却连银月都找不到了。

“放心，他肯定混在人群里。不趁这时候离开白石城，那他真是不想活了。”韩家公子肯定地说。

银月的确混迹于纵横四海的队伍当中。这一天可苦了他了，从早上一直熬到了现在，就在城里漂啊漂的，稍有点风吹草动就能惊出一身汗。一直熬到晚间任务继续，这家伙和几个兄弟悄然摸到了地牢处。不出他所料纵横四海的人是在这里集合的，银月和无誓之剑打了招呼后，就混在他们队伍里同行了。

银月没有向无誓之剑透露他此时的处境。因为他明白得很，他和无誓之剑交情尚浅，无誓之剑决不可能认为他银月比整个纵横四海的利益还重。如果银月的对手只是几个小毛贼，无誓之剑肯定仗着人多势众帮他出头；如果知道对手是十会联盟，那他肯定毫不犹豫地把银月当烫手山芋扔了去。

银月此时的心思，就是想混在纵横四海的人群中悄然溜出去，毕竟在几百人中找某个特定的人还是很难的。怕只怕十会联盟的人破釜沉舟，为了对付他不惜和云端城的千人众叫板。

十会联盟的爷们是绝对有这个气度的，所以银月十分担忧。一旦十会联盟叫板，估计这架还是打不起来，无誓之剑一定痛快地把他卖了。所以银月此时是有两手准备，先跟着人群混混，一旦发现有大批人出来叫板，那么立刻再来一声“兄弟们上啊”，然后趁乱开溜。

所以城门临近时，银月也愈发紧张起来，不住地四下张望。可是除了城门下候着他们的云端城佣兵团一行人，再无其他大规模团队的踪迹。一直到跟着队伍出了门，离开城门许久，银月所以为一定会出现的人却一直没有现身。

就这么没事了？银月诧异万分。云中暮为了杀他都特意追到白石城来了，他不信对方会这么容易放过自己。可此时他们在哪儿呢？就算没有公然露面，恐怕也在暗中留意着自己的举动吧？

一想至此，银月更是缩在人群中低头弯腰努力扮消失。只是这样并非长久之计，得想办法确认一下是否有这么一些讨厌的尾巴。虽然已经很久没有睡觉，银月的脑袋倒还没有失去灵光，他原想嘱托一位兄弟假装掉队，去途经的练级区佯装练级，以此观察一下是否有追兵。但一想如果对方是潜行的盗贼暗中相随的话，此时恐怕就在身边也不得而知。

不过这可难不住狡诈，或者说机智的银月，略想了想后，他立刻找上了纵横四海会长无誓之剑。

“无誓，好像有人在暗中跟着我们！”银月很是严肃地说。

“哦？什么人？你怎么知道的？”无誓之剑连忙问道。

“我一个兄弟……”银月开始虚构了，“有点急事不能游戏了，刚刚回城下线的路上，看到有人在向咱们途经的练级区里练级的玩家打听我们的去向，然后就奔着我们的方向来了。”银月说。

“是吗，那现在他们这些人呢？”纵横四海问。

“不知道，我那兄弟有急事，告诉了我这一声后也没跟着看究竟，赶紧回城去了。”银月很遗憾地说。

“肯定不是什么好事！”无誓之剑说着，连忙把领导核心倒影年华和风行都招了过来。

倒影年华听闻这个消息，立刻问道：“确定是玩家，不是 NPC？”

“NPC？ NPC 没必要还向玩家打听我们吧？”银月说。

“玩家……玩家暗跟着我们干什么？”倒影年华也开始沉思。

“可能看我们这么多人聚在一起，好奇我们想干什么。”风行猜测。

“最好是揪出这些人来问一问。”银月说。

“嗯！先不要走了消息，队伍就这么继续前进吧，我来安排一下。”倒影年华说。

“就这么办！多谢银月兄弟了。”无誓之剑拍拍银月。

“客气，过来就是帮忙的嘛！”银月揉着通红的双眼笑了笑。

面对自己行会任务可能受到的危机，无誓之剑他们可是一点都不敢大意。队伍继续前进，倒影年华却已经找来两个盗贼，要求他们潜行后留在原处，观察一会儿是否有玩家跟上。

两名玩家都是从佣兵团里找来的。这也是纵横四海此次任务中的主要指导思想和行动方针：有危险的事，佣兵团先上。

两个盗贼玩家留在队末潜行了，无誓之剑、倒影年华他们焦急地等待着消息。银月的焦虑一点不比他们少，而且显得更上心。这让无誓之剑和倒影年华感动不已，在这么物欲横流的世界，这么有责任心的佣兵上哪儿找去？想想公子精英团那帮家伙，就知道伸手要钱。

结果队伍继续前进了约有十五分钟，依然没有消息来报。核心领导们都在思考着，银月正准备去提示一下，无誓之剑已经对倒影年华说：“或许是盗贼，已经潜行了。”

“估计是这样。”倒影年华点头。

“如果这样的话，守株待兔是不行的。”无誓之剑说。

“但让他们一样跟随在后面的话，谁发现谁可不一定。”倒影年华说。

大家齐点头。

在游戏早期，尾行这种大规模的团队，盗贼是不二人选，但是随着玩家等级，尤其是装备水平的全面上升，盗贼也已经有些力不从心了。

为什么？因为速度。

盗贼在潜行之后，移动速度会大幅度下降至原本移动速度的25%。

而《平行世界》最慢的职业——牧师，移动速度成长是0.7，不加敏捷，40级时的裸奔速度为70＋40×0.7＝98点。而目前40级新流行出的一批深受牧师喜欢的灵便之靴拥有移动+80的属性，如此一来牧师的移动一般可达178。这灵便之靴产量大，市价低，所以使用率非常之高，普通牧师都可以人手一双。眼下这些人物在玩家中基本都是一流或准一流的，鞋子只可能比这好，不会再比这差了。

178的移动，潜行中的盗贼如果想达到这水平，意味着本身速度需要达到712点。

712点移动，这不是玩笑，这是一个超人的数据。顾飞已经算移动速度很极品的家伙了，也不过500多。712的移动，或许连细腰舞都没这么变态。

所以除非玩家是在有意放慢速度赶路，否则盗贼靠潜行放心大胆尾行的日子已经一去不复返了。此时云端城玩家的队伍是在全速前进的，盗贼如果企图尾行，全程保持潜行只会被甩下，所以时不时也需要现出身形追赶一下。

如何在这现出身形的时候将其抓住，是目前反盗贼尾行所研究的主要课题。如先前无誓之剑他们所用的法子，让几个盗贼潜行后静观其变显然是碰运气的办法。谁知道尾行的盗贼是不是正好在经过你这眼线的时候会现出真身一下。

“公子精英团的千里一醉，好像有反潜行的本事。”风行说。

“妈的，没他这任务咱们还完不成了？”倒影年华愤愤不平。无誓之剑心下也有些不爽，这要又找上去，那韩家公子不知道又要敲自己多少了。说来也奇怪，怎么这任务就跟给千里一醉设计的似的，时时需要他出面来解决危机。

“不要找他，我们自己想办法！”倒影年华对无誓之剑说。

无誓之剑点了点头，目光转向了他心目中的佣兵好榜样银月同志：“银月老兄有没有什么好主意？”

“呃，目前来说，可以反潜行的，只有陷阱了。”银月说。

“陷阱……”倒影年华嘀咕了下，“这个也不是很稳妥，不知道对方跟随路线的话，没用啊……”

“暂且死马当活马医吧！这次不是正好有这么一个团吗？”无誓之剑说。

倒影年华点了点头，在他那团长队中发了消息，招呼“大猎杀”团长樱冢月仔过来一下。樱冢月仔很快赶了过来，和各人招呼着。银月一见这人就认出是现在和茫茫的莽莽混在一起的家伙，心想恐怕对他不会有什么好脸色，所以也没去自讨没趣，有意识地朝旁闪了闪。果不其然，樱冢月仔看到银月时，是目空一切的鄙视。前天被追杀了一天，他们怎么也得了解个事情的始末，银月在这故事中的人渣角色那是从什么角度讲也撇不清的。

“有什么事？”樱冢月仔询问无誓之剑他们。倒影年华迅速交待了一下，末了问道：“你们团大多是潜伏者吧？”

樱冢月仔很是遗憾地叹了口气：“本来是的，但前些天在月夜城挂了二十二个，所以他们已经不是了。”

“那事是真的？！”倒影年华恍惚了下。当初离开月夜城时各佣兵团比拼在月夜城的损失，就听说樱冢月仔吹嘘他们和十会联盟对抗，牺牲了二十二人。当时所有人都认为他是在吹牛，此时才知这是千真万确的事。

樱冢月仔一脸沉冤得雪：“你以为呢？”

“少就少点吧！其他团还有咱们会里应该也有点潜伏者吧？先凑一

起，月仔兄指挥布置一下。”无誓之剑说着，又把头扭向一边，补了一句，“你觉得呢，银月兄？”

“你贱啊！”银月心道。此时真是欲哭无泪，不过却也知无誓之剑的言行无可厚非，因为这主意是他银月出的，最后拿出计划的时候再征求一下他的意见，这也是无誓之剑对他的重视和尊重，只是，这在眼下不太合时宜。

果不其然，樱冢月仔一听这计划还有银月的份儿，非常不爽。就好像他在接受银月的派遣去打工一样，这太没面子了。一想至此，樱冢月仔突然一捂肚子：“哎呀，我肚子疼，不好了不好了，我先闪一下，你们自己组织一下啊！”

“哎……”倒影年华刚唤一个字，但樱冢月仔500多的移动速度是假的吗？转眼就不见了。

“怎么回事？”倒影年华望着无誓之剑很疑惑。

“不知道啊！”无誓之剑当然也茫然。他们不傻，当然不会把什么肚子疼信以为真，这一看就是借口。

让你嘴贱……银月在一旁默道。

“没有他们，这潜伏者真凑不起来啊！”倒影年华郁闷。潜伏者本就是个不怎么受人喜爱的冷僻职业，转的人少。他们纵横四海更是以箭阵为招牌技的，所以非常鼓励行会弓箭手转神射手，至于没有会陷阱的，等以后行会升级再扩招呗！所以目前他们会中也没这方面的人才。樱冢月仔临时撒手而去，让他们这计划立刻破产。

“不行的话，还是找千里一醉去吧！”风行说。

无誓之剑和倒影年华一起咬牙，一旁的银月也漫不经心地说了句：“千里一醉，这人不太靠得住吧？”

表面十分不经意，实际此时银月都紧张死了。他忙活这么半天可完全不是为了什么纵横四海的任务，就是为了个人安危，想探知一下后方是不是有云中暮或是蓝易他们的侦察兵，有的话再借纵横四海之手给解决了。这要是让千里一醉去了，还不迅速和对方同流同污，回来百分百告诉无誓之剑“没事没事，走你走你”。

“那人的确非常无耻卑鄙狡诈。”倒影年华说，银月听了很高兴。

“不过身手的确很可怕啊！”风行说，银月听了不痛快，但心里却不能不服。

“这事交给他肯定没问题。”无誓之剑说，银月脸如死灰。

“但问题是太贵了。”无誓之剑继续说，银月脸上又现一点生机。

“这樱冢月仔搞什么鬼？”倒影年华嘟囔，又在频道里呼叫两声，没人应答。银月在旁不敢吭声。

“我去找他！”倒影年华想去和樱冢月仔面谈。银月又高兴了。

“算了。”无誓之剑说，“我看他的样子，八成也是想借机要个高价。既然都要掏钱，不如让更可靠有效的千里一醉来吧！”银月真是掐死无誓之剑的心都有了。

倒影年华也很是不高兴，不过却也承认无誓之剑的话有理，既然樱冢月仔也要敲竹杠，还不如找千里一醉。

“叫他吧！”无誓之剑叹了口气，脑中不由自主地想起了韩家公子，下意识地摸了下自己的钱袋。

这次银月很主动地站到了显眼的位置，他希望千里一醉看到他后，也像樱冢月仔那样不齿他的主意而拂袖离去。

顾飞来了，银月不等无誓之剑嘴贱，主动在旁帮腔，暗藏一种命令的口气支使着顾飞。可惜他低估了我们顾飞老师的职业素养。顾飞一言不发，静静地听完他们的计划，点头说：“嗯，知道了。你们继续走你们的。”

“拜托了。”无誓之剑拍拍顾飞。

顾飞点了点头，临去指了指银月说：“你小心了。”

银月整个人都木住了。周围玩家看着他的眼神，都像看着一个死人。

CHAPTER 86

银　月　之　死

顾飞临走丢下的话让银月几乎有了立即打铺盖跑路的冲动。他觉得顾飞这一去，非但不会有所发现，恐怕还会直接把要干掉自己的刺客引到自己身旁。太大意了，怎么会把自己贸然暴露在千里一醉面前呢！银月是悔恨交加。

但银月可不想就这么望天吃饭，闭目等死。转眼之间又出一个主意："是不是再给千里一醉派几个帮手？"

"他们自己佣兵团有人嘛！"无誓之剑的回答让银月觉得他再不走可就真没机会了，但不想无誓之剑飞快地一拍自己脑袋："对啊，不需要全用他们的人，我们自己派帮手去。"无誓之剑无非是想降低点消费。不过正让银月心花怒放，如果有了纵横四海的人跟踪在旁，顾飞还能对云中暮这些家伙放水吗？

"不要让他知道，暗中跟着。"银月是一计狠过一计，如果纵横四海明里相随，顾飞估计会假意没有发现，消极指引；如果是暗中相随，没准正好可以看到顾飞放水的情况，不但可以把云中暮他们收拾，顾飞也会被视为吃里爬外的败类，这就是传说中的一箭双雕啊！

不想这话后，纵横四海的三大核心却用异样的目光打量着银月。

"不好……"银月心中暗道，"表现得太明显了……"银月张了口想要说点什么掩饰一下，却听倒影年华说道："潜行对千里一醉没有用啊！"

银月一怔。一时情急，他把这点给忘了，结果是出了一个不靠谱的主意。长时间没有休息，又是异常紧张焦虑，这对一个人的精神冲击还是很大的，银月此时就是这个状态。

“不过还是叫些盗贼兄弟去吧！潜行在千里一醉身边，对敌人也是麻痹。”无誓之剑说，他们可不知银月内心的小算盘。

“嗯，我去安排！”倒影年华说。这种有可能要面临战斗的，首选的自然还是佣兵团的人。佣兵团中像公子精英团这样每做点特别的事就要另收费用的，这是韩家公子争取来的特别条款，绝大部分佣兵团和纵横四海都是一锤子买卖。收钱，听命于纵横四海，就这么简单。

“找可靠的人过去。”无誓之剑说。

“呃……叫小殇带人过去？”倒影年华征询无誓之剑的意见。

“行吧！”无誓之剑点头。坦白说佣兵团这么多，真谈得上有交情、信的过就是这个顾小殇所领的七彩云间。佣兵对抗赛三四名争夺中惜败给逆流而上的第四名。

公子精英团这边，顾飞回来后众人自然问他什么事情，顾飞如此一说，几人都有些心领神会地道："云中暮的人？"

“他没必要再派人跟啊！”

“猜什么呀，问问不就知道了。”

给云中暮去了消息后，反道让云中暮紧张起来："没有啊，我们全在骑士营地这边做准备呢。怎么，有什么意外吗？"

“没什么问题！”负责联系的剑鬼如此回答云中暮。末了对这边人道："不是云中暮。"

“还有一个人。”韩家公子说话了，“也是想杀银月的，好像是以前他们前尘的人，可能是他们。”

“那也算同道中人啊！”战无伤说。

韩家公子则皱着眉问顾飞："后面有人跟着，我们后面的人不知道，他们前面的人怎么反而先知道了？"

顾飞摊摊手，表示不知。

“或许是银月已经有察觉了。”佑哥说。

“不用察觉，他用膝盖想也想得到的。只是，如果他设计的话，怎么会让千里出面？这对他来说没什么帮助啊！”韩家公子智计再高，也算不到这是银月搬起石头砸了自己的脚，此时也正在那边郁闷着呢！

“不过这家伙就跟着无誓之剑他们，对我们来说下手有些不易。”剑鬼说。当着无誓之剑他们的面搞内讧，这实在太过分太没佣兵素质了。

“不过总算知道了他在哪儿！”佑哥表示。对他们来说，顾飞这一去最大的价值就是发现了银月的所在。这是银月的疏漏，是他只着急东头结果忘了西头。

“算了，你去吧！后面跟的八成是针对银月的，你看情况适当放个水。”韩家公子说。

“你们不去？”顾飞意外。

“倒影年华已经通知我了，这次就是找你帮忙，我们其他插手了也没多的钱拿，我们还去干什么？”韩家公子伸了个懒腰。

“那我去了。”顾飞也不介意，招呼了声正准备脱离队伍，却见前方一大伙人逆行来到他们身前，为首一个女人正是当初在酒馆佣兵聚集大会上和无誓之剑叫过板的顾小殇。

“千里一醉！我们和你一起去。”这女人到了跟前后喊道。

“哦……”韩家公子恍然，“在这儿等着哪，我说怎么放心让千里去，有监军啊！”

韩家公子说话是旁若无人，完全无视对方就在他跟前。顾小殇转脑袋扫了他眼后，却也没理他，转过来就对顾飞说：“走吧！”

顾飞点了点头，跟着他们一行脱离了队伍。他们也不是要去哪儿，只是要留在原地等待后面的尾行者。

“潜行。”顾小殇一挥手，随她来的全是她团里的盗贼玩家，立刻全部进入潜行状态，只剩她和顾飞站在道中央。

“我叫顾小殇。”顾小殇对顾飞介绍自己。

“嗯！千里一醉。”虽然对方已经叫过自己名字，但正式的自我介绍还是要的。

“听说你很厉害呀？”顾小殇说。

“还行吧！”顾飞说。

“你倒不谦虚！”顾小殇笑。

“已经是谦虚了。”顾飞笑了笑说，“我这个情况，再说‘不行不行，我还很差……’那不就是骂人吗？”

“呵呵！”顾小殇笑了笑，从口袋里拔出了一柄巨剑，插在了身前。一身橙红相间的战士铠甲并不如一般女玩家的那么精致养眼，比较与众不同的就是肩上披着个橙色的披风，此时在身后迎风招展，甚是惹人注目。

看到顾飞注意她的披风，顾小殇笑了笑：“怎么样，帅吧？”

顾飞也笑了笑：“帅。不过，打架会比较碍事吧！”披风的确是潇洒，但真要打架身后拖这么一块长布，还迎风乱抖，指不定什么时候缠个胳膊绕个腿啥的，那基本就废了。不说披风，就是顾飞这月夜灵袍，穿在身上动手也不太灵便，毕竟这不是给武夫设计的，尤其那长到垂地的下摆，非常碍事。不过那天火球解法师长袍扣的做法似乎对此是一个解决办法。顾飞已经有心那样穿着，不过正如火球所言，他内衬的衣服太丑了，还是得更新一下再说。

“打架的时候可以解下来嘛！”顾小殇挥手在颈间一拉，披风已经从肩上滑落，她伸手拎住朝顾飞示意：“看，很方便的。”

“系在脖子上的？不会觉得勒吗？”顾飞惊诧。

“不是啊！你看这里有两个环扣，实际上是挂在我肩膀的护肩上的，打结只是为了固定一下，这是专门针对我这盔甲设计制作的。怎么样，有没有兴趣啊？”顾小殇问。

“算了吧！”顾飞笑。

“想做随时找我。我认识云端城一个学裁缝技能的玩家，更妙的是他本身就是学服装的，手艺特别好……”

“有人！”顾飞惊呼。

“哪里？”顾小殇飞速拎起身前插地的长剑。

“哦，不好意思，看错了。”顾飞说。

“哦！”顾小殇把剑插回原地，非常怜惜地把她的披风重新披在了身上。顾飞在旁很无语，这人的确气势很强势，但是，绝对是个女人。

“说起来，你是怎么反潜行的？”顾小殇问顾飞。

“杀气。”顾飞说。

“杀气？”顾小殇不解。

“嗯，我练功夫的，对这些很敏感。”顾飞说。

“真的假的啊？”顾小殇说。

“当然。”

“那你教教我！”顾小殇说。

“没有十几年苦功，练不出来的。”顾飞说。

“别唬我了，你是开玩笑的吧！”顾小殇说。

顾飞苦笑：“是真的。”

顾小殇依然不信，正要再说什么，却见顾飞突然收起笑脸，手伸口袋掏出了长剑：“有人来了。”

“在哪儿！”

“潜行的！就在我们面前了。”顾飞说罢手已经一抬，“火树千重焰，起！”

“哎呀，不要秒了，留下个问问话。”顾小殇连忙道。

“知道，叫你的手下别都盯着我了，一字站开。”顾飞说。

让潜行中的盗贼布阵，这也很不容易。因为他们互相之间也是看不到的，稍有点擦碰就会双双暴露。这是盗贼玩家在团队中需要很注意的地方。《平行世界》的游戏设定并不复杂，甚至比许多老网游还要简陋，但只因一个“全息模拟”，就搞得处处都是学问。

盗贼们怎么一字排开的姑且不论，总之是没有人相撞暴露自己。倒是这边顾小殇有些诧异地望着顾飞：“你的法术呢？”

“发动比较慢。”顾飞话刚罢，身上大片空地上腾就升出了火焰。火焰当中共有五个盗贼瞬时已经现出了原形。

顾飞施法动作很隐蔽，加上对方料不到眼前的人可以看穿他们潜行，所以没有提防。这一法术该中的全都中了。顾飞手一扬，又朝某个方向一指：“天降火轮，降！”

火轮没出呢，地面上已经闪出三个盗贼四下逃窜。

没办法啊！潜行中移动实在是太慢了，不可能躲过范围法术的轰击。反正都是会暴露的，不如主动现身避过这一伤害。

顾飞此时设定了空手为施法主手，所以两个大范围都没什么伤害。现身出来的八个盗贼只是茫然，不知是怎么被发现的。

顾小殇气势无双地向前一步。左手轻轻一扯披风的结扣，唰一声响，风自动就把她的披风吹下肩了，潇洒得无法用言语来形容。

“你们什么人？”顾小殇右手抓住插地的长剑，沉声问道。

顾飞轻轻凑了过来，小声说：“你的披风被风吹远了。”

顾小殇连忙回头一看，果然，她的披风没有乖乖坠地，由于风过大，直接就这么飘走了。不过她也没显慌乱，迎风打了个响指，立刻身边一个盗贼现出真身，疾行着就追那披风去了，所有人都看得痴了……这么耍帅装酷的姑娘，真是少见。

“咳……”顾飞咳嗽了一声，提醒大家立刻行动。

所有人回过神来，顾小殇一扬手：“包围。”

那八人自然很惊讶，因为他们眼里只看到三人，其中一个还去追披风了。当然，从追披风那人的动向，八人也飞快醒悟对手也是有盗贼潜伏在旁的。

八人立刻背对背成了一个圈，“唰唰唰唰”乱舞匕首，以防受到潜伏盗贼的偷袭。

“你们到底什么人？”顾小殇又问了一遍。

八人不答。

“你们找谁？”顾飞问得很有启发性，同时心里在盘算，如果这八人是找银月的，自己应该如何放水……

然而八人依然不答。这让二人很踌躇。顾飞固然需要确定对方的身份，顾小殇却也是带着打听出对方意图的举动来的。

“再不说话我们可要动手了。”顾小殇恐吓。

结果对面一盗贼居然露出轻蔑的表情，而且终于回了顾小殇的话：“动手，你们有多少人啊？”

“嗯？你觉得呢？”顾小殇笑道。

“呵呵！”对手也是干笑了两声，突然喝道，“白石问路！”

顾飞和顾小殇都是一怔，这是什么技能，从来没听过。

接着就见那背对背站成一圈的八个盗贼各从口袋里掏出一个小包，朝着几个方向使劲一甩。小包飞在空中时突然打开，“扑啦啦”地一阵白灰夹杂着碎石闪了出来，像是起了一阵白雾，紧跟着，一圈包围的盗贼已经从潜行中现出真身，身上都是白迹斑斑。

顾小殇的佣兵团七彩云间是4级佣兵团，八十人。团里盗贼一共就十个，其中两个姑娘在乌龙山脉过沟时胆怯，打道回府了。那个去追披风的尚未归，此时就七个盗贼，被对手甩手一撒灰，全暴露了。

“哼哼！这就是我们白石城盛产的白石灰，没见过吧！”那盗贼得意道。接着一扫这包围：七个盗贼，加顾飞和顾小殇一共不过九人，只比他们多一人，根本算不上什么优势，竟不住笑道：“这也算包围啊？”

顾小殇早已经向无誓之剑他们那边呼叫过支援了，毕竟之前没人想到对方尾行居然也搞出这么多人，以为顶多就三两人。此时的顾小殇，意在拖延时间，并不真的想和对方就此开打。

“你们到底想干什么？”顾小殇想和对方多说两句。

“不要浪费时间了，赶快突围。”那盗贼根本不理顾小殇，转头对几个兄弟发话，说着一个疾行，就朝着某方向的一名盗贼冲去。其他人也立刻紧随他后奔向此方。

顾小殇一瞅他们冲击的那方正是那七个盗贼中最弱的一位。想不到自己拖延时间的工夫倒是给了他们将一圈人鉴定一遍的时间，拣了个最薄弱的环节。

"这……"顾小殇转头要和顾飞说话，却已不见顾飞身影。再把头扭回来，只看到顾飞已经闪到了那带头盗贼的面前，手中长剑翻飞劈出一道火光，那盗贼没有一点机会，瞬间已被秒杀。余下那七位立刻怔住，连忙停下了脚步，不由自主地朝后退着，和顾飞拉开了距离。

顾飞也是被逼无奈。如果确认了对方身份，那么刚才他不出手，正好看着他们突围冲出，偏偏几个家伙死不说是干吗的。身为一个有责任感的佣兵，顾飞当然不能随便放他们离开。

暗黑长剑、黑袍、秒杀、双炎闪！

这已经是一个符号。七人目瞪口呆了下后，个个反应过来，惊呼："千里一醉！"

"咦，认识我？"顾飞说。

"视频牛人……"几人嘀咕。

"知道厉害了吧！还不快说你们是什么人，干什么的，从哪儿来到哪儿去，跟着我们有什么企图，说！"顾小殇也过来了。

七人面面相觑。还是不开口，顾飞也是痛苦非常，突地灵机一动，开口随便问了其中一人："你叫什么名字？"

"野猪……"

"这什么破名字啊……"顾小殇忍不住先笑了。顾飞却没这心思，手忙脚乱地添加对方好友。当面不好说，私下交流总可以嘛！结果：对方的好友开头并没有打开……

顾飞实在无奈了，只好继续启发："野猪啊！你们跟着我们，是想找什么人，还是有什么事？如果是想找什么人有什么私事，告诉我们名字，我们叫他过来就是了，这没什么难的嘛！用得着打打杀杀吗？是吧小殇？"

"对啊！"顾小殇点头，"如果是这样，有什么不好说的？"

"就算是我们队伍中有你们什么仇人，大家也可以坐下来商量个解决方案嘛！"顾飞觉得自己已经启发到极限了。

"对啊，坐下来商量嘛！"顾小殇也说。

七人依然不说话。顾飞无力地扶额，连连摆手："我没办法了，你们自生自灭吧，别说我没帮过你们……"说完顾飞就退到一边吃苹果去了。

这还是暗示啊！我现在没法力，你们要跑趁现在！顾飞觉得既然已经发现了对方，那么就等于已经破坏了他们的跟踪。自己的佣兵使命也算达到了，放他们离开，算不上不负责任吧！

结果，顾飞这次暗示他们依然没有理会，还在圈中傻站。顾飞苹果吃完了，法力饱满了，那边顾小殇又劝说了数句了，她的披风都被捡回来了，人就是一言不发。

"算了！"顾小殇也没耐心了，朝顾飞一挥手，"千里，动手吧！"

"怎么还要我动手啊？"顾飞愣道。

"你这么威猛，你不来谁来啊！"顾小殇说。

"其实我的法力，杀不干净这么多人。"顾飞很隐密地对顾小殇说。

"胡说，视频上你能挂掉二十多个。"顾小殇说。

"挂人这种事也是看缘分的嘛！"顾飞说。

"什么乱七八糟的。"顾小殇说。

"视频专挑我状态出色，对方也很配合的朝上放，我法力不够时的狼狈样全删掉了。"顾飞说。

"太过分了，怎么能这样呢！"顾小殇说。

"是啊！太不负责了。"顾飞说。

"你也不发帖解释一下。"顾小殇说。

"解释？解释什么？"

"虚假视频信不得啊！"

"虚假倒也说不上啊！只是他们尽捡好的放了。"

"那也不行啊，那不真实啊！"

"那倒是……"

"喂喂！二位……"终于有人打断了二人的窃声交谈。

“干吗？”两人一起回头。

“动不动手啊？”顾小殇手下盗贼问。

“动手，大家一起上！”顾小殇连忙说。同时指向顾飞：“包括你啊！”

“唉！”顾飞深叹一口气，挥剑指向那些人：“最后一次机会，再不说我们出手了啊！”

众人围上，而中间那些家伙站得是如此紧凑，顾飞放个大招就可以全灭了，这就是缘分啊！

“我们说了，真的可以走吗？”忽然有人开口了。

“喂！”旁边立刻有人怒视

“我可不想掉级！”这人从那七人中跳了出来。

顾飞和顾小殇痴痴地看着眼前七个家伙起了内讧。发生这种事二人也是始料未及，刹那间二人有了一种逼良为娼的感觉，都觉得有些不好意思。还没想好说什么，那边六个盗贼已经一起暴走，大吼“第一个掉级的就是你”，六人齐刷刷地将那个叛徒围上，六把匕首齐出。圈中央瞬时泛起一道白光，告诉世人叛徒是没有好下场的。

接着六人一起转身，面对着顾飞和顾小殇，眼神中没有丝毫屈服：“要杀就来吧，谁死谁活可还不一定呢！”

“算了，你们走吧！”顾小殇突然说。

六人，还有顾飞，以及顾小殇的手下们都是一怔。

“怎么个意思？”顾飞问顾小殇。

“我没想难为他们，就是吓吓他们，结果你看，他们不怕，所以我们失败了。”顾小殇说。

“哦……”顾飞耸了耸肩，也没说什么。

“快走，再不走来不及了。”顾小殇对六人说。

六人疑惑。

顾飞看他们这疑惑的模样就来气，问你话你疑惑，让你走你也疑惑，怎么着你才能不疑惑啊！顾飞挥剑空舞了两道火光：“快走啊！再不走我出手了。”

六人继续带着疑惑转身，顾小殇一摆手，那边拦着的三个盗贼弟兄朝旁让了让。与此同时，顾飞和顾小殇他们身后的方向已经转来纷乱的脚步声，一大队人马正呼啸着赶到，顾小殇急得真跺脚：“还不快点！”

六人终于不再疑惑了，一溜烟跑掉了。

顾飞回头望向那大部队，领头的正是倒影年华，杂七杂八地带了几十个弟兄，一路到跟前就见到那个六人盗贼逃跑的英姿，连忙问道：“人怎么跑了？”

“让你们快，你们这么慢，我们没拦住，就跑了。”顾小殇说。

“不是就八个盗贼吗？这么一会儿都拦不了？”倒影年华疑惑。

“没拦住就是没拦住，你怎么这么多废话啊？”顾小殇不满。

女人啊！天生的演技派。看顾小殇的表情多从容啊！倒影年华你能想到是她有意放走的吗？顾飞正想呢，不想倒影年华把矛头对准了他：“千里老弟，八个盗贼而已，你不至于拦不下吧？”

顾飞一怔，顾小殇也有些紧张地朝他望来。顾飞扬了扬眉发，对倒影年华说：“刚才不巧肚子疼了一下，结果就没拦住。”

一时情急，顾飞也没想出什么华丽的理由。这一听就像是假的，倒影年华狠狠地瞪了他一眼。再看那几个盗贼也没了踪迹，无处可追，转问顾小殇：“那他们有什么企图？”

顾小殇无奈道：“打死也不肯说，没辙！”

“唉！”倒影年华叹了口气，也很无奈，“那就赶紧走吧！”

倒影年华带一干兄弟以最快速度走了。他们都是纵横四海的成员，不和大家伙们站在一起心里就会发毛，总觉得全世界都会暗算他们，阻止他们任务似的。此时也无心和顾飞他们同行，抢先去追大部队了。

他这一走，顾小殇总算是松了口气，对顾飞说：“谢了啊！”

“谢什么？”

“谢谢你的肚子疼……虽然这理由真烂。”顾小殇说。

“骗人不是我的强项。”顾飞说，“不过，你和他们不是很熟吗？为什么不说真话？”

“熟也得讲规矩啊……这要知道是我让放走的，可得扣佣金的，这么多兄弟都跟着我吃饭呢！”顾小殇说。

几人一边聊着一边也在追赶大部队，无奈他们当中有顾小殇这个战士，被队伍甩下容易，此时回追可有点困难。不过又好在无誓之剑假公济私，关照全队都走慢些，就是为了照应这个他心仪的姑娘，顾飞他们总算还能眼看着距离前方大部队越来越近。

这时倒影年华早已经回到队伍中，无誓之剑迎上就问“怎么样”，银月不动声色地站在一边，其实心里比谁都着急。

“跑了。”倒影年华说，“我到的时候对方已经跑了。”

“不可能，不是就八个盗贼吗？有千里一醉在，不可能跑掉。”银月惊道。

“他说他肚子疼……”倒影年华无奈。

“你们信吗？”银月望向大家。

大家当然摇头，这种谎言是最气人的，明知是假的，却也无可奈何。

“千里一醉为什么放跑他们，这当中肯定大有文章。”银月说，心下却已确定这帮人八成是找他的，没准刚才那一个照面，千里一醉已经把自己的位置卖出去了，难道此时已经有神箭手潜伏在周围就等着给他无数个狙击……？

“等小殇回来了你去问她吧！”倒影年华对无誓之剑说。

“我现在就问。”无誓之剑和顾小殇发起了消息。

这边银月已经开始下意识地缩着脑袋，尽量把自己夹在人缝中。此时他多么希望自己团里那三面囚幽之盾可以护在他身遭。可惜那三人被纵横四海借调，一路上一直负责将犯人托德围在当间。无誓之剑他们也怕有个什么超级射手八百米外就把他们的任务给狙掉了。结果此时的银月只能是毫无安全感。那边无誓之剑和顾小殇交流，银月则在心中不断地盘算：跑，还是不跑？如果跑，往哪儿跑？

这时无誓之剑已经在宣布：“小殇说千里一醉没问题，刚才的确是肚子疼了下……”

“装的，肯定是装的！”银月说。

无誓之剑未置可否，他并不想去怀疑他心仪的姑娘。而这边通完话的顾小殇也朝顾飞打了个响指：“嘿嘿，他们怀疑你呢，我就说你的理由太烂嘛！不过我现在是你的污点证人，感谢我吧！”

“小姐，我这污点是替你背的吧？”顾飞说。

“别这么认真嘛！回头这次佣金分你一份。”顾小殇说。

“你的兄弟们没意见吗？”顾飞望向其他几个盗贼。

“有意见吗？”顾小殇回头。

“没有没有！”几人慌忙答道。态度让顾飞很是震惊，他也算在游戏里见过各色人物无数，但气场这么足的老大顾小殇可是头一个。其他不管是无誓之剑、逆流而上，还是云中暮、银月，在自己行会成员面前从没见过这么明显的居高临下姿态。

再说大部队这边，无誓之剑明显是对这个事已经无心再追究什么了，这让银月很是六神无主。区区几个盗贼绝无可能从千里一醉手下逃脱，这点银月可以肯定。什么肚子疼更是无稽之谈，这家伙有意放水，自然是认识，看来就是云中暮一伙人无疑。自己又和他打过照面，现在自己在哪儿也暴露了，没准一会儿就有大批的刺客奔着自己来了。要跑，必须要跑。

银月已经下定决心，这大部队正好可做幌子，此时队伍中无声无息地消失个人，应该不会有什么人注意。这本就是他已经设想过的一条退路。至于然后……等先脱离了这险境再然后吧！

银月主意拿定，开始留意周围的地形和身边玩家的举动。前方队伍正巧要绕过一片树丛，此时大家又都是默不做声地专心赶路——机会！

银月步伐缓慢有序，渐近那树林时若无其事地就从队伍里走了出来。接着很随意地站到了他早已观察好的一棵大树下，开始佯装在树底翻弄什么东西。这是个很寻常的举动，一些学习生活技能的玩家在发现一些草药之类的东西时都会顺手采摘入包。反正也不耽误赶路，所以也无人过问。

银月的心在狂跳，身后玩家们的脚步像是从他心脏上碾过一样。他垂着脑袋左右悄然打量了一下，很好，没有人注意自己，银月飞速起身一转，已经缩入那棵树后。

这树足够挡住任何人的目光，银月对于自己的选择真是十分满意。缩入树后的举动没有引起任何波澜，这让他更加放下心来，此时要做的，就是静静地等着队伍过去，然后溜之大吉。接下来去哪儿呢？这个问题应该好好想想了。

银月琢磨着，队伍的尾巴也已经渐渐从他身后掠过。

“总之先离开这里。”银月想着将身子从树上移开，望了望树背后的大道，转身朝树林里去了。

结果蹋出刚刚两步，突然脑后遭到一记重击。银月瞬间手不能动，口不能言，只能在心中惨叫：“完了，闷棍！”

“是谁！”银月还抱着这个疑惑，可惜的是他没有得到答案，身后同时袭来的数道攻击已经将他当场秒杀。

与此同时白石城骑士营地外的云中暮收到一条消息：“人已经送回去了，你杀得开心点，觉得值多少，寄给我。”

云中暮此时亲自潜行在白石城的骑士营地里，他想要担当轮杀银月过程中的第一炮。就在他收到这消息的同时，骑士营地里闪过一道白光。那一身骚包的骑士铠甲，不是银月是谁？

此时的银月心中不知做何感想，但看他的行为和表情似乎没有失去冷静。在骑士营地复活的一瞬间，他已经开始警惕地打量着周围。云中暮一看他这作派头就大了。人是近在咫尺了，但想杀可没那么容易，想把他轮白到 10 级，更是一场旷日持久的战役，将消耗人力物力精力无数。云中暮突然间有些后悔了，为了这么一个家伙，这么多人的游戏生活真要耽误下去吗？

与此同时，树林子里的顾飞很意外地望着细腰舞："你怎么也会在的？"

顾飞几乎用了和银月一模一样的法子到的那棵树后。只是和银月一个在树林子里，一个在树林子外。当时的银月做梦也想不到，他最怕的顾飞和他仅仅相隔一树背对而立。等到银月中了剑鬼的闷棍后，顾飞一个瞬移闪他身后，狠狠给了他一下。与此同时，还有一人也扎出一刀，竟然是细腰舞。

"只有我的潜行速度可以跟上队伍前进。"细腰舞说。

"所以是你一直在银月附近盯着他的？"顾飞问。

剑鬼无奈地说："没办法的，我的速度还不够快。"

银月鬼鬼祟祟地离开队伍，装模作样地在树下挖草，乘人不备躲到树后，哪里知道有个盗贼就在他旁边一直眼巴巴地看着他。这当中说来还有无誓之剑的功劳，他为了等顾小殇进一步放慢了队伍的前行速度，潜行中的细腰舞才愈发的得心应手。

三人出了树林，飞快地追上队伍。公子精英团的几个就在队末，自然早知三人已经完成了使命。细腰舞一到跟前就朝韩家公子伸手："结账吧！"

韩家公子却挥手把她手打开："我这还没到账呢，到了林荫城给你结。"

细腰舞也没纠缠，随即去找重生紫晶的姑娘们了。韩家公子向顾飞和剑鬼宣布："银月已经死回白石城骑士营，云中暮已经看到他了。本次任务圆满结束，大家鼓掌。"

大家翻白眼。

"记分。"韩家公子对剑鬼说。

剑鬼掏出公子精英团专用积分本登记本次任务中各人所获积分。御天神鸣和战无伤都有些愤愤不平。显然本次任务中二人没什么参与，只能获得最低级的友情积分。顾飞看着剑鬼记录，不由也有了意见："喂，御天和无伤只有10分非常合理，我和剑鬼可是亲自出手解决任务的，怎么积分还没你高？布局分 30 ？布什么局了？”

“你以为我们就是傻等着银月离开然后乘机上去给他一下吗？”韩家公子说。

“难道不是吗？”

“难道银月离开不需要理由吗？”

“银月离开的理由和你有关吗？难道不是因为害怕后面那些潜行的家伙是针对他的吗？”顾飞说。

“没错。”

“那和你有什么关系？”

“那些家伙是我找来的。”韩家公子说。

顾飞怔住，再看其他四人，显然都是知道这个情况的，于是只是用比较同情的眼神望着顾飞。

“我怎么不知道？”顾飞嘟囔。韩家公子已经懒得理他，佑哥拍拍顾飞：“白天大家一起开会商量过的，不过你都不在。”说完转向剑鬼，“千里没来开会，是不是得扣个五分十分的？”

“按理是应该扣的，不过那会儿他不在线，这个……”剑鬼踌躇。

“那也得算，扣 10 分。”韩家公子宣布。

“扣 10 分，扣 10 分。”御天神鸣和战无伤立刻跟着起哄。

这个不在线算不算缺席，就像足球场上的越位一样总有争议。不过眼下这么多人支持，顾飞自己似乎也没有意见，于是剑鬼就痛快地给他减了 10 分。

顾飞还在琢磨所谓的“布局”：“既然是你找的人，知道我要去拦你也不说声，我把他们全挂了怎么办？”

“咦，你走之前我不是告诉过你如果是对付银月的就放放水吗？”韩家公子说。

“我怎么知道他们是不是对付银月。”

“你问他们啊！”

“我问了，死活不说，有个想说的，被他们自己人干掉了。”顾飞说。

这下韩家公子怔住了，末了表情沉痛地对几人说："悲哀啊！真是悲哀！看看人家佣兵这素质，再看看你们，个个都说自己是高手，一个比一个见利忘义，背信弃义，你们难道不觉得羞愧吗？"

"这人疯了。"大家鄙视韩家公子。

最后还是佑哥耐心地给顾飞讲解了一下本次设计的构成。因为银月是知道云中暮以及另一队人马是要来追杀他的，所以一路上肯定疑神疑鬼。于是韩家公子就随便在白石城里找了个佣兵团，让他们晚上派些盗贼暗中跟随队伍。

原本韩家公子是想打着顾飞"反潜行"的旗号通知倒影年华有人暗中跟踪，让银月起疑。结果没想到倒是他们不知怎么率先发现了后面的尾行者。

对付不知踪迹的潜行者，韩家公子料定他们会找上顾飞，没想到这帮家伙对总是拜托顾飞怨念这么深，居然放着有反潜行的顾飞不找，跑去找樱冢月仔的陷阱团。不过这种情况韩家公子也有准备，他只要提醒一下他找来的这帮家伙们，那么无论什么埋伏也发挥不了作用，无誓之剑他们还是得来找顾飞。

结果事情比他预想的顺利，樱冢月仔一见银月直接就"肚子疼"了，顾飞闪亮登场，而且又有无誓之剑他们信任的人压阵，这都很合韩家公子心意。

反倒是他找来的这帮家伙的职业素质超出了韩家公子的意料。此时听顾飞讲来都有些心悸。这帮家伙居然打死也不说，那当然就是死路一条。尤其是死在顾飞手上，这非但不能让银月紧张到跑路，反而会让他产生安全感。

还好最后终归是走上了韩家公子期待的方向。尾行者们被很明显地放走，银月疑心大起，再不敢在这队伍里停留，又一次甩了他的弟兄准备跑路。

如此逼得银月闪人达到了两个目的。首先他又一次甩掉了他的兄弟们，孤身一人掉入云中暮的虎口，基本得不到什么外援。他这也是被逼无奈，他想脱身，不可能还带上自己这一帮兄弟。就说护着托德的那三个重装战士吧，那恐怕是银月他佣兵团中最信任最器重的三个弟兄了，但那三人要离开，纵横四海马上会知道，根本就达不到“悄悄”的效果。

其二，则是公子精英团他们需要暗中解决银月，甚至不能让银月自己知道是谁干的。毕竟是游戏，杀人并不代表灭口。银月就是死了也能告诉无誓之剑他们是公子精英团下的手，所以不能留下任何把柄。毕竟这事比较重要，再如顾飞以前拿“踩我脚了”这样的借口来砍掉个人，无誓之剑他们肯定不会睁只眼闭只眼。

银月这一死，死得是相当有内涵，杀手凶手不会因此受到任何干扰，而银月自己可能得到的援助也都封死了。他连向纵横四海求援都不方便，因为他解释不清他为什么要悄悄离开。这当中可包藏着他想借纵横四海这几百号人抵抗十会联盟四千众，然后借机逃跑的祸心。

接下来，就是云中暮和银月之间耐心的较量了，这显然已经不在韩家公子关心的范畴。

几人跟着队伍继续前进，同时向云中暮去了“等你杀人喜讯”的贺电。

结果到了晚间22点37分，距离杀死银月送回已经一个小时整，云中暮只来了一条愁眉苦脸的消息:“这贱人，就在复活点里坐了一个小时，我操他大爷，孙了知道我们肯定要堵他，和我们耗上了。”

“你们人多，不怕的，慢慢耗吧！加油！”公子精英团集体回电表示慰问。

而这时，云端城队伍的前进也陷入停滞。此时眼前一片一望无限的大森林，无誓之剑拿了系统给这次任务的地图反复揣摩，最终宣布:“林荫城就在这森林当中。”

“不会吧？没有路吗？”所有人都很疑惑。

“按理应该有啊！没听说过这里没路啊！”无誓之剑他们到达白石城后，就得到下一步是前往林荫城的任务提示，当然也第一时间了解了林荫城的情报，此城被树林包裹是事实，但却没听说连条从树林外通往主城的大道都没有。

“记得乌龙山脉吗？”倒影年华说。

“怎么？”

“那里本来没什么断沟，因为我们的任务，路上断了那么多。”

“你的意思，这里本来有路，因为我们的任务，所以路暂时没了？”

“嗯！”

“靠，系统就会弄这些事来耽误时间。大家进树林，有坐标的，还怕迷路不成。”无誓之剑下令。

其实不进也不行了。不找到林荫城，难道再花三个多小时走回白石城下线吗？

CHAPTER 87

密 林 陷 阱

云端城的玩家们重新调整了一下队型，迈步进了森林。无誓之剑继续走在最前，拿着任务给的指导地图，数着坐标步步向前。结果没走几步已经怔住，看看当前坐标，看看地图上标的林荫城坐标区……无誓之剑匆匆跑出森林，看看当前坐标，又跑进去，再看坐标，终于诧异道:“这森林是二类地图！”

听闻这消息的玩家都一怔，随即也开始留意坐标，如无誓之剑进行了林里林外的折返跑后，二类地图的消息瞬间已经在玩家中传遍了。

“二类地图？”顾飞对这个新名词感到陌生。

“就是本身具有独立坐标的地图……”佑哥解释，又觉得说得不太清楚，索性举例，“比如说，一般山洞中，或者房屋中，都是二类地图，有自己的坐标。”

“房屋里会换坐标吗？”这点顾飞可以肯定绝对没有，因为在他的通缉任务生涯中，无数 PK 分子就是在房屋内落网的。顾飞可以肯定房屋里没有什么特别坐标。

“呃，比较小的房间都是继续使用大地图坐标，只是简单标注一下，比如（R100，100)，那就是在房间里，如果是（100，100)，那就是指房顶，你没注意过吗？”佑哥说。

“哦……”顾飞立刻恍然。

“但是森林居然也是二类地图，这是哪门子的设计啊！”佑哥嘀咕。

事实上二类地图并不可怕，反而是让玩家更加方便识别地图坐标的举措。但问题是对于眼下来说，无誓之剑手捏的指导地图中的林荫城是以一类地图，也就是玩家通常口中的“大地图”来标示的坐标，而这一进森林坐标显示的却是二类地图的坐标，大家都怀疑这又是一次系统的故意刁难。

有一些任务本身没有任何战斗和智力上的难度，却因遥远的路途或冗长的步骤消耗玩家大量的时间，这是网游常用的伎俩。很显然，此时云端城玩家就把眼下这局面归诸于此类了，个个怨声载道。有些甚至怀疑这森林是不是因为这任务被临时改制成了二类地图，就如乌龙山脉切断的山路一般。

“大家不要吵了！”此时所有人又都退回森林外了，骂声一片，无誓之剑不得不站出来主持局面。

喊话只对身前数十人有效，不过这数十人再转头向后喊，一传十，十传百，瞬间就成了众所周知的秘密，树林边安静下来。

“现在什么情况大家已经知道了，我问一下，有没有朋友在林荫城的？”无誓之剑喊。此时如果想节省时间的话，明显需要向导。

玩家们窃窃私语，结果没有一个人应答。唯一稍稍接近的议论声就是“哎呀，以前有的，但后来离开了啊”。这让无誓之剑很是意外，他没想到这千余玩家中，竟然没有一个人有朋友在林荫城。

“有没有啊？有没有啊？必有重谢哦！”无誓之剑不死心，本来想打个友情牌，现在不得以成了悬赏。所谓重赏之下必有勇夫，无誓之剑此时不求勇夫，只想来个本地土著。结果一眼望去，看到一堆摇晃着的脑袋。无誓之剑很痴呆地望了风行和倒影年华各一眼，两人显然也没料到会是如此局面。

“这样的话……”无誓之剑接着说了，“只能靠我们自己找了，大家是想现在立刻进去找呢，还是先回白石城歇着，我们打听一下再说？”

“现在找！”所有人喊。这简直是废话，这回白石城又得三个多小时，明天再来，又是三个多小时，没病的人都不会选择先回去明天再来。

“那好！我们先在树林外锁好林荫城的坐标，然后沿直线前进，一定可以找到。”无誓之剑说完在树林锁定了林荫城的横坐标，由此只要可以做到一条直线走上去，肯定会到达林荫城。对此所有人都挺有自信，毕竟要找的是诺大一个主城，光坐标区就占了N个。这么庞大的目标，就算进了树林走歪一点，也肯定会被发现的。

一想通此节，大家也停止了之前对这森林二类地图的声讨，雄纠纠地再度进入了森林。

稀罕地具有二类地图的森林果然不同凡响，树木棵棵茁壮，枝繁叶茂，从森林边界到森林深处是一样繁盛。

队伍照旧是纵横四海在前，佣兵团断后，而公子精英团又吊车尾，重生紫晶的姑娘们离他们不远，樱冢月仔他们的大猎杀佣兵团自然又是离姑娘们不远。樱冢月仔此时一边走着，一边对身旁的茫茫的莽莽说:“这个地方放陷阱倒是很方便，坑都不用挖，扫开树叶一扔，再拿树叶掩上，一点破绽都不会有。”

这话刚落，队伍最前方就有人一声惊叫。寂静的树林中这声惊叫是这么传神，众人惊呼怎么了时，前方来报：“有人踩中陷阱了！”

所有人心中一悸，纷纷检查着自己脚下，更是在挖掘一个很深刻的问题:“这是不小心踩中了有人扔下忘了收回的，还是有人有意设置的？”

暂时没有答案，前方无誓之剑已经呼叫号称云端城第一陷阱技师的樱冢月仔前去救驾了。

“计时了吗？”樱冢月仔赶到后的第一个问题就彰显了他是专家，而这些个在场的都是门外汉。没人想到在中陷阱的一瞬间就开始计算这陷阱的时间，大家为此无地自容。

“现在计吧！”樱冢月仔对其他人说了一声，随手从地上捡来一根木棍，扒开了那家伙脚边的树叶。森林里地上积叶很厚，有时一脚下去都会一个坑，所以樱冢月仔刚刚才向茫茫的莽莽念叨这地方适合陷阱生存。

一个闪亮的陷阱夹子卡在那人脚上，樱冢月仔左看右看，其他人也屏息凝视，等着他做出一个惊天动地的结论。

“是捕猎陷阱。”樱冢月仔宣布。

“靠！”所有人回答他。目前的潜伏者们就只会这一种陷阱，不是这个还能是什么。

“但我没见过这样的。”樱冢月仔继续说。

“什么意思？”就在旁边的无誓之剑问道。

“比较精致，应该是陷阱等级比较高。”樱冢月仔说着抬头问被夹的玩家，“有伤害吗？只是不能动？”

此人点头。

樱冢月仔嘟囔：“等级高了也没加点伤害啊，那这等级提升意义也不太大嘛！”

此人一脸黑线，樱冢月仔看起来是拿他当实验品搞科研了。

樱冢月仔的目光开始转向别处，所有人的目光跟着他。

“计时不要停！”樱冢月仔喝道。所有人连忙又都望向那家伙的右脚，此人一只挂着夹子的右脚被众人火辣辣地参观，十分不自在。

樱冢月仔拿着木棍在一旁地上戳戳点点，没两下，手端一用力，棍子另一梢已经挑起了又一个陷阱。

“还有？”无誓之剑走过来皱眉道。

“计时！”樱冢月仔对他说。

“计着呢！”无誓之剑表示他虽然过来，其他人还在那看着脚呢！

“也许还不止！”于是樱冢月仔把那陷阱甩下，棍子又朝别处戳去了，所有人跟着他的步伐，突然身后又有传来一声“哎呀”，所有人吓得跳起。樱冢月仔也是一惊，回头一瞥却气不打一处来：“你傻啊，没看到我把刚那陷阱甩到那了吗？还往那踩！”

“陷阱不是已经拆掉了吗？”那人郁闷。

“现在有拆陷阱的技能了吗大哥？”樱冢月仔反问。

那人只好为自己知识不够丰富而惭愧。樱冢月仔接着问：“这次计时了吗？”所有人一怔，随即又反应过来，再次无地自容。

“素质啊素质！”樱冢月仔批评，一帮人忍气吞声。没辙啊！陷阱玩家本来就少，水平高的就更少。樱冢月仔号称云端城第一陷阱技师，但第二是谁没人知道。感觉好像是没人和他竞争这个第一，其他高级弓手玩家都转职神射手了。

樱冢月仔这边戳戳点点，不消片刻又挑出了一个陷阱，目光也变得深邃起来：“不可能这么巧三个人都把陷阱忘在这……这是特意安置的，也许，就是针对我们。”

“是什么人，是玩家还是 NPC？”倒影年华问。

“哈哈，我好了。”第一个中陷阱的人此时已经摆脱。

“一分零一秒！”不等樱冢月仔问，计时的人已经主动报上。

“算上之前忘了记的时间，至少在一分十秒以上，相当厉害了。”樱冢月仔惊叹。

“而且，应该是玩家。如果是 NPC，早就老老实实地现身了吧？”樱冢月仔四下打量着，一边继续在落叶中挑来挑去，一边对无誓之剑说，“是高手的话，陷阱不会下得这么简单。这些只在树叶下掩盖的可能只是吸引我们注意，或许更深的地方埋伏着更厉害的陷阱。”

“更厉害的陷阱，那是什么？”无誓之剑紧张问道。

“时间更长的捕猎陷阱。”樱冢月仔回答。无誓之剑真想一巴掌把这家伙拍死。

“大家小心脚下！”无誓之剑回头提醒。不过这话不用说，从第一个人踩中陷阱发出尖叫后，大家早就开始留意脚下了。

“还能继续前进吗？”无誓之剑问樱冢月仔。

“陷阱本身没有伤害。”樱冢月仔回答，“用途只是限制移动，时间你也看到了，可达一分钟之上。之后再由远程职业进行攻击，这是目前配合陷阱的主要战法。在不了解情况的处境下贸然前进，再多的人也只会被蚕食掉。”

“不能把陷阱都找出来吗？”无誓之剑望向樱冢月仔手中的木棍。

“理论上可以。但你不要忘了，陷阱是死的，人是活的。真正的陷阱高手不会只放好陷阱守株待兔。你踩中时，陷阱对你就是限制；踩不中时，那就是一种牵制，你在苦苦搜寻陷阱的时候，已经是陷入了他们的牵制，他们自然有法子对付。”

“这我知道……”无誓之剑深吸口气，樱冢月仔真是太啰唆了，就算不太了解陷阱，但这些有关陷阱的道理他总还是可以自己想明白的。

“所以说，关键并不在掌握陷阱有多少，而是掌握他们的人有多少！此时究竟有多少人等着我们踏入他们的陷阱！”樱冢月仔的话越说越是低沉，说完之后目光深邃地四下注视着。

树林里只有一点轻微的树叶沙沙声，配合刚才樱冢月仔的语调，众人禁不住感到丝丝寒意，纷纷四下张望着，寻求“人有多少”这个深刻的问题。

“先停止前进，叫各团长过来，商量一下对策。”无誓之剑宣布。

此时队伍的末端，所有玩家都在等待前方的消息，三三两两地议论着，突然顾飞猛然回头喊道：“有人！”

“什么人？”不只公子精英团的人，顾飞声音之大连队伍最前的无誓之剑他们都听到了。

顾飞警惕地望着后方他们已经走过的树林：“刚才有人在那边。”

“是人，还是 NPC？”佑哥说。

“是人，NPC 不会有杀气。”顾飞说。

杀气……大家神情古怪地打量着顾飞。

“我去看看！”顾飞拔剑在手，小心翼翼地朝刚才他感觉到杀气的方向走去。方才的感觉只是稍纵即逝，凭经验判断，应当是对方在那一瞬间注意了这边的顾飞一下。具体的方向顾飞无法指出，但他敢肯定，一定有人！

“我和你一起去。”剑鬼也拔出匕首，进入了潜行状态，跟随在顾飞左右小心翼翼地朝那边走去。他们的身后，所有人都在注视着，没一会儿，队伍最前的无誓之剑等人也来到这边，过来就问：“怎么回事？”

有玩家指了指那边树林中正在搜索的顾飞的身影：“他说后面有人。”

“什么人？是玩家还是NPC？”倒影年华脱口问道。

所有人表情古怪，韩家公子叹气道：“问题能不能有点新意？”

倒影年华脸色不悦，韩家公子连忙对他笑道：“不好意思啊，我不是针对你。”倒影年华脸色稍缓，韩家公子却进一步补充道，“是针对包括你在内的所有人。”包括倒影年华在内的所有人鼻子都气歪了。

“当心！”正在搜索的顾飞突然疾声喊道，接着众人就见顾飞身子后仰急速后跳，与此同时右手的暗夜流光剑飞速劈落。“叮”一声碎响，似乎有什么光芒在顾飞的脚边闪了一下，接着就见顾飞稳稳落地，沉声说道：“有陷阱。”

樱冢月仔匆匆跑了过来，只见顾飞的脚前方一个已经发动了的陷阱。比刚才在队伍前端看到的还要精致，甚至隐隐有金属的光泽闪过。两片正常情况是夹人脚的夹齿紧紧地咬合在一起，让人看了就不寒而栗。

一边的剑鬼从潜行中退出，顾飞的“当心”当然就是喊给他听的。此时的顾飞也是心有余悸：“这陷阱真变态，居然还会追着弹起。”

但很明显所有人望向顾飞的表情更像看一个变态。方才的一瞬，分明是顾飞踩到了陷阱，立刻缩脚想闪，但这陷阱居然会从地上跳起有一段小追踪，于是顾飞手中长剑瞬间劈下把跳起的陷阱给斩落了。究竟谁才是变态这很明显吧！

“醉哥你也太夸张了吧，这都能闪掉……”连樱冢月仔一时间都没心思研究他最爱的陷阱了。

顾飞没答他，继续望着树林深处说：“恐怕还有。”

这时无誓之剑等人已经凑了上来，樱冢月仔的第一句话就是：“计时了吗？”

“计什么时？”

“废话，陷阱时间啊！”樱冢月仔说。

“不是没中吗？”

“没中也发动了啊！发动以后就会在到了时效后陷阱才会消失，一样可以计时。你们真应该好好补补陷阱知识了！”樱冢月仔一脸痛心疾首。

堂堂纵横四海会长无誓之剑被他批评得无言以对，但他也发现一个问题：这次明明是大家一起赶到看到陷阱发动的，为什么这小子自己不计时还要责难他们，这不是故意借题发挥嘛！真是太可恶了。无誓之剑心下暗想着。

“这陷阱比刚才的还要厉害。”樱冢月仔说，“而且据醉哥描述还会弹起，这应该是技能熟练更高后的效果，说明它的弹力更加可怕。”

“你的陷阱呢，你的陷阱到什么速度？”无誓之剑忽然问道。

樱冢月仔苦笑：“我的连刚才的都不如，我 40 级的时候掉过一次级。”40 级以下时，每 6 级会掌握一个技能，如 12 级、18 级等等。再加上 40 级，这几个等级被玩家称之为技能级。平时死亡掉级，最怕掉到技能级以下。因为技能级以下技能就会消失，等你升上来就需要重新学技能，重新刷熟练。“技能掉级”是比掉等级更加让玩家觉得恐怖的威胁。

“看来，我们已经被包围了。”樱冢月仔蹲身看了会那陷阱夹子后，起身说。

这个结论有脑袋的人都已经想出来了。

方才顾飞去的地方，是他们千人刚刚走过的。很显然，这陷阱是在他们走过后才放下的，或许顾飞察觉的一瞬，就是对方偷偷放下陷阱离开时不经意地一瞥。这陷阱已经毋庸置疑，绝对是针对他们的。

“是玩家还是 NPC，是玩家还是 NPC？”倒影年华还在纠结这个问题。

“是玩家。”顾飞肯定地答复了他。

“你怎么知道的？”有人告诉了他，他却还要更准确的证据，尤其说话的人是顾飞。

顾飞耸了耸肩：“我看到了。”杀气一说还是不提了的好，说多了这些玩家也要像自己学校的学生一样，把声称会功夫的顾飞当“精神有问题”了。

“看到了？看一眼就知道是玩家还是 NPC 了？城里那么多 NPC，哪个长得和玩家有区别了……哎，你去哪儿？我还没说完呢……”倒影年华喋喋不休的工夫顾飞一个瞬移消失了。

“怎么搞？”纵横四海的三核心又聚首了，一起的还有各佣兵团的团长。

“派去左右搜寻的也找到了陷阱，我们现在已经陷入了一个大陷阱阵的包围当中。”樱冢月仔介绍形势。陷阱勘探工作是他的佣兵团在负责的，无誓之剑非常欣慰请了这个在外界盛传十分猥琐的佣兵团，可算是派了大用场了。

“不能把所有陷阱解除掉吗？”有人问。

“不能！”无誓之剑及时阻断了樱冢月仔将要开始的长篇“陷阱牵制论”。

“为什么？”结果问这问题的人偏要盘根问底，于是樱冢月仔又是得意洋洋地一番长篇大论。无誓之剑强自忍住，目光炯炯地从众人身上掠过，想要再说两句强调一下目前局势的严峻。但目光一圈扫下，忽然心生一点疑惑，跟着再度又细细扫了一遍后，已经可以确定这分疑惑，望着倒影年华说：“银月呢？”

此时是纵横四海核心和各佣兵团长的会议，所有团长都到了，却不见银月。倒影年华也只是在团长队伍中呼叫了一下，有人没到，也是此刻方才察觉。不得不认可，银月对自己存在感的掩饰是相当成功的，到了这种特殊时刻，方才有人意识到他不在很久了。

“人呢？”无誓之剑嘀咕着，准备私密银月。

“他离开了。”有人忽然说。

说话的人是所有佣兵团长中最沉默，但大家又都盼着可以和其多交流的一位：紫晶佣兵团的团长落落。

重生紫晶的会长是七月，一般行会旗下的佣兵团团长都是由会长兼任的。不过也有例外的，比如纵横四海的四海佣兵团的团长就是由倒影年华担任。重生紫晶也是例外，佣兵团长是由落落来担任的。

在座的领导阶层只有两个姑娘，一个是落落，另一个是顾小殇。但落落显然比顾小殇要有内涵，因为人家佣兵团旗下可全是姑娘。如果有玩家企图在游戏中建立“后宫”这样不朽的丰碑，和一个姑娘团的团长打好关系显然是很有价值的。只可惜落落在几次团长开会时都很沉默，大家发言她都是默默地听着，让人找不到和她攀关系的机会。

因为落落心里也很清楚，她们的佣兵团会受邀，只有一个原因：细腰舞。如果没有这个强人，她们佣兵团从实力上说基本属于云端城下游，唯一特别的地方仅在成员全是姑娘。但如果这也会成为受邀理由，那基本就是行军还带慰安妇的下流思想。

如果照落落的意思，这种团长会议叫细腰舞来就行了。只可惜每次通知碰头开会时细腰舞都不知钻哪儿玩去了，这姑娘实在是太随性了。

此刻，在涉及到银月不见了的问题时，落落突然抛出了她在团长会议上的处女句。

“哦？”无誓之剑没敢怠慢，连忙问道，“他去哪儿了？”

“我不知道。”落落摇了摇头，“我们就看到他跑去树下挖草，然后乘人不注意就躲到树后去了，再然后，就没见他回来。”

“他搞什么？”无誓之剑疑惑。

“不知道呀，难道不是你们有事让他去做的吗？”落落反问。

“没有啊！”无誓之剑很纳闷，嘟囔着“要走也不说一声”，很是不满地还是给银月去了一条询问的消息。

所有人都为此感到疑惑的时候，韩家公子却在一边温吞吞地笑着。落落也正给他来了消息：“这样就可以了？”

“可以了。”韩家公子回道。

“接下来呢？”落落问。

“接下来，如果没人主动假设的话，只好由我亲自出马了。”韩家公子这条消息刚刚发回去，已经有一位佣兵团长跳了出来：“难道眼下这些是银月这家伙在搞鬼？”

“银月说他挂回白石城了！”无誓之剑皱眉。

银月挂回去已经很久了，在用静坐与云中暮等人消耗时，他心中已经盘算出一个如何面对被自己抛下的兄弟和企图利用纵横四海的剧本。他准备书写一段不想让自己的私仇拖累了兄弟和朋友，独自一人慷慨赴死的可歌传奇。只有这样，他孤家寡人的处境才有可能转机，才有可能从困顿中解脱。

要做到此点，首先不能主动。为了兄弟做出了牺牲，但下一秒就把这事通知了每个人，这怎么看也是在哗众取宠。所以一定要等。等他们发现自己不见，着急来问时，自己云淡风清地简单说两句，才能让自己的形象高大全。所以这段时间，银月一直在琢磨着怎么不露破绽地突出形象。同时也在着急：大爷的，怎么还没人注意到我不在呢！

此时终于有人注意到了，但是，却很不是个时候。

越是混乱的时刻，越是会出现无数的契机。只可惜，此时的银月完全不知道这边的情况，而韩家公子却把一切看在眼中，再于是，一个非常恶意的泼脏抹黑计划就此产生了。

银月悄然离开，他自己想出了一个华丽的解释。而韩家公子，却结合眼下的形势，也给他做出一个解释。更要命的是至此韩家公子还一句话都没有说过，只是充分利用已发生的一切事实，有人自然而然就被引导上钩，替他说出了他想说的：银月的悄然离开和眼下的局面有关。

银月的计划是以退为进，但问题是现在他退了，却没人跟进。他刚刚非常随意地对无誓之剑说“不好意思，他挂了”后，无誓之剑就再没回他消息。银月真是急死了，这无誓之剑怎么还不来问“怎么会挂”呢……

他当然不知道此时他挂没挂根本不是无誓之剑关心的问题，他也在琢磨着银月的离去和眼下困局的关系。

在座的团长之间也起了争执，正方认为银月必然与此有关，反方则认为应该无关，理由是银月自己佣兵团的兄弟还在呢！

“哼，扔下自己兄弟跑，他又不是第一次了。”有人冷嗖嗖地说。

樱冢月仔！

韩家公子真是很满意，什么都用不着他来说。

“你怎么会知道？”有人问樱冢月仔。

在座的和银月交情不深，银月过往的劣迹有人问起时，他都是如在地牢时的那一番推脱之词，让大家对他很是唏嘘同情。

“我怎么知道？”樱冢月仔冷笑，“路过月夜城时你们就没打听打听？那里谁不知道？”

所有人怔了怔，又和银月没啥特别交情，谁会路过月夜城时还专门打听一下银月的事啊！

于是樱冢月仔添油加醋地如此一说，以他的猥琐，这添油加醋的程度可是相当高。银月几乎已是古往今来天下第一恶人。尤其他的故事中最让人恶心的弃了媳妇还给媳妇抹脏，一旁的顾小殇第一个跳起来了。银月不在无处发泄，只能把矛头指向了无誓之剑：“我靠，这样的垃圾货色你找来干什么？云端城人都死绝了吗，你非要弄这么个人来！”

“我事先也不知道啊！”无誓之剑苦笑。

可怜银月还孤独地坐在白石城的骑士营地等无誓之剑来关切地询问他是怎么死的。

韩家公子终于在这个时候开了口：“这事倒也未必有银月参与，或许他只是发现有危险，所以想闪，结果被人拦下干掉了而已。”

这才是真正的以退为进！

这点罪行似乎看起来不及银月布下埋伏设计众人来得深重。但问题是这事本就不是银月做的，更不在韩家公子的掌握之中，给银月栽这大赃他根本没能力背。所以适时地退上一步，指出银月可能就是怕死想跑而已。此罪虽不深重，但却很真实，银月的渣属性至此已经被刻画到极点了。而韩家公子的目的也终于达到。

把陷阱包围的事栽赃给银月，就算成功，也不过是帮银月多树了些敌人，这没必要，因为只是云中暮那一伙人已经足够修理他了。而如今的借题发挥，却是把银月的人品在一个很合适的时候暴露给了大家。等所有人静下心来回头再想，会发现说到最后，有关银月大家只谈出一个主题：这家伙是个渣。除此以外啥也没有。

而韩家公子需要的就是这个，至此，银月所有的希望都已经被截断了。无誓之剑给银月回的消息："挂了？"

等了半天的银月狂喜，却还在装姿态："没什么。"

"哦，挂得挺远的吧？"

"嗯，骑士营呢！"银月淡淡地道，心中则在疾呼"快问吧快问吧，问我死了这么久怎么还在骑士营吧"。

结果无誓之剑来消息更冷淡："时候不早了，正好洗洗睡吧！"

银月木了。遗憾的是他没有主动出击的机会，以退为进的弊病就在于此，他更不知道的是，无誓之剑说完这话已经飞快地删了他这个好友，银月再想出什么计划想忽悠时，一个陌生人可是联系不到云端城的大会长的……

"咳……"无誓之剑处理完这边后，发现大家还在继续深深地鄙视着银月的人品。他觉得自己和银月刚才交流的几句真是漂亮，情不自禁也加入到了大家的鄙视当中。

"喂喂！"最后终于是倒影年华忍不住了，"别说那垃圾了行吗？我们现在怎么脱身啊？"

"咳……"所有人回过神来。

"继续耗下去只是浪费我们的时间和精力，我们得尽快出了树林才行。"倒影年华说。

废话……所有人默道，这谁还不知道吗？

"所以……"倒影年华刚要说出他的计划，突然听到那边玩家群中传来一声惊叫。

"又是谁踩陷阱了？"无誓之剑起身朝那边张望。

"有盗贼！有盗贼在我们旁边！"那边玩家群中传来一阵喧闹。

"已经开始进攻了吗？"所有团长精神一振，纷纷起身。

正面冲突他们并不怕，他们一直担心的就是对方就扔了陷阱在这消磨他们。此时竟然开始进攻了，这很好，真的！

各大团长从他们席地而坐的地方翻身就起，个个英姿勃发地回归队伍。路上已经掏家伙在手，还一路吆喝着，招呼自己的团员迅速以他为中心靠拢，团结一致抵御外敌。结果回到队中一看，只见人群中的骚乱，却根本不见敌人。

“人呢人呢？”各团长争相询问自己的部下。

“突然出现，杀了两个人，就跑了！”有人描述。

“为什么不追？”团长们询问。

“追了！”大家一起朝某方向指。那边三个玩家孤独地杵在树下草丛中。他们当然不是在那里摆造型，而是受困于陷阱，无法移动。但陷阱无非就是个没伤害的捕猎陷阱而已，三人脸上的表情却是十分夸张的慌张。只因三人的脚底下此时尤自在“噗噗”地冒着火苗。

“火树千重焰！”都是高手的团长大人们一下就看出来了。

“到底怎么回事？”某团长问。

“四个盗贼突然现身，杀了外圈的两个玩家立刻就跑。大家情急去追时不小心中了陷阱，接着就见法师的火焰燃起，追得比较快的人一共有八个，现在只剩那三人。”

众团长恍然。难怪站那不动的三个人都是战士，敢情因为血厚一些所以活下来了。其他牺牲了的五个，估计都是血薄的职业了。

此时牧师保持距离朝三个战士刷着回复，三人也很是紧张地打量着四周，唯恐那火焰不知何时又重新窜起。结果，敌人却再未出手更未露面，任凭三个战士脚下陷阱过期，匆忙回归了队伍。

树林子里恢复了平静。

敌人在短短一瞬间发动了一波攻势，带走了云端城玩家七个人的等级。这七人中有四名是纵横四海的成员，此时已经回到了遥远的云端城，退出了此次任务，另三名佣兵团员也回到了白石城，再赶到这里起码又是三个钟头。

“大家都小心身边！”无誓之剑喊了一声，所有人都空挥了一下手中武器，看身边是不是已经有盗贼接近。更有法师对身遭一带展开了一波地毯式轰炸，验证再无盗贼后，大家也只是稍松口气。现在没有，并不代表永远不会有。再多人对于盗贼的潜行也无可奈何，总不能让法师的法术一直不停地轰吧！

无誓之剑的牙都快咬碎了，对倒影年华说："找千里一醉过来吧！"

目前已知的可以做到反潜行的，只此一号。

顾飞再次应召前来，无誓之剑一脸器重的表情："千里兄弟，这次又得靠你了。"

顾飞当然知道他们希望自己做些什么，只是他的法子也是有很多局限性的。此时朝无誓之剑叹了口气道："无誓会长，我顶多能防范一个方向，不可能全面照应的。"

"为什么？"无誓之剑问。

"我醉哥是会功夫的，玩的是杀气！"正巧在这簇人中的火球在旁洋洋得意道。

"哪来捣乱的，拖走。"无誓之剑喊了两战士把火球扔出去了。

顾飞一看这么说果然没人信，于是绞尽脑汁，换了个概念解释一下："呃，我这个是一个被动技能，需要对方注意到我时才会有反应。就拿现在来说吧，我站在人群当中，外面如果有潜行的盗贼，他们看不到我的话，我也不会知道他们的存在的。我这么说，你们明白了吧？"

"哦……"大家一起长吟。

"哼，你小子，这么轻易就把自己的秘密给公布了啊！"多着好几个心眼的倒影年华暗道，心中甚至已经开始盘算如何在不注意一个人的情况下把这个人干掉。这个命题好像很有挑战啊！倒影年华琢磨。

"这样的话，千里老弟只要比我们占据更高的高度，不就是可以被圈外的人注意到了吗？"无誓之剑忽道，不愧是云端城第一大行会的会长，智力水平也相当高。

顾飞却苦笑着摇了摇头："无誓会长你是想以我为中心千人成圆吗？不好意思啊，我这技能范围还没那么大，顶多也就十来米，照顾一千多人的范围根本不可能啊！"

"这么说来，其实你连一面都照顾不到啊！"无誓之剑脸色灰暗。

"准确地说，是这样的。"顾飞很遗憾。眼下的局面他也清楚，也很愿意尽一番力，但问题是实在无能为力。

大家正无可奈何呢，突然一旁又传来叫骂：“我操，又来了！”

所有人目光转过，正看到声音的方向两道白光闪起，又是四个盗贼潜行靠近，突然现身后飞速出手屠了两人，接着转身就跑。有了前车之鉴，这次没人敢贸然追赶，法师的法术，弓箭手的箭矢等远程攻击纷纷追了过去。

但这四个盗贼似乎对这项业务异常熟悉，一击即退时纷纷踩着疾行的步子四下散去，没几步就已经各自踏到树后，踪迹不见。至此准备进攻的法师、弓箭手们才刚刚摆好位置，吟唱的词还没忆起，要放的箭也还没抽出呢！

“靠啊！”所有人为这种憋屈感到愤愤不平时，突然无数地方的上空闪出一道火轮，而且地上也跟着发光发热。

“啊啊啊啊！”所有人惊叫着四散躲避，这是法师的大范围法术。

千人的团队乱作一团，玩家相互冲撞，有人倒地，有人就敢上去踩踏……惨叫声响彻整个森林。

无誓之剑不住地大叫“稳住稳住”，结果一个躲避法术的战士慌里慌张地正好闪到他们这个没受到法术攻击的小圈子里，撞到无誓之剑的后背，无誓之剑差点没把舌头给咬下来。转身怒目而视，却哪有人有心思搭理他，都是一脸惊恐地注视着眼下的局面。

法术早已经发动起来，四下一片火海。有在法术攻击下直接毙命的，更有在混乱局面下被自己人给重伤的。

可不是吗？为了躲避突出其来的攻击，不少战士纷纷用冲锋来闪躲。这技能不只用来攻击，如今也是战士进行躲闪或是高速跑位时所用。但眼下一团混乱的情况下，保不齐一个冲锋出去正好就戳哪个人屁股上。

有被直接推到火海的，有被撞飞到树林深处再没见回来的，更多的是进入了眩晕状态，倒在地上没反应。还有不少人在乱跑的过程中突然发觉脚上一痛，再也无法移动，一看是中了陷阱，个个目瞪口呆：“怎么这里也有陷阱了？”所有人在躲闪过程中可没忘记陷阱包围网，结果还是有人踩中。

公子精英团一直是队伍的吊车尾。所以在成团时也是处在外围。而刚才突如其来的法术攻击主要触及到的正是外围，他们这位置也受到了法术攻击的奖赏。以这些骨灰级高手的经验和身手，躲开本不太难。可是眼下局面明显慌乱的同伴比这波法术攻击要来得可怕。韩家公子就在逃身的时候不幸被战士撞翻在地。

好在眩晕几率没有发生在他身上，凭借精妙的牧师技术，硬是坐在地上挺过来天上地上的火焰攻击。剑鬼和御天神鸣也飞速踩了进来，把他从持续燃烧的火树千重焰里拖了出来。这要再不赶紧拉出来，被自己人踩死的可能性比被烧死要大多了。

随着五秒的火树千重焰持续燃烧时间结束，火焰渐熄。法师的火法术一般不会在树林之类的地方引起火灾，主要因为这火燃起得快，熄得也更快。倘若不是有火树千重焰的五秒持续，单凭天降火轮的话燃烧痕迹几乎微乎其微。

不过五秒的持续燃烧倒也点燃了地上一些比较干枯的树叶，不过只是随便泛了泛火苗后就已经熄成了一丝清烟。云端城的玩家们个个灰头土脸，狼狈不堪，有些人慌乱的步伐至此还未停歇。无誓之剑一面小心不被人撞到，一面继续高呼："都镇定点，各团长把自己的团队成员管好！"

但佣兵团最多的不过百人，管理难度哪里比得上纵横四海的七百五十人？此时最混乱的团队其实是他的纵横四海。都这时候了，众团长依然不忘朝无誓之剑投来鄙视的目光。

顾飞早已经回来找到他的伙伴："你们没事吧？"

所有人望向韩家公子，刚才就他险些毙命。韩家公子则是一脸的惋惜，望着刚才他摔倒地方的一些残渣："可惜了那瓶酒，我刚拿出来的。"

"这是怎么回事？"顾飞四下寻望着。

"有法师也偷偷摸到身边来了呗！居然一个都没发现……这群家伙很熟悉树林里 PK 的方式，而且，很熟悉这里的地形。"韩家公子说，"我们的麻烦大了！"

CHAPTER 88

生擒水深

大难当头，所有人想的都是如何能脱离这个险境，几乎所有人都忘了此行是来任务的。韩家公子一早对这个临时军团很不靠谱的预言渐已成真——各佣兵团都出现了逃兵，主要是以盗贼为主，他们使用潜行后，小心翼翼朝树林外移动，只要不踩中陷阱，脱身倒是没什么难度。

只可惜，朝各方向逃出的盗贼不大会儿个个发出惊叫，身形显现，寸步难行，终究是踩上陷阱了。而那些不知藏于何处的法师们更是瞬时发动技能，火焰四下喷起，把这些个逃兵一个个诛杀。

这些玩家不仅挂了，而且挂得很尴尬，就在踩中陷阱暴露的那一瞬间，他们想遁走的意图自然也暴露了。挂一级只是暂时的，从此被人鄙视是再所难免的。有不少人刚刚在白石城盗贼工会复活，就收到了系统提示的已经被逐出佣兵团的消息。

产生逃兵的佣兵团长们都很难堪，觉得此时所有人的目光一定都在鄙视自己。事实上此刻人人自危，哪还有人有心情理会这个。

在倒影年华的组织下，各佣兵团和纵横四海的玩家们飞快面朝外站了一大圈，由战士和牧师顶在外围。这两大血厚职业靠回复挺住法师轰炸不难。

与此同时人数清点结果也飞快产生了，无誓之剑的脸色如死灰一般。刚才这一短暂的骚乱中居然一共损失达两百一十七人。其中他纵横四海就有百余人。这可是一路下来最严重的一次打击，至此纵横四海还在任务中的成员只勉强达到六百人。

森林里再度安静，所有人屏息凝视地打量自己身前。如此有组织的防范，倒是让对方半天也没捞到再度偷袭的机会。

但仅仅如此当然不可能让云端城的玩家们满意，此时他们要的是突围，脱困。可是处在连敌人在哪儿都不知道的情况下，真是一筹莫展。

“是谁，有种给老子站出来！”无誓之剑明显有些抓狂。

“呵呵……”树林里居然传来笑声回应无誓之剑。所有人扭头都朝这方向看，倒影年华着急大喊：“不要大意，盯好自己的方向。”

大家恍然间把头转回来，有些人情急之下把脖子都给扭了，压力太大了，肌肉都紧张。

“是谁，站出来说话！”无誓之剑吼道。身为一个战士，他也是以身作则顶在了圈子的最外。而处于圈子绝对核心的，是腐败分子托德。

树林里果然走出一人，只是离大家稍远，树林昏暗，样貌看不太清，似是正扬着嘴角微笑。此时双臂一举，朝所有人挥了挥手喊道：“大家好啊！林荫城欢迎大家。”

所有人咬牙切齿。

有一些玩家听得声音是在另一个方向，十分想过去一看是何人，却又怕是对方吸引注意力的伎俩，一动也不敢动。一边严密监视着前方一边听着背后的方向说话，郁闷极了。

“你是什么人？”无誓之剑作为群龙之首，还是需要和对方直接对话的，此时来到了这个方向，二人遥遥相对。

对方却没有回答这个问题，转而问道：“陷阱的滋味怎么样啊？”

不可否认，虽然给云端城的玩家们造成直接伤害的是法师和盗贼，但在这次受困中起到主导作用的却是陷阱，因为陷阱网的存在，让大家每迈一步都是小心翼翼，不得不成了瓮中之鳖。

“哼，没什么了不起的。”无誓之剑对陷阱满是怨念，一时未答，导致樱冢月仔这个陷阱专家越俎代庖，替他挡了这句。只是他这话说完之后连自己人都侧目——没什么了不起的，却把所有人困这儿了，这不是睁眼说瞎话吗？

对方果然发出了笑声，末了问道："阁下是？"

樱冢月仔刚才说话时已经跳到无誓之剑边上，此时一拍胸脯答道："我叫樱冢月仔，是云端城第一陷阱技师，有种和我单挑啊！"

遗憾的是樱冢月仔这个名字可爱有余，气势为零。虽然他很嚣张地讲了这么一句话，但上来就自报家门，把整段话的气势都给拖累了。他团里那帮素来不把团长当回事的狐朋狗友立刻开始嘲笑："哈哈哈，月仔又装逼了。"

对面的人也在笑道："云端城第一这么厉害啊？不过不好意思，在下是《平行世界》第一陷阱技师！"

"你谁啊？"樱冢月仔说。

"水深。"

喧声渐起。因为这名字可不普通，这是《平行世界》中象征最厉害的五小强之一。虽然对抗赛期间好多玩家完成等级提升，41 级并不是五小强专有。但从游戏的经验榜单上来看，位居总榜前五位的依然是这五人。

总榜前五中的弓箭手，自然也是弓手经验榜的首位。如果他转职是潜伏者，那么自称为《平行世界》第一陷阱技师倒也并不过分。

樱冢月仔明显有点尴尬，讪讪道："等级高，不代表技术好嘛！"这话已经不是喊的，而是对自己身边人说的。结果遭到他那群哥们毫不留情地嘲笑："歇菜了吧月仔，啥叫一山还有一山高？以后记得低调点。"

"都他妈闭嘴！"樱冢月仔怒道，接着又朝水深喊话，"水深是吧？来和我单挑啊，看谁才是《平行世界》第一陷阱技师。"

"呵呵，你能平安无恙走到我跟前，我就承认你才是第一技师。"水深笑道。

水深距离他们足足有 30 余米，沿途肯定是布满了陷阱，他才敢如此公然现身。无誓之剑也是深知这点，否则早就找几个盗贼潜行过去将他拿下了。只是，樱冢月仔的陷阱水平的确是有两下子的，水深扔下这话，未免……

“这话未免有点太大了吧！”樱冢月仔替无誓之剑说出了心声，“那我就来试一试。”

“请便！”水深做了个邀请的手势。

“好，你等着！”樱冢月仔东张西望，四下寻觅，最后终于折来了一根树枝，足足有两米多长。樱冢月仔双手端着，冷冷道：“那我可要来了！”

水深只得又邀请了他一回。

“呀！”樱冢月仔一声呐喊，一树枝扎到地上，撅着屁股开始细心地挑拨寻找陷阱。众人皆倒，这实在是太猥琐了。单看这气质，这两个谁更适合称第一大家心里已经有结论了。

樱冢月仔的水平倒也不是假的，不消片刻，已经挑出了三个陷阱，有树叶下掩盖的，土里埋的。樱冢月仔心下好不得意，心想埋陷阱无外乎就是这点花样，这点雕虫小技如何难得住自己，这人如何自大，八成是脑壳坏掉了。

樱冢月仔一边想着，一边已经挑出了第五个陷阱。五个陷阱都被他集中甩到了一个地方，准备一会儿当作耻辱薄来好好羞辱这水深一番。

樱冢月仔抬头看看，刚刚走过了五米了，头两米并无陷阱，之后三米却一连发现了五个，这还只是樱冢月仔走的这条线路上，他估计自己的身侧此时肯定也有陷阱，这密度不可谓不大，这家伙到底带了多少潜伏者。

樱冢月仔正待继续勘探，突然身后云端城的玩家大叫：“小心！”

樱冢月仔不明所以地一回头，就见两个盗贼已经若隐若现地在自己身后出现了。

“我操，卑鄙啊！”樱冢月仔骂道。

“哈哈哈！只把捕猎夹子当陷阱，埋伏的盗贼就不是陷阱了吗？你这个第一高手，陷阱意识未免也太浅薄了吧！今天我就给你上一课，回去好好琢磨去吧！”水深大笑道。

“真是太贱了！”云端城的所有玩家都没料到会有这么一出，此时救援已经不及，除非有人或者攻击可以不需时间就赶到樱冢月仔身边。

而这样的人，云端城阵中偏偏就有一位。瞬间移动，那就是没有时间的移动。

五米的距离，也实在是刚刚好。

就在两个盗贼以为已经可以简单得手时，一道黑色人影突地就降临在了他们身后。

这回轮到水深惊讶地喊出一声“当心”，结果只看到一道硕大的“V”字型火矩一闪而过，两个盗贼顷刻已经毙命。

“醉哥啊——”樱冢月仔激动地快哭了。这才是兄弟嘛，看看自己那帮哥们，此时一边笑逐颜开地欣赏他吃瘪，一边很随意地弯弓搭箭准备尽尽人事，真是太令人悲愤了。

“快回去！”顾飞拍拍樱冢月仔。

樱冢月仔也感觉到了危险的信号，此时地上冒热，头顶上闪光，这是法师要下手的迹象。樱冢月仔慌忙扔了手中破树棍就往回跑。不过那木棍不及落地，却被顾飞一伸手给捞住了。

顾飞飞快地一试那根树枝的坚硬程度，很是满意。当即把剑收入口袋，双手驻着木棍就地一撑，人立刻被支起在了半空中。地上的火树千重焰已经燃起，顾飞却因身在半空没被烧到，天上的天降火轮虽然砸到了头，但刚刚显现出形态的火轮，不至于有重大伤害。作为法师，顾飞的法力是丢人现眼，但他有追风之庇佑这种变态装备，生命比其他法师还是要突出不少的。

此时群众已经在惊呼：“哇，这样也可以啊？”

结果顾飞的表演还没完，支在半空一瞬手从口袋已经掏出一卷长绳，挥臂一甩那绳索呈 45 度飞向上方树木枝干，稳稳缠绕在了某处。此时临时支撑他的木棍已经要倒，顾飞正好弃了木棍跟着绳子荡出，与此同时还飞快朝绳子上端爬了一段，顾飞深知如果不抓高点，绳子荡到最低点时自己肯定是要被摔到地上去。

这几下兔起鹘落,流利到了极点。群众们再次呐喊:“还带这样的啊?耍杂技啊?”

顾飞荡在空中心下甚是不爽，这是杂技吗？这叫功夫！

古说十八般武艺，其实这十八是个虚数，随着朝代进步所繁衍出的不同版本中这“十八”各有所指。只是按总体分类来说，无非就是抛射兵器、长兵器、短兵器、软兵器和白打。

这几大种类细分下去，每样里都可以再归出个十八般兵器。所以想样样精通绝无可能。况且如狼牙棒啊、混元锤啊、流星锤这些古里古怪的兵器没听说过是哪个习武之人在研究的。如弓箭类，却是顾飞一点都没涉猎过的。

这些暂且不提，就眼下顾飞甩的这套把戏，那可是实打实的真功夫。这是属于软兵器中的套绳类。你让杂技演员来耍两个秋千肯定能比顾飞更惊险更美观，但就甩绳缠树这一下，那就是顾飞更有把握了，顾飞的内涵可是都在这里，群众们不懂欣赏，弄得顾飞又是十分郁闷了一回。

但不管是功夫还是杂技，所有在场的人都被顾飞的举动给震住了，不仅仅是自己人，还包括 25 米远外的水深。直到顾飞抓着绳子呼啸着就要飞到他面前时他才如梦初醒。

想成为一个伟大的弓手类职业玩家，最大的要点就是永远不能给人近身的机会。水深虽然转职的是潜伏者，但这种职业特点还在。此时没想留下缠头，闪身就要朝一旁树后转去。只要脱离了对手的视线，水深就有把握摆脱任何追踪。用句俗不可耐的话来说：他可是在这片森林里长大的，熟得很。

可惜顾飞却不会给他这个机会，空中伸手一指，飞速吟唱：“电流墙壁，降！”

电流墙壁瞬间已在水深的面前集结完毕，他反应稍慢上半拍都有可能直接撞上去。等他停步，转身想要绕道时，来得一点也不慢的顾飞却已经飞到了他身侧，劈头盖脸地就是一剑，紧接着追着水深跳跑的步伐就是一记扫荡腿想钩到他。

没想到就在要扫到的节骨眼，水深突然向前一跳，这一扫竟然扫了个空。顾飞功夫出手，杀伤多少不由他控制，但是直接打不中失手的可是极为罕见的。水深居然躲过了他觉得万无一失的一招，让他大感意外。

顾飞不敢怠慢，连忙继续追去。水深的移动速度或许比他更有优势，但只要把二人的距离咬在五米以内，等瞬间移动冷却结束，顾飞绝不会再失手第二次。

正这样规划着，突然脚下一丝轻颤，顾飞心叫一声不好，飞速地向后一个疾退。

此处居然掩着一个陷阱……顾飞也瞬时明白水深闪过自己那一记扫荡腿是怎么回事。那家伙根本不是见招拆解，只是因为知道这里有陷阱，那一跳是为了跃过陷阱而已，结果碰巧把顾飞的扫荡腿也让过了。

顾飞一触陷阱即闪，反应之快已经到了登峰造极的地步。顾飞估计如果是现实中的此类陷阱，自己如此机敏的反应恐怕都不会把陷阱给触动，毕竟想触动陷阱，肯定是要达到所必需的力量的。可惜眼下这是在游戏，陷阱的发动没这么多物理原理，不管你力量多大，反正你触了机会它就动。而且这个樱冢月仔口中的更高级陷阱动起来还很生猛，一弹之下会跳起来夹你。

不过相比上次，这次的顾飞心有准备，向后一闪的工夫已经撩剑出手，比上次更快了几分。

前方准备逃跑的水深号称《平行世界》陷阱第一技师，陷阱功力自然了得，刚才耳中敏锐地捕捉到身后一声类似弹簧的轻响，立时知道是陷阱被触发了。

此时身后追着自己的除了顾飞还能有谁？想不到这家伙这么快就中招了，水深还想着刚才自己情急之下躲避陷阱太明显，恐怕是给人提了醒，想不到这家伙身手快，脑袋可不怎么快啊！

水深心中如此想着，于是乐不可支地回头来看，结果耳闻那弹簧声越来越近，就看一样他十分熟悉的事物飞至眼前，水深还没来及发出惊叫。“啪”一声响，给弹簧声划上了句点。

“哇哈哈哈！”樱冢月仔刚才跑出法术范围就开始回头观望顾飞的行动，比其他人的距离更近，看得也更清楚，此时几乎要在地上打滚，伸手指着水深肆意狂笑：“不愧是第一陷阱技师啊！能把陷阱夹到鼻子上，我承认我不如你了！”

水深已经是泪流满面了，是真正的泪流满面，不由自主地泪流满面。谁不相信，可以自己拿个夹子狠狠夹到自己鼻子上试试。

更让水深感到悲愤的是，他现在不能移动了！陷阱夹没有夹到脚上，而是夹到了他的鼻子，发挥的效果居然也是禁止移动。就连他这个陷阱第一技师也不知道这种情况，因为从来没人想到过会发生这种事情！

“这是个 BUG！”水深非常悲愤地想着。

发生这个情况顾飞也挺意外，他原本就想挑飞陷阱夹砸一下水深的脑袋，没想到他会转过头来把鼻子送上来，更没想到夹了鼻子居然和夹了脚一个效果。

陷阱夹只有到了时限，才会自然脱落，这是系统规则，人力无法更改的绝对无耻的系统规则。所以水深只能任由陷阱夹在鼻子上挂着。模样滑稽，任何一个有自尊心的高手此时都会怀有很想死的心情。所以当顾飞拎着暗夜流光剑步步朝他逼近时，他甚至希望顾飞走得再快一点，赶紧把他挂了算了。

结果顾飞走到他的身边并没急于挥剑，手到口袋里又去摸索什么。

难道会是什么更残酷的道具？水深刚想张口抗议，却见顾飞已经将东西从口袋里掏了出来，居然只是一个苹果，接着就见他咔嚓咔嚓啃了起来，一边啃还一边问：“感觉怎么样！”

一个极限的瞬间移动，一个双炎闪，再一个极限的电流强壁……这也是顾飞的极限，此时他已经没法力出大招了。

“哼……”水深本来是想发这个音的，不想鼻子被夹着，这音拐到不知何方去了。水深只得开口说话：“你最好快点杀了我，不过这也没用，就算杀了我，你们也出不了这树林，而且我很快就能回来。呸呸呸……”

水深这“呸”倒不是冲顾飞。陷阱是在土里埋过的，带着不少泥，此时就挂在他鼻子上，垂在嘴跟前，这一张口，不少泥土就被抖落到了嘴里，形势更加难堪。

“呵呵！”顾飞笑了笑，苹果啃了半个就扔掉了。手又伸进口袋里一阵摸索，又掏出了一圈绳子说：“杀你干啥？”说着右胳膊突然一挥，剑尖又是划出一道火焰V矩，两盗贼从空气中显形，毙命。

“叫你兄弟不要过来了，潜行对我没用的。”顾飞说。

水深很诧异，他知道他的盗贼兄弟们在用潜行接近顾飞。但就是他也不知道他们究竟何时出手，没想到顾飞比他都清楚，而且一挥手又干掉了两个。

顾飞依然可以察觉到有潜行盗贼注意着他，但是显然他们停止了靠近。于是顾飞转到水深的身后，低身在水深腿上缠起了绳子。

“靠！”水深已经知道这家伙要干什么了，虽然下半身无法挣扎，但上身是能动的，弯了腰想要阻止顾飞，可惜顾飞早已经打好了结，一闪已经离开他身侧。

绳头的另一端顾飞绑在了炎之洗礼上，一边甩着一边喊道：“接着。”

“来了！”战无伤应声出队，接住了抛至的炎之洗礼。

“拖回去！”顾飞发令。

“收到！”战无伤振臂一挥。

“啊啊！你们这些混账！”水深咆哮着，却见拴在他脚裸的长绳已瞬间被拉得笔直，脚上一股大力涌来，水深当场已经被带翻在地。

战无伤力量浑厚，他扔出去的东西，向来比他本人移动要快不知多少倍，此时拖人自然也不在话下，水深刚被带翻在地，立刻飞一般地被拖了回去。这下高手水深也顾不上面子了，大叫“救我”。

周围不少树后藏着法师、盗贼、弓箭手，此时水深叫得这么凄惨怎么能不救？盗贼疾冲过来想拉住他；弓箭手放箭想射断绳子；法师想烧断绳子，更有脑袋不灵光的法师居然想用冰旋风来减缓水深被拖动——也不想想此时水深是被动移动，想减缓他移动，那得对着施力者，也就是战无伤放冰旋风才对。

总之方式是五花八门，可惜却无一见效。

首先射断绳子，这等射术岂非常人可及？那需要现实里就是射箭高手，然后再辅以游戏中的系统辅助才可能达到如此出神入化的技巧。

而法师的火球术就和天降火轮不可能在树林引起火灾一样。飞出的火球击中目标，瞬时就熄了，绳子上似是留下了焦黑的痕迹，也许耐久度已有下降，但水深被拖动的距离只是这区区 30 米，坚持下来问题不大。

更可怜的就是贴上身来的盗贼了。顾飞此时就是追在水深身后跑的，三个飞速冲上来的盗贼的下场只能是消失在一片火光当中。

地上的水深此时更是惊叫不绝。这一路滑过去的地上满是陷阱，他这一边滑还一边滚，不知触动了多少，顾飞在他身后就眼睁睁地看着他身上的陷阱夹子越来越多，令人叹为观止。

更多的法师、盗贼、弓箭手从树后现形想来援助，而只顾欣赏回味顾飞惊艳表演的云端城众人总算是反应过来了。无誓之剑高声一呼，倒影年华已率纵横四海最训练有素的弓手军团赶到，瞬时箭如雨下，水深仰面在地上滑行，就见着箭矢整齐划一地从他上空飞过，也是惊讶不已。这属于纵横四海的特色产品，并不是随处可见的。

那些贸然露头的营救分子受到了这一波暴射的打击，当场牺牲的就达十余人，剩下的基本也是带箭而归。更要命的是这一次公然露头可把位置都暴露了，此时闪到了哪棵树后都会落到这帮神箭手炯炯的鹰眼之下。

箭矢这东西价格便宜量又足，弓箭手用起来都不会心疼，此时看不到人却也不肯停手，憋了这么长时间的气总算有了个宣泄口。暴射一点都没停止，那些个藏身的树木像被机枪扫射一般木屑纷飞。

位置比较好的，对这树林更熟练的，此时依然可以找到树木之间遮挡视线的盲角脱身，但大部分人只能死死靠在树后，一根手指都不敢露出来。

此时水深一路滑行，终于被战无伤拖回了阵中，顾飞在纵横四海的箭阵掩护下也再没受到什么骚扰，顺利回归，迎接着来自各方复杂的目光。

“醉哥太牛了，偶像啊！”樱冢月仔第一个上来恭维。

顾飞笑笑，这种事他已经习惯了。

跟着樱冢月仔低头朝还在地上的水深也是一笑：“你也是我偶像，不愧是陷阱第一技师，你现在是全副武装啊！哈哈哈哈！”

水深是又痛又气。此时浑身陷阱夹子，连脑袋上除了原本鼻子上的那个以外也又多了三个：两个夹在头发，一个夹在耳朵。其他胳膊啊，腿上啊，胸前啊，后背啊……也挂得密密麻麻。这让无誓之剑看在眼里就来气：“你狗日的，区区 30 米你就下了这么多陷阱，黑啊你！”

其他玩家此时则也在议论纷纷。

“陷阱效果有叠加吗？”战无伤问着。

“好像没有吧？”佑哥回答。

“要有就华丽了，这么多陷阱，这什么时候才能动啊！”战无伤说。

“啧啧，人的一生能有机会被这么多陷阱同时夹住，而且是夹满了全身，那是何等的荣幸啊！”御天神鸣感慨连连。

倒是樱冢月仔乐了一会儿却突然悲愤起来：“妈的，为什么只有系统可以摄像，我们却连拍照的功能都没有？”

这一提到摄像却是提醒水深，他目光一转望向顾飞，打量后说:“你就是云端城的那个视频法师？”

“嘿嘿，知道怕了吧！”樱冢月仔得意洋洋，好像是他把水深揪回来的。

水深却根本没理他，只是在听到了肯定答复后，叹息了一声：“果然牛人。”

“谢谢！”顾飞无时无刻不保持着一个合格武学家的谦逊，在外人看来这真是装逼极了。更让人妒忌的是，这还得是有真才实料才能装得出来的。

这时“吧嗒”一声，水深鼻子上夹着的那第一个陷阱总算是到了时间，自动滑落，给水深留下了一个煞是可爱的红鼻头。

其他陷阱失效也都是须臾之间，这鼻头上的就像是一个启动器，掉下来后不久，水深满身的陷阱夹开始不断地掉落。

“啧啧啧！”议论声再起。

“这也是一种别样的风华绝代啊！”御天神鸣延续着之前欣赏的视角。

“善水者溺，善骑者坠！至理名言，至理名言啊！”佑哥倒是从中得到了感悟。

当最后一个陷阱夹从身上跌落后，水深长出了口气，慢慢悠悠地从地上爬起。一只脚踝依然被绳子系着，他却是满不在乎。站直了身后，拍了拍尘土，倒是欣赏地看了纵横四海那些忙碌的弓箭手们几眼，点点头赞道：“箭阵练得不错。”

“丫的还装帅！”樱冢月仔挽了袖子想上来揍人，忽然听到“吧嗒”一声，他难以置信地低头望去，脚踝上赫然卡着一个陷阱夹，他已经寸步都不能动了。

“哈哈哈哈！”水深大笑，“谁才是陷阱第一技师，现在你服气了吧！”

所有人都惊讶地望着樱冢月仔脚上的陷阱，他此时已经走到水深身前，陷阱并不能禁锢上半身的活动，如果他愿意，拳头还是可以挥出去。但他这一拳实在是挥不出，因为刚发生的事实让他感觉到了惊悚。

樱冢月仔对自己的陷阱技术是很自负的，但方才他完全没注意到水深什么时候在地上又设了一个陷阱。虽然必须承认没人会想到水深这时候还有心情扔陷阱，但如此近的距离，就是再不留意也会注意到的，这家伙用的什么手法？

对于这些事，无誓之剑虽然也觉得惊异，但却不如何关心，他关心的始终是他的任务。此时目光炯炯地望着水深：“水深是吗？我们来好好谈谈吧！”

水深嘿嘿一笑："没什么好谈的。这可是网游，擒贼先擒王是不好使的。我虽然现在落你们手里，但依然可以指挥我的兄弟们继续对你们的战术。而且我死了顶多掉一级，这没什么，完全不具备做人质的价值。"水深侃侃而谈，末了一转面朝这边静静站在一旁的顾飞哂笑，"真搞不懂，你废这么大劲把我捉回来有什么意义啊！"

顾飞摇了摇头说："你先谈正事，闲了再来找我报仇。另外我要指出一点，抓你很轻松，一点不费劲！"

"嘁！"水深继续着满不在乎的态度，一脸死猪不怕开水烫的表情重新转向无誓之剑，"你放心，你们绝对是跑不了的。这种情况下，我们占尽天时地利人和，你们最明智的做法就是把人交出来，这样免了争斗，你好我好大家都好……"

"你休想！"无誓之剑直接打断。

"大家看到了啊，我给你们机会了，但是你们的老大不愿意。我也没辙。"水深摊手朝周围人说道。说完又望向顾飞说："去劝劝吧，劝劝！"他这种外人当然不知顾飞与无誓之剑是何关系，只想着如此身手的人，在行会中必然是很有地位的。

这时人群间有人冷嗖嗖飘来一句："虽然是在游戏，不过想死也是没那么容易的。"

"没错，把这家伙吊起来打！"水深的姿态早就犯了众怒，此时有人俯身就去捡那拴他脚上的绳子。

结果这家伙依然不在乎，嘿嘿笑道："哥们你傻啦，咱这玩游戏的谁天天不被怪挠个几百下，这点小疼忍不了，还玩屁的游戏啊！"

这话绝对不假，这拟真游戏在疼痛系统上并不真实，否则战斗为主的游戏天天刀里来刀里去，真完全拟真谁受得了。再加上游戏初期发生过的恶劣事件，游戏对此进行过重大修正。无论下多重的手，疼痛感却是有上限的，对于一个有点意志力的人来说，这都不难忍。

严刑看起来无用，走猥琐路线的樱冢月仔却心生妙法，跳出来喊："弹他小鸟一百下啊！"

"咳！"有正直之士已经不好意思了，别忘了周围还有不少姑娘呢！樱冢月仔和他的团为什么会在这个方向？不就因为重生紫晶的姑娘们也在这边吗？

"注意素质！"顾飞拍了拍樱冢月仔。

樱冢月仔的提议的确够猥琐，让周围不少玩家都替他感到难堪。但猥琐的办法总是有奇效，君不见水深在听了这话后勃然变色，不由自主地哆嗦了一下吗？虽如此，但他很快调整安慰了自己："放心，这是不可能的，系统有禁制的！"

系统的确有这方面的禁制，也是在当初暴力事件后第一次回炉再造时进行过调整。所以在《平行世界》中，主动脱光当个暴露狂没问题，想作奸犯科那就是有技术障碍的。不过也别以为这样你就可以当一个自由自在的变态，这种变态行径系统也是严密监视的。

这比现实中警察捉小偷可容易多了，只要一经系统监视发现，立刻对账号进行毁灭，该玩家身份也会登上黑名单，而且游戏公司表示还会保留向司法机构起诉的权利。一旦接到其他玩家投诉，你的麻烦就会由虚拟转移向现实了。

因此游戏开放至今，除了不成熟的第一天外，再没发现过此类事件。

此时水深不住地拿这些规则给自己加油打气，保持着满不在乎的状态。再看包围他的这些玩家，显然有些一筹莫展，水深再度露出惬意的微笑。

无誓之剑也是实在忍不下这口气，老拳一挥砸到水深脸上，而他身后的其他玩家也飞速地让开一条道，水深唰一下就被砸飞出去。

拴在他脚上那条绳，无誓之剑早从战无伤手中要了过来，此时亲自掌控在手中。砸飞水深后迅速用力一拉再度将其拽了回来。

水深抹着嘴角冷笑："一点也不疼！"说着重新站起瞪着无誓之剑，"不过这一拳我可记下了……"

"还威胁我！"无誓之剑大怒又想来一拳，不想一左一右突然有两只手同时搭到了他肩头，说的话都是一样：“算了吧！”

无誓之剑停了手，向左看完向右看，左边是顾飞，右边是漂流。这两个人现在也在互相对看，显然对于对方出来阻拦都比较意外。

顾飞是一直在场的，漂流却是刚刚不知从人群中的何处钻了出来。水深眯眼瞅了他一下后笑了：“漂流是你，怎么着？流浪到云端城去了？”

漂流点了点头：“我倒不知道你什么时候跑到这城来了。”

“已经有一段时间了。”水深说。

所有人看看这个，看看那个。无誓之剑本来想问漂流为什么在林荫城有认识的人在之前却没吱声，结果两人持续的对话很快解答了这个问题——漂流不知道水深在林荫城。

漂流虽是五小强级别的法师，却是最普通的那类。在这种情形下他是不可能像顾飞一样站在最外围的。顾飞三下五除二揪了活口回来，这事亲眼目睹的其实也就是处在这个方位的玩家，其他人都是听口头传播的。一边议论一边还要继续严密注意他们所监视的方向。漂流也是在听到水深的名字后，这才离开了他们那个区域跑到这边来了。

“你们是朋友？”无誓之剑皱着眉望向漂流。

事有利弊，是朋友，朝好的方面想，当然是也许水深卖个人情就放他们过了；往坏的方面想，当然是自己碍于漂流的情面，不太方便难为水深。

结果今天真不是纵横四海的什么幸运日。这边漂流淡淡回道：“算是吧！”这种口气可见二人肯定没啥交情，另一边水深则是看穿无誓之剑心思，冷笑道：“再熟的朋友也没用，一帮兄弟跟着我混，我不能只对自己有交待。”

无誓之剑又想挥老拳，结果是顾飞劝道：“算了，打他也没用，除了出气也解决不了什么问题。”

“哼，这位兄弟还算有点脑子。”水深对顾飞印象还是不错。

“先想办法突围吧，这家伙没用直接砍了算了。”顾飞继续说。

“靠，你好毒啊！”印象直转而下。

无誓之剑沉思了下，扫了水深一眼后说："这家伙看着也算是个够义气的。他既然这么替他的兄弟着急，他的兄弟难道不得承他这个情？拉到前面朝他兄弟喊话，威胁一下。"

"幼稚，真是相当幼稚。出来跑，这种情况才在意料之内。我们行会早就有约定，不可能因为任何人放弃整个团队的利益，包括我自己在内。不信你们就试试吧！"水深泰然处之。

"去吧！"无誓之剑挥手。但是他身边站的是顾飞，没搭理他，转身走了，显然是不爱做这事。水深看在眼里哈哈大笑："这位兄弟有性格啊，哥们欣赏你！"

无誓之剑号令顾飞，后者不从，很没面子，却也无法发作。只好又招呼了几个自家兄弟去干这事。临去前又把水深牢牢缠了几圈，无誓之剑紧握绳头，这才放心地让他被带走。

此时倒影年华指挥着箭阵团还在暴射，水深被押上前后，火力暂熄，纵横四海的人开始按照老大的吩咐喊道："树林里面的人听着，你们的老大现在在我们手上。立刻放下武器，解除陷阱，离开森林，否则就去复活点接你们老大吧！"

一遍喊罢，没反应。

"再喊一遍，数十秒！"无誓之剑说。

"数个屁啊！要杀赶紧，啰里啰嗦。看你这会长就知道你这行会没前途。"水深不耐烦起来。

无誓之剑没理他，亲自来到前沿："树林里的人听清楚了，我现在数到三，如果不照我们之前说的话做，就先砍了你们老大。我现在开始数！"无誓之剑看来是也有些不耐烦了，刚才还说数十秒的，到这当口临时也改成三了。

"一！"无誓之剑吼道。

没反应。

"二！"再吼，还是没反应，无誓之剑已经缓缓举起他的巨剑。

“三！”一声喊罢，无誓之剑巨剑挥下。他绝不是恐吓，这法子他本就没抱太大希望，反正就是死马当活马医。既然没用，那就直接砍了水深，反正水深死与不死己方都是这情况，杀了他也算出口气，涨涨士气。

“等等！”

就在剑要劈到的当口，树林里突然传出一声。

无誓之剑眼睛一亮，不过劈下的剑却也没收。这不过一记普通攻击，无誓之剑没强到普通攻击也秒杀的地步，原是想多砍几剑的。现在对方终于出了声，那就砍了这一剑后就没继续了。

“谁喊的‘等等’！”水深反倒是第一个怒了。

某棵树后转出一人，模样是个法师，望了一眼这边被无誓之剑揪着后领拎在手上十分狼狈的水深，表情露出几分痛苦。最后目光转向无誓之剑：“我们解除陷阱，放了他吧！”

“你他妈喝多了？我们是怎么约定的！”水深吼道，“管我干什么！”

那人却看都没看他，只是望着无誓之剑。

无誓之剑脸上露出胜利的微笑：“够情够义，真是一帮好兄弟。任务完了，大家未必不能交个朋友。请吧！”无誓之剑示意。

那法师一挥手，树后转出数名弓箭手开始解除陷阱，看身法便知技术极是熟练。

无誓之剑四下扫了两眼后，目光极其冷酷，冷冷地又甩了一句：“我说的陷阱，是所有的。”

那法师什么也没说，不过显然是在频道里发了消息。不大会儿，无数树后转出弓箭手开始解除陷阱，人数之多让云端城的玩家很是大吃一惊。

不算视线受堵没有见到的，就眼下目力所及，怎么也有两百人吧？纵横四海在发展行会等级上已是尽最大努力了，目前也不过5级，总人数七百五。相信对方顶多也不过这个程度。这种情况下行会竟然有两百多弓箭手，而且全部转职潜伏者，这职业失衡得未免有些太离谱了吧？而且看他们忙碌的模样，似乎每个人不只下了一个陷阱，难道每个潜伏者不是只能布一个陷阱吗？

众人惊叹的工夫，这些潜伏者已经忙完了手头的事。拆掉陷阱站立一旁，静静地注视着云端城的玩家们。那法师望向无誓之剑开口说话："好了，放人吧！"

"白痴，你们这帮白痴。"水深对于兄弟仗义相救似乎又是气愤，又是感动，埋着头不住地念叨着。

"月仔，去看看吧！"无誓之剑示意。

樱冢月仔点头上前，就近走了一圈细细盘查了一番后转身点了点头："没有陷阱。"

无誓之剑非常满意。这种胜利在握的感觉实在太好，他忍不住又要显示一下自己的气派。很是潇洒地朝对方一笑道："还要打听一下，林荫城具体应该朝哪个方向走？"

"那边。"那法师指了一个方向。这方向正好是刚刚樱冢月仔盘查过的，无誓之剑放心地点了点头："谢谢。"心情愉悦的情况下，无誓之剑的派头更是十足，礼貌地回了一下后说，"等我们离开，自然会放了水深兄弟。"

说完调整了下队伍，已经准备朝那方向前进。不想突然有人从队伍里走出，懒洋洋地挥了挥手说："等等啊！"

CHAPTER 89

人 肉 排 雷

一个永远喷着酒气，貌似女人，实则是男人的牧师，除了韩家公子，还能有谁？

此时队伍也不过刚刚开了个头，韩家公子出列拦了排头，前进立刻止住。这家伙慢条斯理地来到了队中无誓之剑他们的所在，笑眯眯地道："幼稚，相当幼稚。"

"韩家兄弟什么意思！"无誓之剑心情正好呢，韩家公子突然出来没头没脑地批评，让他非常不爽。

"不是说你，我在说他。"韩家公子指了指水深。

水深就走在无誓之剑身边，绑着他的绳子还被无誓之剑牢牢握在手中。无誓之剑朝他望去，却见水深一直摆着的满不在乎的神情此时终于消失不见，直勾勾地望着韩家公子，脸上写着的全是惊骇。

"演技派啊？"韩家公子托着长音，手指朝水深点啊点的，"不过你这点小把戏，骗骗别人还行，在我这里还嫩点。"

"怎么回事？"无誓之剑有些迷糊。

"都是装的。"韩家公子望向无誓之剑。那眼睛里全是醉意，实在让人怀疑这家伙是不是喝多了在说醉话。但无誓之剑却不得不再问一句："什么意思？"

"他有一句话，你应该相信的。"韩家公子说。

"哪句话？"

“他们的行会，绝不会因为某个人而牺牲集体的利益，即使是为了他这个会长也不可能。”韩家公子说。

“这……”无誓之剑猛得朝四周望去，只看到那些潜伏者再度藏身树后残留的一丝身影。

“接着走下去，肯定会有什么大埋伏，或许是会让我们全军覆灭的大埋伏。”韩家公子笑道。

“你的意思是说，他们只是假装为了水深要放我们走，让我们放松警惕，然后设下更大的埋伏，乘机一举把我们消灭？”无誓之剑惊讶。

“没错。水深的死活，从他被捉回来的一刻起，他们就已经不会放在心上，那一切都只是假装的。”韩家公子一边说着，一边望了水深一眼。

“怎么会这样……”无誓之剑还有些难以置信。

“不过最强的演技派，当然还是水深兄弟。他过来耍的那些无赖，成功地对你进行了挑衅和诱导。你是不是觉得，这个可恨的家伙捏在手里，不好好利用一下他真对不起自己？”韩家公子继续微笑。

“……”无誓之剑。

“同时他还多次强调他没有人质的价值。这种话听得多了，你是不是不由得就在考虑这家伙是不是真的不能当作人质？随后你发现他们是个很有义气的团体，于是，就想着落花虽无意，或许流水却有情。反正也没什么损失，当然不妨一试，这一试之下，你心里当然是暗爽，只可惜，这就彻底上了他的当了。”韩家公子说。

“……”无誓之剑还是不说话，脸色却是越来越难看。

一直就在一旁的顾飞，听着韩家公子明明是洞察了对方的意图，却偏生要这么连挖苦带嘲弄地说一遍，这无誓之剑不好朝他发作，八成得把水深撕成碎片，连忙出声道：“你话真多啊，早看出来了不早说。”

“我这不是说了吗？”韩家公子摊了摊手。

顾飞十分怀疑这家伙就是故意等到这个时候，无誓之剑正洋洋得意到几乎不能自控的程度，狠狠地一脚把人从云端踹到地狱。这家伙就是有这么恶趣味，顾飞想着。

“想不到你竟然也在这儿！”水深居然突地开口，“剑鬼呢？”

这话一出大家着实一惊，想不到水深和韩家公子、剑鬼也都认识，而且听这语气，交情怕是比和漂流要亲切多了。

无誓之剑一听这又攀上情了，立刻很郁闷，今天想出一口气怎么就这么难呢？

剑鬼很适时地也从人群中穿出，站到了韩家公子身旁，朝水深点了点头说：“这儿呢！”

“你们两个……怎么在别人行会里当小弟啊？”水深很是不解。

“我们现在是佣兵团，受雇于人。”剑鬼说。

“哦……”水深一声长吟，“我说怎么这么多人，我当行会多庞大呢！敢情好多都是佣兵吧？是行会的就把行会徽章戴起来啊，有点行会精神行不行？行不行？”

无誓之剑实在是忍不住了，大骂一声冲了过来，先朝韩家公子和剑鬼冷冷地道：“韩家兄弟，剑鬼兄，这家伙现在跟我们行会是任务对头，我砍了他，你们不会有意见吧？”

结果两人一起点了点头说：“应该的！”

周围的人全都迷糊了，这到底是朋友还是仇人啊？

水深却是丝毫不以为意，站直了身，脸上重新变回到了满不在乎的表情，朝韩家公子和剑鬼道：“你俩也跑不了，牧师学院和盗贼工会接你俩，晚上一起喝酒。”说完点了点韩家公子，“剑鬼的我请，你的自费。”

“哼，劝你还是不要挡道的好，否则今晚你怕是要掉两级。”韩家公子淡淡道。

“嘿，大家走着瞧嘛！”水深和这二人说完，用极度蔑视的表情扫向无誓之剑，“怎么还不动手？你这磨磨唧唧、啰啰唆唆、拖泥带水、不解风情的风格能不能改改？”

“不解风情？”群众们都疑惑了。

“呵呵，顺口随便说的。”水深死到临头笑容依然灿烂。

“你去死吧！”无誓之剑只觉得自己再不挂了这家伙肯定要气死过

去，手中巨剑一挥，兜头劈下。不料水深的身边突然卷起一道火光，水深也很诧异地扭头来看，却是顾飞出手把他给解决了。

白光一闪水深已经不见，无誓之剑一剑劈了个空，望向顾飞很是恼火："你干什么？"

"我下手比较干净。"顾飞点了点头，镇定地说。

"……"无誓之剑牙都快咬碎了，却是一个字都说不出来。

公子精英团的人也根本不理他。顾飞挠着脑袋问那二人："你们老朋友啊？"

"当然。我们可是闯荡网游多年的老手了，怎么会没几个朋友，你当都是你啊？菜鸟！"韩家公子不屑道。

所有人都在瀑布汗。目前整个游戏中风头最劲、传唱最广、有视频为证的可怕法师，被人称之为菜鸟，这事真是太惊悚了。

好在顾飞为人实在。你要说他是功夫菜鸟，恐怕会打得你连娘都认不出来。至于说他是网游菜鸟，他心底里还是承认的。但是被韩家公子说，那无论如何也是要反驳地，当即也很淡然地说："说话注意啊，你应该知道我对砍你这件事是很有冲动的。"

"靠！"韩家公子脸色也稍稍有些变化，从口袋里掏了瓶酒后，晃啊晃地走了。

所有人在原地回味了良久，半晌后才回归现实，立刻一个之前一直在头痛的问题涌上心头：怎么办！

"怎么办？"所有人望向无誓之剑。

无誓之剑这会儿极度压抑，本来虐杀水深一下可以帮他泄点愤，却被顾飞那个不识相地给抢了先。此时一股怨气没处撒，见谁都想踢两脚。结果这么多人不识趣，一起可怜巴巴地将张一张写着"怎么办"的脸望向他，立刻怒了："妈的，冲，和他们拼了。"

"冷静，冷静点！"倒影年华连忙开口，风行也在一边劝慰。

"这群王八蛋，迟早给他们好看。"无誓之剑咬牙切齿。至于他这个

“这群王八蛋”究竟包含了多少人，大家自己去理解，也就不多问了。

“还是快点想办法吧！”倒影年华说。

“你有什么办法？”无誓之剑问他。

“呃，还在想……原本还算知道他们的情况，但刚才他们肯定又是一番重新布置，不知道现在是什么阵势了。”倒影年华说。

“那个樱冢月仔不是会找陷阱吗？千里一醉不是会反潜行吗？叫他们两个一道，去把所有陷阱找出来！”无誓之剑说。

“陷阱刚才他们都取出来了，这次未必是陷阱了吧？”倒影年华说。

“不是陷阱我们还怕个毛啊？冲啊！”无誓之剑说。

“冷静点，冷静点……”倒影年华一看这无誓之剑眼下根本是没状态讨论正事，索性把他拖到一边坐下，“你先歇会，我去找别人商量商量。”说完一溜烟跑了。无誓之剑这状态实在太危险，还是不要接近的好。

倒影年华找人商量，无非就是叫了自己行会中几个能出主意的，又召集了各大团长商议。现在所有人都得知了刚才事情的经过，除了为险些进入圈套感到劫后余生外，也对对方如此手段感到后怕，此时每个人的情绪都不怎么高。

“月仔，对方又布置陷阱了吗？”倒影年华问，方才在纵横四海箭阵的掩护下，大猎杀的这帮家伙对四下又进行了一番排查。

樱冢月仔的脸像个苦瓜：“又弄上了，情况和最初似乎没有变化，真搞不懂，他们是怎么又一次在我们不知情的情况下弄上的……”

韩家公子在旁笑了笑说：“这应该说很容易理解才对。对方既然可以在我们不知情的情况下用陷阱围我们一次，怎么就不能围第二次了？”

樱冢月仔一怔，反过来一想，真是这个理。

韩家公子望了望四下说：“这种地形，太适合潜伏者活动了。就咱们这千号人，没人藏着躲着，咱们从这一眼看去，还不是有好多因为视线受阻看不到吗？”

众人纷纷点头。

倒影年华望向韩家公子：“韩家兄弟是不是有什么高见啊？”

“目前最难缠的，当然就是这些陷阱，只要找到能排掉陷阱的法子，搞混战咱们可不怕。”韩家公子说。

废话！这两个字虽然没人说，但所有人的脸上明显是写着的。韩家公子一边举瓶饮了一口酒，一边接着说：“排陷阱的法子，我倒想到了一个，就是不知道有没有人肯干。”

“什么法子？”倒影年华急切问道。

韩家公子笑笑：“人肉排雷。”

所有人一怔，但却很快都反应过来。因为刚刚水深才给大家上演过一出人肉排雷的好戏。不过这个法子简直就是把人视为道具了，是不是有玩家愿意如此舍生取义，这着实是个问题。

如之前水深，浑身夹满了夹子，痛倒不可怕，可怕的是那连脑袋上都挂着四个陷阱夹的狼狈相。人本身就是个好面子的生物，好多人更是将面子看得比命还重要。更何况在网游这个命不值钱的世界，更多的玩家宁可去当自杀爆破的敢死队，也不愿意当这以身为饵的排雷器。

韩家公子的主意是出来了，但却是一片鸦雀无声。安静了片刻后，那边玩家群中突然又是一阵火光闪耀，显然是对方法师借着丛林掩护又一次悄然现身，来了一波轰炸。

这一次云端城的玩家早有准备，突然露头的法师总有被发现的，弓箭师、法师等远程玩家也是迅速开火。但对方法师只是稍一露头即退，只牺牲了几人。云端城这边的玩家就苦命了，四下陷阱压制无处逃散，人群中又是一次你推我、我挤你的自我冲撞，死伤无数。

倒影年华一看这实在不能再拖了，终于开口：“韩家兄弟这主意似乎可行，那么，就由你们佣兵团来执行如何？”

韩家公子微微一笑：“那你得去直接找他们商量了，反正我是不干的！”

众人纷纷侧目。这家伙自己出的主意，连自己都不肯干，就等着看别人笑话是吗？

“有哪位团长愿意担此重任？”倒影年华又问。

“如此艰巨的任务，我们这种小团肯定是难担大任，还是请其他老大派高手出马吧！”有几个小团的团长率先表态了。

“咳……这事吧，我觉得，有点悬……”大团也有人表态了。

“太难了太难了，这任务我们也接不了。”余下的其他团也相继表态。

“这事也未必要哪个团来承担嘛！随便谁都能干，倒影兄弟不如去一个一个征集一下。”有团长提议。

倒影年华一看没人自告奋勇，也只得使出杀手锏：拿钱砸！

当即挥手表态：“那就麻烦各位团长在自己团里招呼一声，愿意担此重任的，每位酬谢 300 金币。”

300 金币绝不是小数目，按现在佣兵团的行价，再难的任务下来也极少有人可以分到 100 金币。因为一般难度较大的任务，参与的佣兵玩家必然也比较多，高价多人分，到单人头上自然也不会太多。300 金币的单人价，这可是创记录的，可见倒影年华也深知眼下这差事虽然不难，却是一项苦差。

各团长啧啧称奇了一下后，也照倒影年华的意思把话扔下去了，倒影年华这边也没闲着，也在自己行会里发布了一下。如果有人愿意做那更好，肥水不留外人田，就当是发了 300 金币奖金。

重赏之下，必有勇夫。古人说的话总不会太错。这消息传下去以后，很快就有人应召前来了。佣兵团旗下的，纵横四海行会的，都有。

倒影年华一看自己行会这几个，挺扫兴。这几个是行会里他知道的职业玩家，正儿八经的职业玩家。平时在游戏里就是很辛苦地打金，赚了游戏币或是装备都是为了兑换成人民币投入到生活。这些个玩家钱再多，也绝不会乱用，身上装备讲求最高性价比，讲究够用就行。

他们在游戏中只会努力地赚钱赚钱赚钱，提升自己实力，这种其他玩家想当然的事，他们却会进行盘算。比如需要多 5 点力量来完成一项可以赚取 200 金币的生意时，他们会毫不犹豫地花 100 金币去搞一件加 5 点力量的装备。而如果多 5 点力量只不过是为了让某件武器发挥更出色，或者只为了提升自己攻击力时，他们就绝不会花这个钱了。

一般人一想到职业玩家，总觉得是等级高高在上，装备高高在上，技术高高在上。实质上，更多的职业玩家等级的确很高，因为在游戏中投入的时间多；而装备却是普普遍遍，但是种类会多，因为不同时候会有不同的需要。技术则是针对性地高，比如跑任务他们可能会很擅长，至于 PK 这种事，他们可就不会花精力去磨练了。

这类玩家，一般的行会不会收太多，但总会收几个。他们从侧面对行会也是很有帮助的。不过倒影年华是不喜欢这类家伙的，一看自己行会站出来的偏偏就是这几人，心知这 300 金币交他们手上，那转眼就存银行了，绝不会是变成什么强力装备强化自己。

"唉……"虽如此，反正都是让人赚钱，那还是让熟人赚了的好。倒影年华已经把自己行会这几位划入人选中了，末了又问韩家公子："韩家兄弟觉得这任务需要几人合适啊？"

"十来个就足够了。"韩家公子望着这些重赏后来应征的勇夫，笑道。

"嗯……"倒影年华开始从其他佣兵团的玩家中继续挑选。这人选不求等级不求装备不求技术，倒影年华只想找些个身高体宽占地面积大的，这样的扫雷效果才更加显著嘛！

正逐个打量过来一个又一个玩家时，倒影年华忽得一怔："这位美女也要参加这任务？"

"对啊对啊！这任务我从来没做过……"此女欢快地回答。

倒影年华诧异极了，没想到连姑娘为了赚这钱都愿意去地上打滚被夹子夹。这让倒影年华都着实觉得不忍，擦擦汗说："你不行。"

"为什么？"姑娘居然急了。

"呃，我们需要这号的！"倒影年华拍了拍旁边一位又高又壮的男玩家。

姑娘茫然地望着那玩家，很不解："这是哪号？"

"比较高大。"倒影年华很欣赏眼前这位的体型。这身板，人肉排雷要没他都说不过去。

“我力气也不小哦！”那姑娘说着“呼噜”一巴掌，旁边那高大汉子就被她拍翻在地了，“你看，他还不如我嘛！”姑娘很高兴。

“这不是力气的事。”倒影年华一边擦汗，一边下意识地朝旁躲了两步。这姑娘力气果然不小，那家伙被他拍翻半天还没起来。这玩家的确够高大，但其实是个牧师。

“那是什么事？”这姑娘问。

“啊……这个，其实是……”倒影年华苦苦思索组织语言，痛苦地想直接撞死在身旁这棵树上。好在这时众团长中有一位站了出来，过来拉住那姑娘说：“小雨啊，这任务你的确不合适。”

“落落姐，为什么啊？我哪里不合适了？”六月的雨挺委屈。

“因为这任务需要男玩家。”落落说。

“哦，这样啊！”六月的雨点了点头，“怪不得，那我走了。”说完转身就真走了。

倒影年华木在当场，直到那高大牧师从地上趴起，扶着肩膀说：“我靠，全力战士吧？”

落落甩人丢了他一个回复术：“没事吧？”

“没事没事。”那高大牧师心胸也很高大，没把这一巴掌放心上。

倒影年华如梦初醒，晃了晃脑袋，刚才发生的一切真如一场梦境。此时回归现实，他迅速再从余下众人中选定人选，加自己行会的，一共选了十名玩家。二话不说，上来就先把300金币付了。一人300，十人就是3000。其他玩家纷纷感叹这大手笔，不过一点也不羡慕。除了刚才落选的。

韩家公子又站起了身，打量了下十人后，笑眯眯地道：“辛苦几位了。”

几人一边往口袋里装钱，一边高喊：“为了任务！”引来一阵骂声。

“排雷方案有两种。第一种呢，类似刚才水深，先拿绳子把你们拴住，然后扔出去，再拖回来，一路的陷阱就没了；第二种呢，就是把你们做成拖布，一边推一边咱们就杀出去，你们自己选吧！”

十人一听，第二方案不用多摔一下，而且距离同伴更近，必然会更安全一些，于是纷纷表态："我们要当拖布！"

制作拖布几乎不需要什么手艺，在选定了当拖布的"材料"后，一帮子玩家倒是对制作过程充满了兴趣，有的想直接参与露一手，有的不想露一手，却也很想看看过程。

除去人肉材料，棍子、绳子之类的也是必不可少的。身处森林当中，棍子当然是绝不会缺的，而且正是那种非常适合捆绑，天然就带枝杈的。

至于绳子则是由顾飞友情赞助，甩手就又丢过来了三捆。玩家们都很疑惑：这家伙带这么多绳子干什么啊？刚才挂树上荡过去用的那根现在还在树上垂着，捆水深用过一根，现在又掏了三捆……这顶尖高手就是有性格啊！

外人只能如此心下揣测，和顾飞相熟的人却已经问上了，比如御天神鸣。

"游戏还是有游戏的好处的。"顾飞感慨，"口袋里装东西真是方便，现实里可不方便带这么多兵器。"

"兵器？那是兵器？"御天神鸣喃喃道。

"当然。"

"这么说，你的口袋里还有其他武器？"御天神鸣目光深邃地望向了顾飞的口袋。

"有点，但大多不怎么趁手。"顾飞一边说着一边给御天神鸣展示了一些，其中炎之洗礼御天神鸣是见过的，除此以外还有一柄差不多型号的，顾飞解释是方便施展双刀；接着又有小匕首若干，据说是当飞刀用的；大号匕首一把，就是狼人身上打到的那柄白板；还有长木棍一根，顾飞立在自己眼前对御天神鸣解说："看，这叫齐眉棍，到使用者的眉目高度。"

待得顾飞又拿出一样时，御天神鸣率先惊叫："叉子！我靠，双刀，叉子，棍子，原来你是忍者神龟！"

顾飞很是郁闷，却又耐心地解释了一下："这叫铁尺，后来传入日本，在那边被称作'浪人叉'，练空手道的人常常会用到的。"

"忍者神龟是练空手道的吗？"御天神鸣喃喃自语。

顾飞陷入回忆思考：“嗯，好像是有点的……”

“你给我看看。”御天神鸣伸手。就算这是顾飞所谓的“铁尺”，但御天神鸣敢确定游戏中绝没这装备，顾飞那根木棍看起来就是他自制的，但这叉子明显是个铁家伙，没手艺的人做得出来吗？

结果接过来一看，御天神鸣泪流满面了。所谓的“铁尺”显示的是“莫里大叔丢失的铁叉”，典型的任务道具。

“NPC 的东西，你还给他行不行，你任务不做了？”御天神鸣说。

“任务？我做这任务的目的就是拿到这个！”顾飞说，末了遗憾道，“可惜只拿到一个，再有一个才能凑成一对。”

“回头你找个好心人去做这任务帮你弄一个来吧！”御天神鸣说着继续伸脑袋，“你那还有什么？”

顾飞正准备继续展示，战无伤凑了过来：“嘿，还在这干啥呢？扎拖布要开始了。”

“哦哦！”御天神鸣连忙跑了，显然他对活人扎拖布兴趣更大。

顾飞遗憾地摇了摇头，功夫越来越势微不是没理由的，你看御天神鸣，对这种无聊事的兴趣都比学习功夫器械知识要多得多。

“你不去吗？我占了前排的好位置！”战无伤邀请顾飞。

“去吧去吧！”顾飞无奈地收起他的宝贝，和战无伤一起看扎拖布去了。

千人众啊，表演者只有十位，人人都想看看。有些个玩家噘着嘴很不高兴，因为他们也想看，却被倒影年华呵斥，让他们继续监视周围潜伏者们的举动。

余下的人全朝一个地方挤，应证了战无伤“占个前排好位置”是很有必要的。

十位当选者此时躺在地上，被选出的拖布制作者左手拎着绳子，右手握着棍子，脸上洋溢着前所未见的笑容。那边一群爱好赌博的朋友已经“买定离手”了，他们在赌哪个拖布会被率先制作出来，在此过程中严禁下注者和制作者们讲话，以防出千。赌博向来就是一件很严肃的事情。

随着倒影年华一声令下，人群发出一阵呐喊。这是云端城玩家晚上进了这树林子以来最激动人心的时刻了，瞬时间欢声笑语响个不停。还在林子埋伏着的水深的一干兄弟都纳闷了，不知道这帮家伙突然间高兴什么。

“再突袭一波？”原本他们的计划是不在短时间内连续发动偷袭。这样或许会更有杀伤力，但却是一种持续的暴露，容易被对方抓住破绽。这帮家伙精于此道，深知拖延战线，一点一点消耗蚕食才是王道。只是此刻对手的情绪突然亢奋，空气中似乎弥漫着一股阴谋的味道，这让他们的内心非常不安。

最终他们内部产生了分歧。有部分人认为，越是这种时候越应该看清局面，再制定策略，贸然出手只可能制造更严重的后果；而另有一部分则认为，对方此时外围留守的家伙都有些心神不宁，正是来一波偷袭的最佳时机！

就在双方意见无法统一，一时间争论不出一个结果时，云端城的玩家群中爆发出一阵欢呼。十个以人为本的拖布，已经就此诞生了。

“向西北方向突围，箭阵准备掩护，潜伏者、盗贼断后。”在大家欢呼着观看拖布制作的时候，倒影年华早已经把突围的事宜安排妥当。首先自然是操纵拖布的人，这当然必须是偏力量加点的狂暴战士职业。无誓之剑身为一众之首，毫无争议赢得了一个名额，成为了拖布小队的队长。

而战无伤是网游界最有名的战士，目前也是偏力量加点型，也赢得了一个机会，私下里雀跃不已！这种机会，人生几何？

除此以外，落落帮六月的雨也争取到了一个名额。虽然装备方面六月的雨不算拔尖，但全力量的极品加点方式在战士中可是极少见的。此外又借了细腰舞的抗火法装备，六月的雨的优势毋庸置疑。

新鲜的任务总是让六月的雨充满活力，手中拖布被她舞得虎虎生风。

拖布上的人接受着熟悉六月的雨的玩家们的默默祷告，却一点声音也没发出。等到六月的雨安静下来大家过去一看，那人早晕过去了。真是巧了，此人正是之前选拔时被六月的雨拍翻的牧师，深刻理解这姑娘的彪悍。在被分配到六月的雨手中时，他就已经因为紧张过度晕过去了。对于他来说，这未尝不是一件好事。

队伍迅速整理完毕，在这种时候，无誓之剑向来是要讲两句的。不过此时估计也是急切地想去玩玩手中这人肉拖布，简单一挥手道："终于轮到我们突袭了，弟兄们，上吧！"

一直团结紧密的人群突然让开一条缝，骑士玩家飞快工作，给拖布小队的成员们加持了他们所需的状态。接着这十名拖布勇士就在十名战士的推动下冲出去了！紧跟他们身后的是牧师团队，这刚一冲出回复术就已经开始刷了。要保持拖布一个都不能少，这很重要。

再这之后，就是倒影年华亲率的箭阵了。神射手们个个鹰眼炯炯，前方森林任何异动都不可能逃过他们的双眼，除此之外法师们负责戒备左右两方。这之后就是一些零碎下来的职业，他们没能在突围中分配到明确任务，不过一旦发生接触战，他们将是主力。

然后在最后，就是部分盗贼和极少的潜伏者拼成的队伍了。樱冢月仔指挥弟兄在这里零碎地布置着陷阱，希望以牙还牙一下。更多的还是潜行着的盗贼，对手一旦贸然冲出追击，无疑会很惊喜。

顾飞和剑鬼也被分到了这个分队。剑鬼是盗贼这毫无疑问，顾飞则是因为以一挡百的杀伤力，倒影年华认为由他断后会很有震慑力。

人肉拖布的效果非常显著，陷阱夹不断弹出的声音凑成了一段美妙的曲子。林荫城的玩家显然对于云端城的玩家用出这么过分的法子准备不足，对此他们并没有破解的既定方案。陷阱都被拖布分队触发，后面的玩家可以无所顾忌地大施拳脚。法师们毫不吝啬地把范围法术甩向两旁，也不管有人没人。因为大家都清楚，没人——只不过是因为你看不到而已，或许就有潜伏的盗贼，或许在哪棵树后就有法师或者潜伏者或者其他什么人藏着。

林荫城的玩家明显被云端城这波大规模的冲杀搞得手忙脚乱，而他们布置的缺陷也在此时暴露出来：本身人数就劣势，还因执行包围而更加分散。

当陷阱的牵制力失去，面对云端城玩家们的集中爆发冲锋，他们根本无法正面阻止。

云端城的玩家冲得很突然，他们的人肉拖布战术更是远出林荫城众人的意料之外。林荫城玩家除了人散之外还有一个重大缺陷：水深不在。

此时距离水深死回城还没过多久，他还没来及赶回来。虽然网游人不在场的确可以继续指挥，但面对一些突发状况时，遥控指挥明显跟不上节奏，只双方你来我往用消息询问情况就会耗费不少时间。

这会儿的工夫，林荫城那三十余米的陷阱地带已经被排头的拖布小队扫尽了！其实陷阱并不如云端城玩家所想象的那么多，相比之前水深滑过的那三十米不可同日而语。看来对方的陷阱包围也是有松有散，疏密相间的。水深在众人面前公然露脸，所以挑了个比较密集的区域，结果是自吞苦果。

而林荫城玩家也不可谓不努力，他们已经进行了最大程度的拦截，遗憾的是收效甚微。面对十人军团，小打小闹的偷袭于事无补。

而且纵横四海的箭阵也实在可怕，稍有不慎的玩家都被瞬间射落，连一些潜行的盗贼都在这过程中被射出原形。

法师之间的对轰也是云端城玩家大占上风，这点恐怕连他们自己也不知道。因为他们并非对着什么目标，只是盲目地进行地毯式轰炸而已，这当中的苦楚只有树后的林荫法师们自知了——他们缩身树后，惧怕纵横四海的箭阵不敢太过移动，这和中了捕猎陷阱几乎没什么两样，然后就是眼看着法术从天上掉下地上升起，也只能咬着牙硬挨。这法术还有可能扛过去，面对那势如疾风的箭雨，死就一个字。

虽如此，云端城拖布分队十人中还是有一人被干掉了。只不过这是一个操纵拖布的角色，他刚挂掉，立刻有人后续顶上。倒是十个拖布中有一个扎得似乎并不牢靠，在推动过程中松动滑掉了。但这已经影响不了大局，前方部队已经完全突破了陷阱地带。

之后法师的攻击也没有放松，他们继续不管有中没中地四下乱丢法术，掩护后面的玩家顺利通过这条好不容易才打通的通道。

与此同时倒影年华一声令下，一些早就准备好的盗贼兄弟潜行后大范围地四散开去。这是倒影年华事先安排好的，为的就是防止突围出来后再被对手神不知鬼不觉地四下埋了陷阱，如今放这么多盗贼在四个方向悄悄观察，对手如有什么举动，绝不可能逃过这么多人的眼睛。

破除了陷阱，但这森林作战还是让云端城的玩家们有些心惊胆战。这种未必有利的形势下没人急着向对手展开报复。在所有人突围冲出后，队伍立刻继续前进，眉宇之间依然是慌张和仓促的神色。

林荫城玩家的心情却比他们更加糟糕，他们的第一围剿方案显然已经破产，水深在得悉这个消息后也只能深叹一口气。人肉拖布这么贱格的招数都使出来了，能突围也不过分，不都说人至贱则无敌吗？

“下面怎么办？”面对云端城玩家密不透风的箭阵，以及那些现在一边走着一边会时不时朝左右前后丢个法术的法师们，林荫城玩家是绝不敢上去正面交火的。

“他们走的方向对吗？”水深问。

“对的。”有人回答。

无誓之剑他们进树林子前毕竟已经是研究过路线的，此时只是延续着那个大方向继续前进罢了。就算有点小偏差，如之前所说，也无非是不能正好抵达城门罢了，总还是可以找到主城的。

“再想像刚才那样把他们硬生生圈起来恐怕没这么容易。大家立刻散了，以小组为单位，小规模进行骚扰，明确他们的前进路线，尽量拖延他们的前进速度。争取时间在他们的必经之路上重新设伏。”水深说着。

“明白！”林荫城的玩家们再次行动起来。而水深口中的小组，也不过是以十人为一单位。此时各自集结完毕，由不同的方向向前摸进着。

“有偷袭的机会吗？”水深问。

“比较难……”踌躇的声音还是挺多的，“他们的法师时不时就会丢个法术检验一下。”

“只是一个法术的检验，那也死不了人，大家不要出声就没事，他们也是瞎丢。怕就怕对方此时队伍的阵型并不如我们所见的这么集中，周围肯定会有分散在外的盗贼，如果偷袭的行动被他们看在眼里，那就麻烦了。一定要先把这部分家伙找出来消灭掉。东西都带着呢吧？”水深说。

“当然！”

水深口中所说的东西，赫然是从白石城进口而来的白石灰。这玩意是由白石城一带特殊的地理风貌所形成，漫山遍野都可以找到，一个铜币都不用花。被机智的玩家拿来对付盗贼的潜行，这恐怕是连设计者都没有想到的事情。

作为白石城的近邻，林荫城玩家当然会不甘落后地学习这先进技术，闲暇时去白石城采集大包大包的白石灰回来是他们常干的事。不过毕竟来回需要六个多小时，所以这玩意对于林荫城玩家来说还是挺珍贵的，不到必要的时候还是不舍得用的。

此时如此重要的大场面，再没有人会吝啬，各分组的玩家人手一个小布袋，抓一把，一个大洒，看上去像极了驱鬼的茅山道士。

而这一手也确实管用，有些个云端城的盗贼玩家正如水深所料已经是找到目标就在暗中跟随监视。如果是来自白石城的盗贼看到这神神叨叨的场面一定会明白是怎么回事，云端城的玩家就吃亏在这外地人的身份上了。一直没领会对方这是在反潜行，几个盗贼不慎都破了形。有些反应慢点的，都被打断技能彻底暴露了还不知道，还大大咧咧在那美呢！

十人的小组啊，面对一个盗贼实在很难有什么悬念，倒影年华开始不断收到派出去的盗贼发回的讣告，心惊不已：“不好，对方好像有反潜行！”

“不会吧？这么多拥有反潜行的？”死亡人员的数量和同步显示对

方多人拥有这类技能的情报，让无誓之剑不敢相信。

这一言倒是提醒了离他们不远的顾小殇，凑上来说了白石城有种白石灰的事。

“你怎么不早说？”倒影年华气道。

“又没人问我。”顾小殇摊手。

“快叫他们回来吧！”无誓之剑说。

“不急。”倒影年华倒是镇定，“这森林里藏身是很容易的，他们就是吃亏在以为自己潜行了就万无一失，提醒他们小心一些，侦察的任务还是可以继续的。”

“去的都是佣兵团的人吧？”无誓之剑小声说，顾小殇就在不远，他可不想自己这精心算计的模样被心仪的姑娘知道。

倒影年华很得意地点头：“而且都是不用额外付钱的。”

“哈哈！”无誓之剑一听也放了心，一脸管他们死活的表情，手一挥道，“那就叫他们继续监视。”

“当然。”倒影年华给各团长指令。

“咱们目前损失多少人算过了吗？”无誓之剑问倒影年华。

“一百四十六人！”倒影年华说，“包括一开始就有事没来任务的，乌龙山脉最终胆怯没敢过的，不过主要还是今天林荫城这一仗挂的。”

“妈的！那家伙，找机会一定给他好看。”无誓之剑非常愤恨，想起水深他还是一肚子火，“佣兵团的人损失怎么样？”

“这个……我没详细统计，估计和我们差不多。”倒影年华说。佣兵团的人数比起纵横四海可是要少很多的，损失差不多，已经可见纵横四海自保意识多么浓厚。

这点事二人都是小声讨论，虽然佣兵团的明白人从一开始就知道雇他们来的意义，不过大声喧哗这事总是不好嘛！

二人这边鬼祟鬼祟地讨论，另一边水深也在了解情况。如倒影年华所料，在盗贼们知道对方有反潜行后，开始小心注意藏身，在这样的森林中被发现也并不容易。水深在收到铲除盗贼的人数报告后，立刻也明白对手开始注意掩藏了。这就没有什么直接的办法了，只能且走且找，有点碰运气的成分。

但自零级就从林荫城的森林成长起来，林荫城玩家对森林的熟练，以及对这种偷摸打法的浸淫都非一日之功，相较之下云端城的玩家就嫩太多了。小心躲藏的盗贼，还是不断被林荫城的玩家揪出来灭口。当然，也有凭速度逃生的，但倒影年华的脸色已经越来越难看。对方收拾盗贼当然是为了掩藏自己的举动，不知又是什么样的阴谋陷阱在朝他们招手了。

（未完，请看《近战高手 7 • 过关斩将》）

Melee Mage

近战高手6

作者

蝴蝶蓝

总策划

李 靖

选题策划

熊 嵩

执行策划

许斐然

特约编辑

许斐然

流程校对

李 徽　刘 峰

插图绘制

吟 子

封面设计

李 婕

宣传营销

张 栩

运营发行

常蓦尘

出版社

长江出版社

总出品

漫娱文化

平台支持

图书在版编目（CIP）数据

近战高手.6 / 蝴蝶蓝 著.

—武汉：长江出版社，2015.11

ISBN 978-7-5492-3937-5

Ⅰ. ①近… Ⅱ. ①蝴… Ⅲ. ①长篇小说-中国-当代 Ⅳ. ① I247.5

中国版本图书馆 CIP 数据核字（2015）第 282108 号

近战高手.6/ 蝴蝶蓝 著

出　　版	长江出版社 （武汉市解放大道 1863 号　邮政编码：430010）
出　　品	漫娱文化 （湖北省武汉市积玉桥万达写字楼 11 号楼 19 层　邮政编码：430060）
出 版 人	别道玉
选题策划	长江出版社青春动漫编辑室
市场发行	长江出版社发行部
E-mail	cjpub@vip.sina.com
责任编辑	张艳艳
装帧设计	Yvonne 张　钰
印　　刷	深圳市鹰达印刷包装有限公司
版　　次	2015 年 11 月第 1 版
印　　次	2016 年 1 月第 1 次印刷
开　　本	880mm × 1255mm　1 / 32
印　　张	9.25
字　　数	200 千字
书　　号	ISBN 978-7-5492-3937-5
定　　价	25.00 元

电话：027-82927763(总编室）027-82926806（市场营销部）